KOBIETY Z SĄSIEDZTWA

Iwona Żytkowiak

KOBIETY Z SĄSIEDZTWA

Prószyński i S-ka

Projekt okładki
studio-kreacji.pl

Zdjęcie na okładce
© Jaime Ibarra / Trevillion Images

Redaktor prowadzący
Anna Derengowska

Redakcja
Ewa Charitonow

Korekta
Małgorzata Denys
Jolanta Kucharska

Łamanie
Jacek Kucharski

ISBN 978-83-7839-540-9

Warszawa 2013

Wydawca
Prószyński Media Sp. z o.o.
02-697 Warszawa, ul. Rzymowskiego 28
www.p

Dru
OPOLGRA
45-085 Opole, ul.

Krzysztofowi

Sabina przyjechała na Kozią. Od śmierci matki nie czuła się dobrze w tym domu. Fakt, że mieszkała tu kilka ...naście? ...dziesiąt lat? nie miał tu nic do rzeczy. W dniu, kiedy siedziała w drugim pokoju, zatykając uszy, by nie słyszeć niczego stamtąd, znienawidziła to mieszkanie. Może gdyby wyburzyła wszystko, odarła ściany ze starych tynków, zmieniła całą aranżację... Może wtedy. Gdyby wyrzuciła z pamięci tamten dzień, kiedy przyjechała do domu na chwilę, przejazdem, przypadkiem... Wtedy, w drodze do Szczecina, zahaczyła o Barlinek, aby wziąć jakiś stary album ze zdjęciami, bo chciała pokazać komuś coś tam. I nawet nieszczególnie było to ważne, ale taka już była. Słowo to słowo. Przecież wcale nie planowała tej wizyty, a już na pewno nie po to wpadła na Kozią, by zobaczyć, jak matka leży bez ruchu na podłodze i nie zamierza w żaden sposób wytłumaczyć swojego zachowania. Albo ujrzeć zdziwionego ojca. Uciekła do pokoju obok, a stamtąd na klatkę schodową. Na półpiętrze przykleiła się do okna, by jak ryba pochwycić haust powietrza; bo czuła, że i ona zaraz umrze. Chyba tylko fakt, że byłoby to nieprawdopodobne i trudne do przyjęcia, a pewnie i banalnie melodramatycznie, pozwolił jej zbiec po schodach. Nie zauważyła Celi, która stanęła w połowie ich biegu, obawiając się staranowania przez Sabinę.

– A co to, pali się czy śmierć ujrzałaś? – zapytała tamta i wzruszyła ramionami. Nie minęła godzina, a wieść się rozniosła, zaś ludzie z zakładu pogrzebowego wytaszczyli Baniewską w czarnej folii. – Niech to szlag, ten mój niewyparzony jęzor! – zaklęła pod nosem.

Sabina wypadła na podwórko, poszła skosem przez wydeptany trawnik, ale wróciła. Dla ojca, żeby przestał się tak dziwić. Albo dla niej…

***

W pokoju, niezmienionym od tamtego dnia, siedział ojciec. Wyprostowany, z głową nienaturalnie uniesioną. Ogolony, w białej koszuli wsuniętej w jasne, popelinowe spodnie. Był świeży. Sabina tak właśnie pomyślała. Skąd to idiotyczne określenie? Świeży to może być ogórek albo ręcznik! Pieczywo świeże, mleko, śledzie. Ale w odniesieniu do ponadsześćdziesięcioletniego mężczyzny „świeżość” nie pasowała zupełnie.

– Nie chcę sprzedawać tego mieszkania – powiedział. – Żaden tam wielki pieniądz, a nawet, to i po co to nam? – Spojrzał na swoją nową żonę, jakby szukał ostatecznego potwierdzenia tego, że dobrze robi i mówi. – Może któraś z twoich dziewczyn tu wróci? A jak nie, to zrobicie, co uważacie za słuszne.

Jadzia – nowa kobieta ojca – stała za nim, trzymając swoje pulchne ręce na jego ramionach, i tylko mrugała, co mogło oznaczać „tak" lub „oczywiście". Ojciec zaraz nakrył jej dłoń swoją i ścisnął. Na znak jedności. Komitywy, która ich połączyła – dwoje starych, owdowiałych ludzi.

– Nam już, oprócz tego, by przegnać samotność, niczego nie trzeba – dodała.

Od czasu śmierci matki starania Sabiny, by ojciec w miarę możliwości zniósł jak najmniej dotkliwie jej odejście, nie przynosiły rezultatu. Może właśnie przez to, że tak znienawidziła to mieszkanie, a on nie chciał go opuścić i przenieść się do niej? Wystarczył tydzień, ale skończyło się płaczem i wypominaniem, i tyle z tego. Zresztą jak miała mu pomóc, skoro sama sobie absolutnie nie radziła? Nieraz przecież myślała, że rodzice umrą, i nawet śniło jej się to kilka razy, lecz wszystko miało być inaczej, a przede wszystkim jeszcze nie wtedy. Kiedyś.

A kiedy ojciec zadzwonił i powiedział, że się żeni, śmiać się jej zachciało. Wyobraziła go sobie w garniturze, koszuli i krawacie przy ołtarzu i w końcu zachichotała w słuchawkę. Dopiero po chwili zrozumiała, że popełniła faux pas.

– Nie liczyłem na twoje zrozumienie – odezwał się po drugiej stronie.

I odłożył słuchawkę, pozostawiając Sabinę z głupim uśmiechem na ustach. Czuła się jak idiotka.

– Tato... – powiedziała, choć w telefonie brzmiał tylko beznamiętny sygnał.

Zamieszkał u Jadwigi. Tamtej trudniej było opuścić jej dom i ogródek przy domu, i ławeczkę pod oknem, a wreszcie i Ciapka, co to – choć w domu nie mieszkał, ale tylko dlatego, że sam tak wybrał – Jadwiga od początku mu w korytarzu miejsce wymościła. A psiak lubił nocne harce po okolicy, po których wracał umęczony, sponiewierany i pokorny, że na każde zawołanie stawiał się z podkulonym ogonem, a ośmielały go dopiero czułe dłonie pani. Powoli wyciągał ogon i merdał nim radośnie, zapomniawszy na dobre o swoich występkach.

Sabina u notariusza w Myśliborzu podpisała akt własności i do mieszkania nie chodziła. Lokatorów umawiała telefonicznie.

***

Kilka dni temu zdecydowali z Karolem, by sprzedać Kozią; to mogło uratować sytuację. Żadnych sentymentów, wręcz przeciwnie. Tylko ból i kłucie w mostku.

Klient napatoczył się niemal od razu; do sfinalizowania transakcji zostało zaledwie kilka dni. Sabina zebrała się w sobie. Jeszcze raz pójść na Kozią. Ostatni raz. Może to przegna demony, może da uspokojenie.

Drzwi na klatkę schodową nie przypominały tamtych, które pamiętała i które otwierały się opornie, skrzypiąc nieprzyjemnie. Te były ładne – w kolorze wenge, do połowy przeszklone, z szeroką ościeżnicą tej samej barwy. Klatka wyłożona ceramiką, przebudowane okna. W miejsce zapuszczonych luksferów, co to kiedyś wszyscy nazywali popielniczkami, wstawiono zgrabne okna w plastikowych ramach. Nawet skrzynka na listy komponowała się z całością, a drzwi do mieszkań były jednakowe. Poza jednymi, tymi u starej Wiery Strokowej.

Sabina weszła na drugie piętro. Czuła, że na ostatnich stopniach dyszy coraz mocniej; odwykła już od biegania po stopniach. Kiedy Karol zaczął jęczeć o budowie, zgodziła się, ale pod jednym warunkiem: żadnych schodów.

W mieszkaniu panował taki zaduch, że Sabinę chwyciły mdłości. Chwilę mocowała się z drzwiami, ale ustąpiły po chwili, a ona wypadła na balkon. Odgarnęła firanę. Byle na powietrze! Odetchnęła głęboko. Tak pachnie tylko maj, pomyślała. Zielenią, sianem, deszczem, świeżością. Wspomnieniem nie tyle przeżyć, które zdarzyły się faktycznie, ile raczej marzeń o takich doznaniach. Nieszczęście być może było tuż-tuż, blisko, ale zabrakło odwagi, determinacji, człowiek wycofał się na moment przed…

Może to strach? Że jeśli coś się zdarzy właśnie teraz, nie powtórzy się już nigdy. A może warto zaczekać na kolejną okazję, by przygotować się, nadać jej odpowiednią rangę, oznaczyć epitetem „chwila uroczysta", jedyna w swoim rodzaju, niepowtarzalna...? Choć trzeba liczyć się z tym, że może się ona nie zdarzyć. Człowiek musi mieć w sobie tyle odwagi i determinacji, i nadziei, by powiedzieć sobie: „Teraz!". Ryzyko! Uda się albo nie. Bo jeśli nie podejmie się ryzyka, to już zawsze można balansować na granicy... Ani w tę, ani we w tę. Najbardziej niekomfortowy stan. Stan niepewności i ciągłej nadziei, i ciągłego poczucia niespełnienia, niedosytu...

Sabina przymknęła oczy. Ciepłe promienie przyjemnie łechtały jej twarz. Z oddali dobiegały odgłosy wydawane przez osiedlowe dzieciaki, zmieszane ze świergotem ptaków, które podlatywały do gniazd uwitych pod dachem. Pomyślała, że wciąż ją coś omija. Nie wiadomo co, ale zaledwie się o nią ociera... Stąd pewnie to wieczne poczucie niedopełnienia...

Stała na balkonie. Dym cienką smugą – z początku uformowaną, później rozpływającą się w powietrzu i zaraz przez nie wchłanianą – wypływał z jej ust. Sabina lubiła przetrzymywać go, aż nadymały się policzki, a część wylatywała nosem; wyglądała wówczas jak chomik. Już dawno powinna rzucić palenie; palce śmierdziały i żółkły. Musiała je szorować pumeksem, bo kwasek cytrynowy nie wystarczał.

Wychyliła się, tak że połowa tułowia znalazła się za barierką. Ponad i pod sąsiednie okna, z blaszanymi parapetami ufajdanymi przez gołębie lub jaskółki, albo balkonowe wnęki wypełnione zawieszonymi na stylonowych linkach reformami, zszarzałymi podkoszulkami, drelichami przesiąkniętymi wonią smarów. Niektóre balkony pomalowano orzechową olejnicą, co to niby miała przykryć rozległe strupy, ale były też i takie, które udawały loże – wyłożone czerwonym chodnikiem w perskie wzory, a pośrodku taboret, na którym można przysiąść, by poobserwować świat poza blokiem. Oparta o balustradę Sabina dziwiła się, że to ta sama poręcz, która gwarantowała jej bezpieczeństwo w dzieciństwie (i potem też, kiedy dzieckiem już nie była) i wydawała się kiedyś wysoką barierą ochronną. Choć nie dla wszystkich, choćby nie dla Antka Kowalskiego, co to mieszkał na czwartym piętrze i wyleciał z tego czwartego piętra. Ponoć za piłką. Jak można wypaść z okna za piłką?! Ale, co dziwniejsze, nic mu się nie stało. Trochę poleżał w barlineckim szpitalu, a potem bez żadnego złamania wyszedł. Dziwili się wszyscy: „A to szczęście od Boga, że się chłopaczynie nic nie stało".

Lata jednak pokazały, że upadek nie był znowu taki niewinny, bo Antek słabo rósł i do głowy ciężko wchodziły mu tabliczka mnożenia i układ pierwiastków Mendelejewa. Nauczyciel chemii nie miał żadnych podstaw, by wymagania swoje zaniżać, a historii o upadku z czwartego piętra najnormalniej w świecie nie znał. I nie zamierzał tolerować niewiedzy i mylenia baru (Ba) z borem (B) i bohrem (Bh), jakby trudno było pojąć głupiemu Antkowi, że za nic – ale to za nic – szanujący się nauczyciel chemii po dziennych studiach w Poznaniu nie pozwoli, aby metale przejściowe, metale ziem alkalicznych i niemetale ze sobą mieszać. Tak też pozostawił chłopaka w siódmej klasie na rok, potem na drugi, aż w końcu tak dzieciakowi, jak i jego rodzicom szkoła obrzydła, że całkiem przestał do niej chodzić. Kilka razy podchodził pod okna nauczyciela, lżąc go najgorszymi słowami, że ten wreszcie, psychicznie umęczony przez szczeniaka, na milicję sprawę zgłosił i potem jakoś chłopak zniknął z miasta.

Sabina dogasiła papierosa. Pyłki popiołu sfrunęły na dół, znacząc ledwie widoczne cętki na wystawionej za balkon pościeli. Zaraz też usłyszała piętro niżej znajome skrzypnięcie drzwi balkonowych i cofnęła się odruchowo. Zdążyła, zanim Adela Wichrowiec zadarła głowę do góry, sarkając pod nosem:

– Hołota! Wsiowa zbieranina! W życiu nie nauczą się kultury! Hałastra!

Adela

Rok sześćdziesiąty trzeci. Buldożery, kopary i ciężki sprzęt rozpanoszyły się na Koziej. Raz-dwa zbudowano nowy dom i jeszcze jeden nowy dom. Stanęły szare pudełka, jak te od butów, tylko wielokrotnie większe, ale niczym się nieróżniące między sobą. Poza pierwszym od głównej ulicy, dwa piętra niższym. Można było pomyśleć, że postawiono go programowo, by nie zasłaniał kolejnego, okazałego, i pozwalał mu zaglądać na główną arterię i rynek, co tak wypiękniał, że aż przyjemnie było wziąć pod rękę męża, za rękę dzieci i przespacerować się dokoła. A choćby i przystanąć przy fontannie, by z saturatora napić się sodowej. Czystej. A dzieciaki z sokiem, aż bąble nosem szły od nagazowania.

Jakby spojrzeć na te bloki z lotu ptaka, wyglądały jak klocki ułożone na półce dla ozdoby, co to nie daj Bóg ich ruszać. Ale nie takie klocki Lego, z nieskończonością możliwości, kolorowe, różnokształtne, z których nawet ludzi można zbudować. Domy były brzydkie i smutne, oddzielone od siebie zielonymi prostokątami trawników, na których ustawiono tablice: „Nie deptać zieleni" albo gdzieniegdzie, dla urozmaicenia, „Szanuj zieleń". Na tych ostatnich nienauczone porządku dzieciaki dopisały „Boś nie jeleń". I choć przecież to prawda była i na pewno żadnej krzywdy treści nie zrobiły, ale tabliczka już była zeszpecona i ludzie wyklinali, że takie chamstwo i szumowina ze wsi się zebrała, co to niczego nie umie uszanować. Na te trawniki co rano wypuszczano sforę psów, które robiły na tę zieleń: wyginały się w pałąki i plac, plac. I za nic sobie miały wszelkie złorzeczenia. A właściciele odwracali oczy. Raz – by nie widzieć, bo to przecież obrzydliwe jak cholera, a dwa – że w tym czasie można było pozaglądać w okna. Popatrzeć, kto ma pomyte i komu słońce odbija się w szybach, kto pelargonie ma na parapecie i bratki w doniczkach, powieszonych na umęczonych od metalowych uchwytów i łokci barierkach, a kto niechluj i glajda.

***

Tak więc był ten sześćdziesiąty trzeci. Wówczas to Adela z mężem przyjechali pożyczoną furmanką, na której pod stertą z poduch i pierzyn, wypełnionych skubanym przez Adelę pierzem, znajdowała się garstka dobytku: jakaś zmiana pościeli i kilka szydełkowych obrusów jeszcze po jakiejś tam babce czy ciotce. Kiedy pakowali to wszystko w dzień ślubu Adeli, ciotka nie zapomniała pokiwać po swojemu głową.

– A widzisz, dziewucho, jaki posag masz?! Z domu rodzinnego, z tym twoim ojcem pijakiem, byś lepszego nie dostała! A tu? Człowiekowi z gara się nie wylewa, a sierocie przygotował.

– Patrz no ino, Adeluś, jak tu pięknie! Aż się żyć człowiekowi chce! Nie to co u nas na wsi. Smród od obór i posrane przez kury podwórka.

Mąż przytulał się do żony, rękami trafiając prosto w biust, który ledwie mieścił się jego męskich dłoniach, wyrobionych ciężką pracą w polu, a potem przez to ciągłe ugniatanie ciast. Miętolił krągłe piersi, miętolił i gorączkowo szeptał w ucho:

– Zobaczysz, jak tu nam będzie dobrze... Ty moja królewno. Moja ty pięknoto!

I od razu Adela czuła, jak rozporek mu pęcznieje, jak oddech staje się szybszy i głośniejszy. Spokoju jej nie dawał. Nie było dnia, by nie kładł się na niej, a czasem to taka go fantazja nachodziła, że kazał jej siadać na nim albo odwracał ją, sam zaś na klęczkach wchodził, rytmicznie i mocno uderzając twardym członkiem, wygadując sprośności. Adela ofukiwała go, ale nie nakazywała mu przestawać, aż rozkosz rozlewała się w niej, a ona sama wydawała przeciągły syk. I nikomu nie przyznałaby się bynajmniej, nawet jakby ją bito i kopano, że lubiła to i nieraz specjalnie wypinała się tak, by chuć męża budzić. A kiedy Tadeusz Wichrowiec wstawał, Adela zagarniała koszulę ze sztucznego jedwabiu, zakupioną w Gorzowie, i szła się myć, długo spłukując z siebie zapach męża. Bo Tadeusz bez przerwy pachniał chlebem.

Na początku bardzo jej się to podobało. Może dlatego, że wtenczas nie znała zapachu świeżego chleba? Niekiedy woń odzywała się w niej słabo, słabiuteńko, niemal na granicy zmyślenia, i znikała zaraz potem. I zdarzało się czasem, że w umyśle Adeli pojawiała się myśl, jak to kiedyś ciotka Zocha odkrawała pajdę, smarowała ją nożem unurzanym w margarynie i posypywała cukrem.

– Jedz! – mówiła z dumą i podawała Adeli. – Chuda jesteś jak patyk! Czego jak czego, ale chleba w tym domu nikomu nie zbraknie.

Raz w tygodniu wypiekała ten chleb.

– Umyj ręce i chodź tu! Zobaczysz, jak się chleb piecze!

Adela z ochotą szła, choć gdyby wiedziała, że całe życie będzie wdychać ten zapach, uciekałaby gdzie pieprz rośnie. A na starość obrzydł jej do tego stopnia, że nawet w modlitwie omijała kwestię „chleba naszego powszedniego daj nam dzisiaj", choć w sercu czuła strach, że Boga obraża, gardząc tym, co najświętsze dla człowieka.

– A włosy powiąż, żeby żaden do dzieży nie wleciał, boby się chleby nie udały, a nawet jakby, to chybabym się na śmierć zarzygała, gdybym włosa znalazła. Fuj! – Ciotka Zocha splunęła w bok, wierzchem dłoni wycierając usta. – O matko jedyna! Nic bardziej obrzydliwego.

Adela wiązała więc włosy w koński ogon i podpinała spinkami grzywkę.

W dzieży, zakrytej wykrochmalonym, wyługowanym płótnem, leżało ciasto. Leniwie oblepiało jej ściany, czekając, by dziewczynka zgnębiła je drobnymi, zwiniętymi w kułak piąstkami. A ona memłała się w tej masie, dręczyła ją, aż ciotka nakazywała, by przestać, bo jak za długo się wyrabia, to zbyt wyruszane zostanie, a nie mogąc dalej rosnąć w rękach, opadnie w piecu. I chleb, zamiast mięciuchnego bochenka, pełnego powietrznych dziur, przedzierzgnie się w nieudaczny zakalec.

Ciotka wyczyniała potem jakieś dziwne rzeczy, prawiąc przy tym prawdy absolutnie niepodważalne, na przykład „Trza chleb z wolna wsuwać do dobrze wymiecionego pieca" lub też „Do pieca trza garść mąki nazad nasypać, by zobaczyć, czy swej bieli nie straci albo nadto się nie zarumieni". Innym razem pouczała, by „otwory w piecu pozamykać, żeby wilgoć nie wyparowała". A potem jedli te chleby dniami całymi, choć tylko w ten pierwszy dzień, kiedy powyjmowane z pieca i pachnące na całą chałupę leżały na wielkiej dębowej szafie przykryte ścierkami, kusiły tak, że trzeba było nie lada wyczynu, aby się przed grzechem łakomstwa ustrzec. Ciotka Zocha dość skutecznie odstraszała wszystkich od jedzenia gorącego chleba, za każdym razem opowiadając historię (klnąc się przy tym na wszystkie świętości, gdyby ktoś zamierzał posądzić ją o łgarstwo) o śmierci swojej siostry. Tamta bowiem taki ciepły bochen chleba napoczęła i po kryjomu zjadła, i zaraz takiego strasznego skrętu kiszek dostała, że wszelki ratunek pozostał bezskuteczny. I w wieku szesnastu lat, w samym jego kwiecie, zmarła.

Zocha była kuzynką matki Adeli, ciotką, o której dziewczyna nigdy wcześniej nie słyszała. Wprawdzie czasem opowiadano w domu o jakiejś rodzinie na zachodzie, ale kto miał czas i pieniądze, by się odwiedzać bez potrzeby. Raz jeden byli tam na pogrzebie dziadka ze strony ojca i głównie po to ciągnęli się przez pół Polski, aby podziału ojcowizny nie przeoczyć. Adela to nawet nie pamiętała ciotki Zochy. I w ogóle nikogo. Tylko tego dziadka nieboszczyka, który leżał poobwiązywany bandażami, bo mu ze wszystkich otworów takie płyny się sączyły, że nie szło zupełnie w porządku go utrzymać. Ponoć miał raka, co go toczył ileś lat, a na koniec to już ciało nafaszerowane lekami tak fermentowało, że czuć było nieboszczykiem w całym domu. A że lipiec był, to szybko obrządku pochówku dokonano, mimo iż najbliżsi jeszcze błagali i babka na trumnę rzucała się, by wieka nie przybijać...

Niewiele czasu upłynęło, jak matka zapadła na choroby kobiece, a ojciec rozpił się z rozpaczy, zaniedbując dom, który im państwo w końcu odebrało. Cała ich trójka rodzeństwa została rozebrana przez rodzinę dalszą, bliższą, a że każdy już swojego przychówku miał dość, nie było szans, by więcej niż jedną sztukę wziął.

Ciotka Zocha często mawiała do Adeli, trzymając się pod boki (co przydawało pewności jej, a temu, co mówi, oznak absolutnego prawdopodobieństwa):

– Oj, ty to miałaś szczęście, dziewucho, żeś do nas trafiła, a nie do Łopuszańskich, do Czeremszy, gdzie psy dupami szczekają. Tam od razu by cię do roboty zagnali, a nie pozwalali, byś co tydzień się moczyła i pół dnia wysiadywała z grzebieniem! A do szkoły? Zapomnij! Czytać umie, podpisać się podpisze, to dość! Nie to co tu! U mnie! Ja tam nauce nieprzeciwna! O co to, to nie. Samam bez szkoły, ale dzieciakom nie wzbraniam.

I tak było rzeczywiście. Ale kiedy Adela oświadczyła, że chciałaby do liceum, ciotka tylko palcem pokiwała i głową pokręciła.

– No, dziewucho! – rzekła. – Chyba ci się trochę w makówce poprzewracało od tego dobrobytu. Liceum! – prychnęła pogardliwie. – Do zawodówki! Bo to i zajęcie zaraz pewne, i pieniądz do domu. A potem za mąż! Już się tu chłopaki rozpytywali. Nie ma na co czekać. Czas dzieciaka zrobić sobie, coby na stare lata pomógł i w robocie ulżył.

Adeli do głowy nawet nie przyszło, by się wydawać. Owszem, nieraz, kiedy szła wsią, widziała, jak miejscowi za nią oczami wodzą.

– Ej, lala! Bucik ci się rozwala! – wykrzykiwał ten i ów.

Ale dziewczyna wysoko głowę nosiła i wysokie miała o sobie mniemanie. Zawsze zresztą czuła, że do innego życia powołana została. Z miasta Łodzi pochodziła i choć stało się tak, że na wsi wylądowała, nigdy, ale to nigdy, się z nią nie utożsamiała. Słuchała ciotki Zochy i wdzięczna jej była za wikt i opierunek, ale daleko było Adeli do szacunku, o miłości czy autorytecie już nie wspominając.

Nie mogła patrzeć na ciotkę, wciąż niedomytą, niedoczesaną, jakąś taką obłą i nijaką. Przez te wszystkie lata nauczyła się jednak Adela posłuchu i dzień w dzień powtarzanych słów:

– I cóż ty, sieroto, byś zrobiła, gdyby nie ja? Mój ty Boże!

Niedziwne, że dziewczynie tak się te słowa do głowy wbiły, że czasem, leżąc w łóżku, długo nie mogła zasnąć, odpędzając koszmary, co to się w niej kłębiły, wychodzące czarną nocą i wciskające ją w poduszkę tak mocno, że tchu jej brakowało.

Tadeusza poznała, zaraz gdy wrzesień, jeszcze niewystudzony po lecie, ostatnim tchnieniem upominał się o swoją przynależność do owej pięknej, mniej problemowej niż inne pory roku, jaką jest lato. Słońce prażyło tak, że nic, tylko rzucić wszystko w cholerę i postawić na jedną kartę, jakby świat się miał zaraz skończyć. I iść. Iść dokądkolwiek. W pola, na łąkę. Iść. Chłonąć w siebie zapach pól. Iść. Pozwalać, by przydrożne pokrzywy parzyły łydki. Iść. Zachwycać się, że ptak świergoli, że świerszcz świerszczy, choć to przecież Adela słyszała od zawsze i nijakiego, aż do tego lata, zachwytu w niej nie budziło. Iść. I udawać, że życie to aż tak zasrane nie jest, ale że trochę lepsze, trochę bardziej podobne do tego, jakie sobie marzyła w ciotki domu, nocami w łóżku, pod tą pierzyną ciężką, zakopana po same uszy, żadnego ruchu na zewnątrz nie oddając...

Adela szła ze szkoły. Droga do przystanku dłużyła się, bo i w szkole nie było wiele tego, co by wymagało rozpamiętywania. Bardziej zajmowała dziewczynę przyszłość, o której wiedziała tylko tyle, że musi się w te pędy zbierać od ciotki Zochy, bo już dłużej nie da rady.

– Adela! – usłyszała chłopięcy głos. – Teraz nie ma żadnego autobusu. Za godzinę! Też dopiero dziś zobaczyłem. Akurat żem dzisiaj wcześniej skończył.

Chłopak pachniał gorącą mąką, którą otrzepywał z ciemnej koszulki. W piekarni to nie ma, by się nie ubielić. I niechby człowiek nie wiem jak się pilnował, nie ma silnych. Bodaj pyłek, plamka.

Dziewczyna odrzuciła zalotnie włosy do tyłu. Ładna była. Smukła, wąska kibić i te włosy, którymi się wiecznie zajmowała i które to nie dawały chłopakom ze wsi spokoju, śniąc się im po nocach, co któremu powodując polucje nocne, tak że wyskakiwał z łóżka jak poparzony, choć zwykle było już za późno. Ściągał wówczas wczesnym rankiem prześcieradło, by matka nie dojrzała sztywnych po wyschnięciu plam nasienia, a już na pewno by uchronić się przed braterskim naigrawaniem.

Ale najpiękniejsze to miała Adela oczy. Przy tych jasnych, jakby wybielonych włosach, tej skórze tak cienkiej, że bez trudu można by palcem przejechać po arteriach żył tuż pod powierzchnią skóry. Tyle że były one tak delikatne, że człowiekowi się zdawało, iż zaledwie popatrzeć wystarczy, a ta skóra się rozejdzie i puści się krew z tych żył. A nadto można było się spodziewać krwi – jak to krwi – czerwonej, choć u Adeli, gdyby w istocie krew okazała się niebieska, toby zdumienia żadnego nie było.

Więc oczy Adela miała ciemne. Niemal czarne. Trzeba by się długo wpatrywać, aby dojrzeć granicę między źrenicą a tęczówką, bo wszystko było zlane w jeden ton. Zresztą, czy ktoś by się ośmielił tak blisko do Adeli podejść, by się jej oczom dokładnie przyjrzeć? Po pijaku to jeszcze, ale na trzeźwo?

Tadeusz sam się sobie dziwił, skąd ta odwaga, by wtedy na przystanku do dziewczyny zagaić. Może to z tych nocy nieprzespanych, kiedy to widział siebie i Adelę, jak spacerują razem po wsi, jak prowadzają dzieci – oczywiście starszego chłopaka i młodszą, najlepiej o dwa lata, dziewczynkę. I widział Adelę ubraną w jasną suknię z tafty. Taką samą, jaką miała Jaśka od Grabosiów, kiedy z Ameryki na ślub najmłodszej Grabosiówny przyleciała. I w ogóle Tadeusz cały świat lepszy widział, gdy w wyobraźni miał Adelę. Ileż nocy przysięgał sobie, zaklinał na wszystkie świętości, zapierał się wszystkiego, że albo życie przy Adeli spędzi, albo się tego życia wyzbędzie.

– Jak chcesz, to zaczekam z tobą.

– Jak chcesz, to czekaj. Bo przecież inaczej to pieszo byś poszedł? – zapytała ironicznie.

– Nie, pojechałbym – odpowiedział tajemniczo. – Mógłbym i ciebie…

Dziewczynie zaświeciły się oczy. Znała już Tadka Wichrowca na tyle, by wiedzieć, iż żartów by sobie z niej nie robił. Nieraz w kościele czy gdziekolwiek, gdzie się zetknęli, czuła na sobie jego spojrzenie, ale oczu na niego nie podnosiła. Raz, by go nie peszyć, dwa, by sobie „nie pomyślał". Czasem, gdy ciotka Zocha coraz bardziej napierała, żeby chłopaka szukać, Adela nieco dłużej w myślach zatrzymywała się przy Wichrowcu. Może i nie był to Humphrey Bogart czy jakiś inny Kirk Douglas, nie miał w sobie tego dzikiego spojrzenia, tej nonszalancji, która zapierała Adeli dech w rozwiniętej nad wiek piersi, ale spośród wszystkich „wsiowych Antków" tylko on nie odstręczał. I ręce jego wydawały się bielsze niż wszystkich innych chłopaków, którzy żałobę po kocie wciąż nosili taką, że obrzydzenie od samego patrzenia brało. A co dopiero mówić, gdyby takimi łapami, zakończonymi paznokciami z ohydnymi czarnymi obwódkami miał ją ktoś dotykać.

– Że niby czym? Na ramie byś mnie powiózł tego starego klekota, co to nim do klubu przyjeżdżałeś?

– dworowała sobie Adela, ale już coraz to z kpiarskiego tonu spuszczała, bo widziała, że Wichrowiec nie z tych, co się na próżno siłą chełpić.

– Motorem – oświadczył z dumą, która rozpierała go od wewnątrz, choć na zewnątrz wyglądało to mało ciekawie. Twarz chłopaka płonęła rumieńcem po same uszy. Przymykał powieki, pod którymi rozbiegane oczy nie mogły uczepić się jednego punktu. Ręce, ściągnięte wzdłuż tułowia, suwały się w górę i w dół.

Dziewczyna prychnęła pogardliwie, pewna, że tym razem kiepsko oceniła chłopaka, a ten żarty sobie z niej stroi, że hej! Gdzieżby kogo ze wsi stać było, by eshaelkę kupić i obwozić się nią po okolicy. Patrzyła więc, a ten jak gamoń kiwał tylko głową.

– Gazelę kupiłem dla ciebie – powtarzał. – Gazelę.

Adela usiadła z tyłu. Z początku krępowało ją, że musi chłopaka objąć wpół, ale zaraz zrozumiała, że o nic tu nie idzie, a tylko o bezpieczeństwo, i mocno splotła z przodu ręce. Wiatr pozwalał sobie w jej włosach, rozsypanych wokół twarzy i poniewieranych podczas jazdy. Przylgnęła twarzą do pleców Tadeusza i w tym samym momencie pomyślała: „Mogłabym tak jechać na koniec świata".

Zaraz też na wsi wścibskie ślepia przyuważyły i Tadeusz został zmuszony, by uznać się oficjalnie za starającego się o rękę Adeli. Wiadomo że ciotce Zosze nawet do głowy by nie przyszło, by awanse kawalera odrzucać, ale jako przykładna opiekunka, jak lwica walcząca o cześć dziewczyny, wojować będzie, by się Adela po wsi nie prowadzała, nie obłapiała chłopaka, choćby i w czasie jazdy na motorze, i zaraz szybko na ślub parła.

Chłopak był w siódmym niebie. Nie było dnia, by nie podjeżdżał po nią pod szkołę. Pewnie, głupi nie był. Panna jak ta lala, na razie chętna jemu, ale kto to może wiedzieć? Pojawi się jakiś łachudra, nie wiadomo skąd, i mu ją sprzątnie. A bo to mało takich entuzjastów kobiecej urody? Tymczasem on już szkołę ukończył i wszystko, co zarobił – najpierw w pegeerze, potem już, zgodnie ze swoim fachem i upodobaniem, w piekarni Boruckiego – na książeczkę kładł. Ta książeczka to była ich przyszłość, ich miłość, ich M3, ich kraina mlekiem i miodem płynąca, gwiazdka z nieba i… cokolwiek Adela miała sobie wymarzyć.

– No to widzisz, dziewucho! Doczekałaś się. – Ciotka Zocha wiązała troki sukni ślubnej, pociągając nosem, w którym sucho było, ale jak to tak, dziewczynę za mąż wydawać i ani łzy nie uronić? Wycierała więc suche oczy i wciągała głęboko powietrze, co to niby westchnienie miało udawać. – Tak – ciągnęła. – Na tym zadupiu pewnie byś starą panna została alboby ci przygruchali jakiegoś debilka, bo tu to same takie. – Ech, mój Boże! – wzdychała sentymentalnie. – Mam nadzieję, że o ciotce, co ci wszystko co najlepsze darowała, nie zapomnisz! Ale! – Ocierała suche oczy. Przybrała srogą minę. – Pewnie jak wszyscy! – dokończyła. – Ledwie dom opuścisz, to pójdziesz! Takie to już życie. Żadnej wdzięczności – sarknęła, układając fałdy z tyłu sukni.

Była to taka kwestia teatralna, której ciotka nie odmówiłaby sobie za żadne skarby. Bo po pierwsze to przecież trochę ludzi się po domu weselnym kręciło, a po drugie ona sama święcie wierzyła w to, że za jej sprawą Adeli to chyba tylko ptasiego mleka mogłoby do szczęścia zabraknąć.

Suknia ślubna dziewczyny była z pożółkłej koronki, którą Zocha odkupiła od Grabosiowej za kilka kobiałek jajek i parę sprawionych królików, z których tamta chciała narobić pasztetów dla swojej amerykańskiej córki. Wieczorami z sąsiadką szyła suknię. Bez żadnego wykroju, bez rysunku, pewnie i bez konkretnego pomysłu.

– Adela! Chodź no tu, dziewucho! Trza przymierzyć, bo mi się zda, że pod pachą za dużo wzięłam!

I Adela szła. Wkładała jakieś części poszyte na okrętkę i łzy jej do oczu napływały, jak sobie wyobrażała siebie w tym dniu, o którym każda dziewczyna marzy, że będzie najpiękniejszy. Innym razem Zocha wołała z kuchni, trzymając nitkę w zębach, żeby rozumu sobie nie zaszyć:

– A falbankę to przy dole czy może gdzieś na skos, coby modnie było?

Klęła przy tym w żywy kamień, gdy się koronka zaplątała w starego poniemieckiego singera.

– Szlag by to trafił! Ile to człowiek dla sieroty musi się nawkurwiać!

Raz nakazała Adeli kawałek paska koronką obrębić, ale zaraz wyrwała go jej z rąk.

– Ty się ino módl, dziewucho, by cię chłop z domu nie pogonił, jak zobaczy, że taka ty nieporadna w rękach. – I zaraz kręciła głową. – Człowiek uczył i tłumaczył jak wół krowie na rowie, ale nie słuchała – ględziła. – W głowie się jej powalało od tego miejskiego pochodzenia!

Tak więc suknia Adeli była czymś najbrzydszym, co dziewczyna w życiu widziała. Może tylko jedno pocieszenie można było znaleźć – od początku wiadomo było, że ciotka ani gustem dobrym nie grzeszy, ani żadnego pojęcia nie ma o szyciu.

Gdyby Tadeusz wiedział, ile łez nocą w poduszkę wylała Adela, toby na motorze bodaj do diabła pojechał i spod ziemi wydobył dla niej najpiękniejszy towar. Ale i bez tego narzeczona taka mu się cudna wydała, że z trudem hamował łzy, bo nie przystawały one facetowi, choćby i na własnym ślubie.

Ceremonia odbyła się cicho i bez fanfaronady. Wszyscy we wsi rozumieli, że przecież sierocie wielkiej fety urządzać nie ma potrzeby, bo swoje już dostała.

***

Młodzi zamieszkali u Wichrowców. Tadeusz wyszykował pokoik na górze, gdzie kiedyś był strych, chyba jeszcze od wojny albo i przed nią, zawalony starymi rzeczami: meblami, kuframi, pudłami z Bóg wie czym. Śmierdziało tam stęchlizną, a kiedy co się poruszało, w powietrzu unosił się zapach zmurszałego drewna. Wydawało się, że chmary robactwa, przez lata bezpiecznie zagnieżdżonego na strychu, wychodzą na zewnątrz. Ale młody mąż wydzielił przestrzeń. Z pustaków postawił ścianki, kable pociągnął, a cały syf strychowy odsunął w drugi koniec, odgradzając cienkimi listwami, co to wyglądały jak żaluzje, tyle że nieruchome były. Na podłogę płyty pilśniowe w deseń położył, tak że nawet w stołowym na dole stare Wichrowce takich nie miały. Ściany zostały pobielone i pomalowane na kanarkowy kolor, na który Tadeusz rzucił wałek w kiście winogron, w kontrastującym brązowym kolorze. Na jednej powiesił wielki obraz z jeleniem na rykowisku, który z trudem od rodziców wyrwał, a na drugiej Matkę Boską Częstochowską, najbardziej rozpowszechnioną w Polsce hodegetrię, na której to biedna Maryja ma pokiereszowaną twarz, jak nie przymierzając Zdzichu od Krasowiaków po pełczyckiej zabawie na dechach. Prawy policzek Matki Bożej znaczyły dwa równolegle biegnące sznyty, przecięte trzecim na linii nosa. Jakby tego było mało, to na szyi było jeszcze sześć rys, z których dwie się rzucały w oczy przy pierwszym spojrzeniu, cztery zaś jakby słabiej. Jaki to świat od dawna podły musiał być, od samego zarania, skoro nawet Najświętszą Panienkę tak ukrzywdził! I to jeszcze za niewinność, bo jeśliby nie, to przecież nie zostałaby Świętą Marią i jeszcze do tego Królową Polski, Matką Boską Częstochowską, do której ludzie z różnych stron na piechotę idą.

Ten obraz Tadek Wichrowiec schował nieco za winkiel, między szafą a regałem, bo jakoś niezręcznie mu było, że tak na oczach Panienki może z Adelą sypiać... A przecież minuty odliczał, kiedy w łóżku się z nią znajdzie, i ręce mu się pociły od samej myśli, że będzie mógł jej dotykać.

Pierwsza noc zaczęła się zaraz po skromnym weselu. Wszyscy się rozeszli, bo i wódki brakło, i do żarcia niewiele było. Więc jeden z drugim poszli dopić gdzieś; akurat dożynki były, to i na wsi zebrało się ludzi, którzy podawali sobie z dumą, że w tym roku to i sam sekretarz z gminy do nich przyjechał. A wieńców narobili, a braw mu nadawali!

Młody małżonek, jak przystało, do domu żonę na rękach wniósł, choć im to na dobre nie wyszło, bo tuż za progiem stara Wichrowcowa, która od początku przeciwna była tej żeniaczce syna, złapała się pod boki.

– Cobyś tylko tej damy do końca życia nie musiał na swoich rękach dźwigać! – zasyczała zjadliwie, obrzucając synową pełnym pogardy spojrzeniem i z hukiem zamykając wejście do dolnej części domu. Dała tym samym do zrozumienia, że odtąd obie części chałupy są osobne i lepiej, by się młoda do tej drugiej nie napatoczyła. Tadeusz rzucił matce gniewne spojrzenie, ale ta nic z sobie z tego nie robiąc, trzasnęła ostentacyjnie drzwiami.

W pokoju na strychu Adela zdawała się być obrażona na swojego jednodniowego męża. Może nie tyle chodziło jej o to, by urazę chować, ile nijak nie umiała pojąć, co ma teraz robić i czego na dobrą sprawę jej poślubiony będzie od niej oczekiwał. Ciotka Zocha niczego jej nie wyjaśniała, a poza nią to Adela nie miała z kim o tych damsko-męskich sprawach pogadać. Ciotka tylko, od niechcenia, pomiędzy jedną robotą a drugą, wtrącała co nieco.

– Ty się przed mężem nie wzbraniaj, bo to po pierwsze nie po bożemu, by kobita mężowi odmawiała, a po drugie... Raz nie dasz, drugi, to ci pójdzie w cug! Więc to pamiętaj! Oczy zamknij, zęby zaciśnij i podkładaj się tyle razy, ile mu się zachce. To może i nie jakaś tam frajda wielka, ale nie jest źle... Czasami to nawet i jakoś tak miło się robi... – kończyła z wypiekami na twarzy, ale od razu dodawała: – Chłop jak to chłop! Jak mu w noc dasz, tak w dzień dostaniesz.

Adela przysiadła na łóżku i zagarnęła fałdy sukni do siebie, bo zdawało jej się, że jej ta ohydna szata tak ciąży, tak ją szpeci, że nic, tylko pozbyć się odzienia. Ale co dalej? Jak ona, dziewczę bez doświadczeń i mądrości życiowej, ma stanąć – bądź co bądź – przed obcym mężczyzną, w halce ze stylonu? Albo, co gorsza, i bez niej? Zakręcone na papiloty włosy rozsypały się po Adeli, jakby one jedne rozumiały, że dziewczyna musi mieć co osłonić. Część ich spadła na przód, a część, strząśnięta poruszeniem głowy, okryła niemal do pasa plecy, niczym peleryna, taka jak te dziewczynek idących do pierwszej komunii – z wyrobionymi szydełkiem w pionowych rzędach koszyczkami, na przemian z ananasami.

Tadeusz przysiadł przy żonie, objął ją ramieniem i nagle oboje poczuli, że sztywnieją. Ona z tej niewiedzy, on zaś z podniecenia, które od chwili gdy ją ujrzał, siedziało w nim, nie dając żyć. Wreszcie pan młody delikatnie, by nie spłoszyć, zaczął wypinać małe guziki z perłowej masy, które stara Grabosiowa dorzuciła jako bonus do koronki. Guziczki wysmykiwały się z dziurek, jakby chciały wyplątać się z tej brzydkiej sukni i przyśpieszyć to, co i tak przesądzone. Jeszcze tylko sterčząca halka i zakupiony na targu stanik z miseczkami wyłożonymi gąbką, żeby przydawały piersiom rozmiaru, dzieliły ich od siebie...

Łóżko zaskrzypiało i Adeli zdawało się, że ten dźwięk, brutalnie tnący domową ciszę, zaraz sprowadzi na strych innych mieszkańców. Wsunęła się pod pierzynę. Powłoka od krochmalu była niczym blacha albo zeschnięty placek macy i dziewczynie zdawało się, że najmniejszy ruch skruszy płótno, a ona będzie tak leżała obsypana białym pyłem, który wystarczy tylko zdmuchnąć, by ją odsłonić. Wstrzymywała oddech, a w głowie miała jedną myśl, by mieć to już za sobą. I gdy tak starała się ze wszystkich sił zapanować nad strachem, poczuła, jak członek męża toruje sobie drogę. Zanim zdążyła krzyknąć, Tadeusz uciekł; tak długo powstrzymywane pożądanie eksplodowało, ledwie w nią wszedł. Zacisnęła nogi, chcąc powstrzymać wyciek zmieszanych ze sobą krwi i nasienia. Wstydziła się, że ledwie weszła do cudzego domu, do obcego łóżka, a już ubabrała wszystko. Do rana nie zmrużyła oka, rozmyślając, czy tak właśnie wygląda miłość. Czy ten ugniatający ciężar, rozpierający podbrzusze ruch wzwiedzionego członka, którego wielkości nie umiała sobie przedstawić, to w rzeczy samej ten sam akt, o którym z wypiekami czytała ukradkiem, śniąc później sny o różnych Michorowskich czy innych hrabiach, książętach albo bodaj zwykłych mężczyznach, którzy – zanim zalegli na kobiecie, by doznać owego ostatecznego spełnienia – wpierw prawili jej frazy o wyjątkowości, braku możliwości życia bez niej, o tym, że dzień bez niej to niebo bez gwiazd, albo i inne wymyślne poetyzmy, całowali ją od stóp do głów, nawet tam, gdzie autor romansu nie dość jasno opisał miejsce, a brak doświadczenia nie pozwalał Adeli na jakiekolwiek asocjacje. Teraz delikatnie dotykała ręką miejsca, spenetrowanego przed chwilą, które oto niezbicie dowodziło jej przeobrażenia, nadawało jej miano kobiety. Obyło się bez egzaltacji, ale i bez wielkiego strachu, choć czuła, że w podbrzuszu nieco muli, ciągnie i szczypie. W zasadzie Adela czuła się zawiedziona. Pomyślała, że wszystko w jej życiu jest takie sobie, dalekie od doskonałości, wybrakowane. I może to z tego rozczarowania, a może ze zwykłego zmęczenia, zaczęła płakać, cicho pociągając nosem. Z dołu dobiegały jakieś dźwięki, których nie potrafiła określić. Nie znała tego domu, rządzących nim praw, czuła jednak, że musi za wszelką cenę stąd odejść. I z tego domu, i z tej wsi, do której nigdy nie mogła przywyknąć i która od zawsze zdawała się zaledwie przystankiem w jej życiu.

Obok Adeli leżał jej mąż. Nagi męski tors odbijał się od pościelowej bieli, ręka opadła bezwładnie; na wzdętej pierzynie spoczywała mniej więcej w połowie ciała Adeli. Ta natomiast tłumiła oddech, aby nie daj Boże! nie wyrwał się z płuc głośniejszy. By nie rozbudził Tadeusza i uśpionej w nim popędliwości.

Kolejne noce sprawiały, że Adela coraz chętniej przyjmowała męża, jej ciało oddawało mu pieszczoty coraz odważniej, a kiedy pod powiekami jego obraz zacierał się, a w to miejsce pojawiał się inny, syczała z rozkoszy. Rozszerzała uda, by jeszcze mocniej, jeszcze głębiej poczuć w sobie niecierpliwe ruchy, wwiercające się w nią, drażniące do tego stopnia, że wbijała paznokcie w mężowskie plecy, nie mogąc tej rozkoszy zatrzymać w sobie. Tadeusz był zadowolony, ale zdarzało się, że czasem zastanawiał się, skąd u jego żony taka ochota i takie rozbuchanie, co to skromną i cichą kobietę w dzień przemienia nocą w rozpustną bestię. Ale wszystko by poświęcił, aby Adela szczęśliwa była i by ten stan, ta jej ochota nie przeszła nigdy.

Niedługo po ślubie teściowie zaczęli dopominać się o wnuka.

– Może ogórka zje? – pytała teściowa Adelę, przewiercając ją wzrokiem. – A dobrze się czuje, bo jakaś blada się zdaje?

Ponieważ jednak synowa nie zdradzała żadnych słabości czy zachcianek, stara Wichrowcowa odwoływała syna na bok.

– A ona to chociaż zdolna dzieciaka urodzić? – wątpiła. – Bo jakieś to takie chude, cherlawe…

Syn jednak zbywał matkę milczeniem, patrząc na nią złowrogo. Wyczuwał matczyną niechęć, dlatego nie przestawał kombinować, jak uzbierać trochę grosza i się wyprowadzić. Bał się, że Adela nie przetrzyma dogadywań i ucieknie gdzie pieprz rośnie, zostawiając go, choć on przecież już życia bez niej nie widział.

Zaraz przed Bożym Narodzeniem Tadeusz z bratem się rozmówił, zrzekł się swojej części ojcowizny za mniejsze pieniądze, ale nie chciał czekać na śmierć ojca, choć ten słaby już był i ledwie łaził. Kto to wie, kiedy przeznaczone mu oczy zamknąć? Wszystko w życiu możliwe jest, więc lepiej się zabezpieczyć. Kiedy okazało się, że na mieszkanie w bloku jednak mu zabraknie, sprzedał swój motor. Od początku czuł, że Adela na wsi usycha, trzeba jej tego miasta jak rybie wody, choćby i tak niewielkiego jak Barlinek.

Adela nie mogła uwierzyć w swoje szczęście, kiedy wnosił ją przez próg. Wszystko jej pachniało w Barlinku, a już w domu, gdzie każda ściana świeżo pobielona, gdzie lakiernicą od okien szło, nawąchać się nie mogła, aż jej się w głowie kręciło. Na przemian to otwierała oczy, to je zamykała, by nabrać pewności, że to nie jeden z tych jej snów, które potem przez kilka dni moszczą się w głowie. Kiedy już ulatywały, pozostawała w dziewczynie tęsknota. Adela snuła się po mieszkaniu, czekając na męża, sama żadnej pracy nie znalazłszy. Z początku nawet i nie bardzo szukała, bo pomyślała, że może teściowa ma rację: „Trza by się o dziecko postarać", i tak w sobie ten plan rozwijała, że rósł w niej z dnia na dzień. Nocami zaś dokonywała wszelkich działań, która miały służyć powołaniu dziecka do życia. Zdarzało się, że Tadeusz wracał z nocnej zmiany zmordowany i tylko sen mu się marzył, ale Adela, pomna swojego planu, się do niego przybliżała, wabiąc go niby to przypadkiem i przytykając się do jego przyrodzenia. I mąż odkładał swoje wypoczywanie na jakieś pół godziny, dogadzając żonie. Mijały noce i ranki, a czasem to i w ciągu dnia Tadek Adelę brał, ale nijak z tego ciąża wyjść nie chciała. Po kilku miesiącach ciągłego kochania, jak bądź i gdzie bądź, dziewczynie się odechciało, a i jemu lżej było przyjąć odmowę, choć jego głowa wciąż jeszcze pragnęła kobiety. Krew miesięczna coraz to na majtkach Adeli się pokazywała, a ona była pewna, że to przez nerwy po śmierci jej matki i zapijaczeniu ojca, i tym dzieciństwie utraconym coś podświadomie nie dopuszczało, by plemnik złączył się z jajeczkiem. Pewnego dnia, wracając ze sklepu, Adela przeczytała kartkę na szybie Wielkopolanki: „Kelnerkę do pracy przyjmę, robotną, chętną i młodą. Najlepiej po szkole".

Coś się w niej odezwało; Adela poczuła, jakby ktoś specjalnie dla niej wywiesił to ogłoszenie. Na dodatek wszystko się zgadzało. Wszystko to, co wymienione było, ona – Adela, po mężu Wichrowiec – posiadała.

Weszła do restauracji. Ciężka kotara odgradzała niewielki przedsionek od sali, w której było siwo od dymu. Zapach wódki mieszał się tam z wonią octu i galarety z zimnych nóżek. Rzędem ustawione stoliki stały niemal puste, poza dwoma, tuż przy wielkich półokrągłych oknach, z których rozciągał się widok na cały rynek. Mężczyźni przy nich oderwali wzrok od siebie i spojrzeli na wchodzącą. Kobieta powiodła wzrokiem po wnętrzu, szukając kierowniczki.

– Ej! Paniusiu! Może pani mnie szuka? Służę pomocą – odezwał się jeden, zdrowo już wypity. Zerwał się z miejsca, najwidoczniej z zamiarem nawiązania bliższego kontaktu, ale drugi pociągnął go za mankiet.

– Dajże spokój! Nie rób draki! – I zaraz zwrócił się do kelnerki: – Pani Krysiu! Złota moja! Proszę jeszcze po kolejeczce.

W tym samym czasie zza kontuaru wychyliła się kierowniczka. Przypominała Niemki z filmów wojennych: szczupła, by nie powiedzieć koścista, z wąskimi wargami pociągniętymi ostrą szminką, z włosami upiętymi w niewielki rulon tuż nad karkiem. Adela była pewna, że kobieta za chwilę zwróci się do niej po niemiecku. Nieco zdeprymowana, dygnęła jak uczennica.

– Nazywam się Adela Wichrowiec – przedstawiła się. – Ja w sprawie pracy. Przeczytałam na szybie…

Kierowniczka wyszła zza lady, z dymiącym papierosem w ustach. Dopiero teraz rzuciło się Adeli w oczy, że to niemłoda już kobieta. Jej twarz pokrywała warstwa pudru, który o tej porze już nieco się obsypał, pozostawiając grudki, czarna henna przydawała rysom ostrości, tym bardziej że kreska brwi była nieco przesunięta w stosunku do miejsca, w którym naturalnie powinny rosnąć. Pani Irena, bo tak kierowniczka miała na imię, zmierzyła Adelę od stóp do głów, nie próbując nawet silić się na spojrzenie spod oka. Nieco dłużej zatrzymała wzrok na biuście kandydatki.

– A pracowałaś już gdzieś, kochana? Bo tu, wiesz, nie jakaś tam podrzędna knajpa. Tu jest porządna restauracja. Przy Rynku, w samym sercu…

Adela nie wiedziała, co odpowiedzieć. Przecież nie będzie kłamać. Nie pracowała nigdzie, ale teraz niczego na świecie tak nie pragnęła, jak tej posady tutaj. Zwłaszcza że po chwili wszedł do restauracji pan Bogdan, usiadł przy pianinie i zaczął śpiewać. Bogdan był prawdziwym muzykiem – kiedyś na statkach grywał gościom do eleganckich, z wielkiego świata, kolacji. W tygodniu przychodził tutaj i do pianina zasiadał, podgrywając znane szlagiery, trochę swingując, trochę jazzując, jakby wciąż był na pokładzie, a nie w małomiasteczkowej (by nie powiedzieć: podrzędnej) knajpce. Bo w soboty było już całkiem inaczej.

Choć teraz do wieczora pozostało jeszcze trochę czasu, Adela wyobraziła sobie wszystkie stoliki zajęte przez mężczyzn w krawatach i kobiety w krótkich falbaniastych spódnicach i tak rozmarzyła się, że aż ją w środku zabolało. To jej świat! Jednak w sekundę się otrząsnęła, zdążyła pomyśleć, że już za nic nie wyjdzie stąd bez pracy, i jakby umocniona w postanowieniu dźwiękami spływającymi spod palców pana Bogdana powiedziała pokornie, z błaganiem w oczach, któremu trudno było się oprzeć:

– Nie. Jeszcze nie. Ale przecież każdy musi kiedyś zacząć...

– Ano właśnie! Znowu każdą przygotowywać, wszystko pokazać, przyuczyć. A ta albo do konkurencji pójdzie, albo dzieciaka urodzi... – Kierowniczka zamyśliła się na chwilę, taksując dziewczynę wzrokiem, cmokając i kręcąc głową. – A weźże, moja słodka, tę tacę i zanieś ją tamtym facetom!

Wzięła tacę od przechodzącej kelnerki Krysi i wręczyła ją Adeli, jakby to była zwyczajna czynność, a nie taka, od której niejako zależała cała przyszłość i kariera zawodowa dziewczyny.

Ta pochwyciła tacę, podeszła do stolika i choć czuła, że nogi jej się trzęsą, nie dawała poznać po sobie zdenerwowania.

Mężczyźni wyraźnie się ożywili. Jeden z nich chciał nawet wsunąć banknot za bluzkę Adeli, ale ta sprytnie się uchyliła i pieniądze wylądowały na tacy. Wróciła do kontuaru, przytykając dłoń do twarzy, która zdawała się rozpalona jak przy najgorszej anginie.

– Pamiętaj, kochana, nigdy nie pozwalaj, aby ci chłopy łapy pod spódnice wkładały, po tyłku klepały czy pieniądze w cycki kładły. Jak trzeba... – Tu kierowniczka popatrzyła na dziewczynę, jakby sprawdzała, ile do niej dociera lub na ile jest odważna – ...to i w pysk strzel! To porządna knajpa, a nie jakiś burdel! Trzeba o opinię dbać!

– Czyli... – zaczęła Adela nieśmiało, ale kobieta weszła jej w słowo.

– Od soboty zaczniesz na dobre, a od jutra przychodź, to się będziesz przyglądać. Kryśka lub Cześka ci wszystko pokażą, a tylko słuchaj się, bo one zęby zjadły na kelnerzeniu. Cześka odchodzi, bo jej mąż pracę gdzieś w centralnej Polsce dostał i ciągnie ją za sobą. A i trochę pomaluj się, bo wyglądasz jak dziewczynka, a nie jak kobieta!

Adela uśmiechnęła się i zaraz pomyślała, że nie wypada tak jawnie okazywać radości, ale radość była silniejsza. Będzie pracować! Na siebie. I zarabiać prawdziwe pieniądze. Dziecko nie zając, nie ucieknie. Przecież co tam ona ma, nawet nie dwadzieścia lat! Niewiele użyła, to i po co tak zaraz w pieluchy się pchać? A tu? Wielki świat! Może nie to samo, co Szczecin czy inny Poznań, ale zawsze! Ktoś z podróży albo w jej trakcie. A to do nowych zakładów zjeżdżają mężczyźni w garniturach, krawatach, z zegarkami na rękach i czarnymi aktówkami. Zaraz też widać, po tym, co taki zamawia, jak je – czy usta chusteczką wyciera, czy ręką – kto zacz. Niektóry to prawie połowę tego, co zapłacił, jako napiwek zostawiał.

Najbardziej lubiła Adela soboty, choć te same soboty stały się udręką dla jej męża. Tadeusz nie mógł patrzeć, jak ona się stroi, jak maluje rzęsy, rozczesując je, by wydawały się tak długie, że trudno przez nie coś zobaczyć, jak przez jakąś zasłonkę. Ale Adela tak zalotnie wyglądała, że tylko kto głupi albo ślepy nie mógł widzieć, jaka była piękna. Niekiedy pozwalała się odprowadzać mężowi, ale tylko do Rynku. Nie chciała, aby kierowniczka pomyślała, że on zazdrosny jest i dlatego pod oknami restauracji węszy. Wiadomo, że zazdrosny mąż to może drakę wywołać albo biedy jakiej narobić! A tu lokal o takiej renomie, i jeszcze w samym sercu miasta, na incydenty pozwolić sobie nie może!

Z sali płynęły tęskne dźwięki *Kormoranów*, tyle że grał je dziś cały band: Rysiek z gitarą, Adam na perkusji, Zenek na gitarze basowej i, oczywiście, pan Bogdan, który na dansingach śpiewał i pogrywał to na akordeonie, to na organach Hammonda, które budziły sensację nie tylko w samym Barlinku, ale i okolicznych miejscowościach. Wewnątrz było jeszcze luźno; zaledwie kilka stolików zajętych.

Mało kto tańczył, ale jeśliby się przyjrzeć, to wszyscy albo wystukiwali rytm nogami, albo, głównie kobiety, kołysali się sennie z na wpół przymkniętymi powiekami.

Tadek z ukrycia podpatrywał, jak Adela pląsa między stolikami, zapisując na karteczkach zamówienia. Kiedy zdarzało się, że dostrzegał śliniącego się na widok jego żony faceta albo nie daj Bóg! jakiś ruch blisko jej ciała (obojętnie jakiej jego części), to taka go zazdrość brała, że do rana nie mógł oka zmrużyć i rzucał się na łóżku. A często to i wstawał, i szedł pod knajpę, by popatrzeć. Jakby już sam jego wzrok miał moc sprawczą. Najgorsze jednak były te noce, kiedy Tadeusz miał trzecią zmianę i nijak nie mógł się z pracy wyrwać. Wówczas nic mu nie wychodziło: chleby paliły się, ciasto zakalcowało, a bułki, zamiast chrupiące, twarde były jak kamień. Kiedy wracał do domu, nie mógł sobie miejsca znaleźć. Kładł się przy żonie, raz po raz sprawdzając, czy Adela wszystko ma na miejscu, jakby przez noc mogło jej czego ubyć. Adela zaś, skończywszy pracę nad ranem, padała na łóżko i zasypiała, nieraz nawet nie zdjąwszy z siebie ubrania całego, a tylko porzuciwszy krępujące bluzki czy wąskie spódniczki.

***

Mieszkanie pięknialo. Przybywało w nim mebli i modnych sprzętów. Szafa Adeli zapełniła się jedwabnymi bluzkami z żabotami oraz perkalowymi, jedwabnymi (i jakimi tylko kobieta mogła sobie umyślić) spódnicami. W kredensie szkliły się w popołudniowym słońcu kryształy z Ireny: koszyczki, kieliszki wszelkiego kalibru. Kiedy promienie padały pod odpowiednim kątem, wszystkie te cudowności dawały niezwykły pokaz barw – oto światło rozszczepiało się i w każdym kieliszku, żardinierce, we wszystkich ich zagłębieniach, można było ujrzeć tęczę.

Życie nabierało sensu. Adela coraz bardziej czuła się panią z miasta. Ów zew, który uśpiony drzemał w niej przez lata, teraz odzywał się jako ci śpiący rycerze, co to tylko czekają na znak. W pamięć zapadła Adeli ta legenda opowiadana przez matkę w mieszkaniu na Przędzalnianej, kiedy wszystko było nierealną powiastką, i dziewczynka wbiła ją sobie do głowy jako jedną, choć przecież niejedyną cudowną opowieść o nadziei. Kiedy później było jej tak strasznie smutno i samotnie, wytrzymywała dzięki niej, bo przecież wiedziała, że czasem na znak trzeba czekać i wieki.

Teraz jeszcze nie bardzo dopuszczała do głosu myśl, że oto nadszedł czas. Jej czas. W dzień, gdy była w domu, Adela sprzątała, zaglądała w każdy kąt, odsuwała kanapy i na kolanach sięgała ścierą aż do listew przyściennych. Z rękawami zakasanymi, z kolanami odgniecionymi od podłogi, włosami niedbale upiętymi, żeby się po twarzy nie błąkały. Wszystko robiła solidnie, by potem z poczuciem dobrze spełnionego obowiązku wyszykować się do pracy. To był jej czas! Teraz przechodziła przeobrażenie, by zaistnieć jako imago. Nocne wizerunki, skrupulatnie obmyślane gesty, obrazy tworzone w jej umyśle od dzieciędztwa, teraz właśnie – tuż przed wyjściem do pracy – zyskiwały szansę ziszczenia się, zaistnienia de facto. I dlatego Adela zniosłaby wszystko, byleby dotrwać do tej chwili.

Wchodziła do Wielkopolanki jak do swego królestwa. Głowa do góry, pierś do przodu, prężny krok. I mimo że nikogo nie było w lokalu, nie licząc gdzieś w końcu sali niewytrzeźwiałego po poprzednim wieczorze drugorzędnego gościa, który od czasu do czasu, pomiędzy momentami pozoru wytrzeźwienia, wystękiwał pijacko: „Złota ty moja, jeszcze wódeczkę!”, Adela czuła się tu doskonale. Wzrokiem wodziła po sali, na chwilę zatrzymując oczy na grubej granatowej kotarze, za którą znajdowały się toalety. Siedziała tam pani Henia, pracująca tu od zawsze i nieobruszająca się, kiedy ktoś mówił o niej „babka klozetowa”. Ze swego miejsca mogła obserwować salę, obierając na okrętkę jabłko, krojąc je i kawałek po kawałku wsuwając do ust prosto z noża. Niekiedy jadła obiad na stoliku tuż za zasłoną i ani zapachy, ani odgłosy z ubikacji nie burzyły jej apetytu. Podnosiła wtedy oczy znad talerza, tylko aby odebrać zapłatę od klienta. Czasem jakiś, po kilku razach, rzucał na tacę więcej, mrużąc jedno oko.

– Na zaś – mówił.

Bywało często, że „zaś” nie miało miejsca lub też upojony gość zapominał, że już płacił. Pani Henia w życiu nie upomniałaby się o ponowną zapłatę, ale gdy kładł pieniądze, nie protestowała, udając, że zajęta jest właśnie cięciem rolki papieru na równe prostokąty.

W tygodniu to niewiele roboty w knajpie było, ale Adela lubiła wszystko mieć przygotowane: obrusy pozmieniane na każdym stoliku, kwiatki w wazonach, czyste popielniczki, a krzesła poustawiane równo jedno w jedno, pod takim samym kątem do stołów. W takie senne dni często siadywała przy oknie i zza firany patrzyła na rynek. Z biegiem czasu znała już wszystkich z widzenia – kto o której godzinie przechodził, pewnie do autobusu, kto tylko czasem i nie o stałych godzinach, a kto był pierwszy raz. Wtedy kobieta stawała się czujna, bo na bank można się było tego kogoś spodziewać w restauracji, a już szczególnie jak pora była obiadowa. W Barlinku jeden jeszcze bar był i restauracja. Ale przecież w barze to taki gość w prochowcu i z teczką to jeść nie będzie, a z kolei na Gryfa to nie każdego stać. Tam to już na samym wejściu trzeba mieć na szatnię, a ceny?! Nie na byle jakie kieszenie, o nie!

Adela myślała sobie, że kiedyś się przyjmie do Gryfa, ale najpierw to musi doświadczenia nabyć, a poza tym to coraz bardziej jej było smutno na myśl, że miałaby to miejsce opuścić. Zwłaszcza że nie minęło kilka lat, a pani Irena, nieoczekiwanie dla wszystkich, dostała ataku serca. Adela nigdy nie zapomni bladości na jej twarzy i sinych ust, kiedy kierowniczka, łapiąc się za serce, runęła na podłogę między stolikami. Aż dziw, że sobie niczego nie połamała ani nie rozbiła głowy. Młoda kobieta trzęsącymi ze zdenerwowania i strachu rękami wykręcała numer centrali, by karetkę przywołać, ale jak to się zdarza, to, co ma służyć człowiekowi, przez niego wymyślone, często przeciwko niemu się obraca. Adela pomyślała chwilę, coraz to spoglądając, czy kierowniczka zdradza jakieś oznaki życia, i pognała na postój taxi, który zaraz przy Wielkopolance był. Właściciel szarej warszawy, gruby pan Mietek, zmiarkował, że coś się stało, i chwycił za słuchawkę, wołając:

– Gdzie mam dzwonić, pani Adelu? Milicja, karetka, straż?

– Szpital... Kierowniczka... Tylko szybko, bo nie wiem, czy jeszcze żyje! – wołała zdyszana. – Ja wracam do niej. Mój ty Boże!

Wewnątrz sali panowało poruszenie. Nad panią Ireną stali pani Henia i jakiś klient.

– Oj, biedna – lamentowali. – Tam, gdzie większość życia spędziła, tam też i odeszła...

– Może ona żyje? Tylko zasłabła?

– Co też pani, pani Heniu, pani patrzy na usta. Sine. A i ta białość... Ja tam niejedną śmierć widziałam, to już i omylić się nie omylę. Mój świętej pamięci tatuś, świeć Panie nad jego duszą, to też tak padł, kiedyś tam, na podwórku przy domu. A pamiętam, że to było akuratnie w czas, kiedy to niewąsko sobie popijał i nieraz zdarzało się... – kobieta zaczęła opowieść. Wszystko wskazywało na to, że sprawa jest już przesądzona, więc nie ma żadnej przeszkody, żeby sobie pogadać, podparłszy się pod boki. Bo i co tu dalej do roboty? Stało się! Przecież ludzka rzecz, że ludzie umierają.

– Odsuńcie się! – krzyknęła Adela, przepychając się do leżącej. Przyklękła przy niej, przyłożyła ucho do piersi. Obiema rękami podciągnęła jej brodę i delikatnie odchyliła głowę do tyłu, by wygodniej było do ust sięgnąć. A potem skrzyżowała dłonie na wysokości mostka pani Ireny i zaczęła raz uciskać serce, a raz, do ust kobiety przyłożywszy swoje, wtłaczać w nią powietrze metodą usta-usta, której się w zawodówce nauczyła. I raz, dwa. I raz, dwa, trzy, cztery, pięć... I tak do trzydziestu, a potem znowu dwa oddechy i ugniatanie klatki, które Adeli wcale niezgorzej szło, bo przecież miała ręce na wyrabianiu chleba wyćwiczone.

– Zostaw dziecko! Nie szarp już tego ciała! Ona już nie z nami – napominała ją pani Henia, ale Adela nie słuchała, wykonując wyuczoną sekwencję ruchów. Tak długo nachylała się i podnosiła, aż przyłożywszy policzek do ust pani Ireny, poczuła leciutki strumień ciepłego powietrza. W tej samej chwili sygnał karetki ucichł i do restauracji wpadła ekipa ambulansu z lekarzem na czele. Adela ustąpiła mu miejsca, pewna już w duchu i ucieszona, że kierowniczka żyje.

Lekarz przyłożył słuchawkę, uchylił powieki pacjentki, poświecił małą latareczką, jakby zamierzał oświetlić ten tunel, z którego kobieta cudem się wydobyła i o którym nieraz przy stoliku pod oknem będzie opowiadała wszystkim, z wdzięcznością dozgonną spoglądając na Adelę, która drugie życie jej darowała.

„Życie to jednak piękny dar", rozmyślała Adela wiele dni po tym, jak uratowała panią Irenę. Kierowniczka musiała z pracy zrezygnować, bo to, jak powiadała, z losem nie trzeba igrać. Pan Bóg palcem ją dotknął po to, by po rozum do głowy poszła i zmieniła swoje życie. No bo co taka Irena w życiu miała? Nic. Ani męża, ani dzieci, a i od Boga z dala. To teraz – po ataku serca, kiedy to resztką sił uciekła z tego tunelu, z którego końca cudownym światłem ją przywoływano i wabiono, lecz ona się tak na życie uwzięła i jeszcze też za sprawą Adeli na ten padół ziemski powróciła – calutką siebie postanowiła zmienić. Po obiedzie w Wielkopolance i krótkim spacerze zaraz za rynek, nad jezioro, pani Irena szła do kościoła Niepokalanego Serca Najświętszej Marii Panny. Tam się Bogu spowiadała ze wszystkich swoich uchybień, tam wyśpiewywała wszystkie nabożeństwa majowe i czerwcowe, litanie do świętych i kręciła koraliki na wydobytym z zapomnianej szuflady różańcu. Aż wszyscy dziwili się, jak to człowiek się może odmienić.

***

Adela Wichrowiec niebawem otrzymała całkiem intratną propozycję objęcia kierownictwa Wielkopolanki.

Wiedziała, że to pewnie pani Irena w tym palce maczała, bo przecież prezes peesesów od zawsze był stałym gościem restauracji, jednak decyzję musiała podjąć nad wyraz trudną. Lata płynęły, ona nie młodniała, wręcz przeciwnie. W każdego sylwestra z niekrytym rozgoryczeniem powiadała:

– I kolejny rok za mną, coraz starsza jestem. Ani się obejrzę, a będę stara i brzydka.

Na co Tadeusz śpieszył zaprzeczać, wciąż jeszcze, mimo upływu lat, nie mogąc uwierzyć, że Adela jest jego. I wciąż taka śliczna, że czasami to i wolałby, żeby stała się brzydsza i grubsza, bo go te liżące spojrzenia mężczyzn tak drażniły, że nocami spać nie mógł, jak sobie wyobraził, że ona mogłaby tak z innym... Może choć po ciąży się co zmieni, myślał. Ale jego kobieta coś zajść nie mogła, mimo że już dawno przeminął czas, kiedy się przed ciążą bardzo zabezpieczała. I o ile na początku małżeństwa odsuwała od siebie myśl, że ktoś jej wolność ograniczy, o tyle z czasem dziecko coraz częściej jej głowę zajmowało. Już i do łóżka wchodziła z większą ochotą, czulej i hojniej obdarzając męża pieszczotami, bo się strachu o niechcianą ciążę wyzbyła. Ale i to nie pomagało. Miesiąc w miesiąc dostawała okres, że w końcu przyprawiało ją to o łzy. Wreszcie udała się do doktora Ostapiuka, bez wstydu, choć co jak co, ale do lekarzy to Adela zawsze krępowała się chodzić. A już szczególnie do tego, który nie dość, że miał taką specjalność, to jeszcze pamiętała go z podstawówki na Leśnej, którą po klasach wstępnych kończyła, gdzie dojeżdżała bonanzą albo i czasem idąc pieszo ze swojej wsi. Nieraz też, a najczęściej to kiedy zima, śnieg i mróz, przeklinała swoje życie i tę wieś, bo w Łodzi, z której pochodziła, nie musiałaby szkół zmieniać. Tam pewnie wszystko byłoby inne... Lepsze.

Ginekolog między nogi zajrzał, wywiad rodzinny przeprowadził, a na koniec badania zlecił, z których czarno na białym wynikało, że w naturze Adeli nie ma żadnej przeszkody, która wadziłaby jej dziecko począć i urodzić.

Kobieta jak najbardziej uznawała autorytet lekarza, który po wielu badaniach głową tylko pokiwał:

– Pani Adelu droga! – rzekł. – No cóż... – Po brodzie się poszczypał, założył włosy za ucho. – Trzeba z mężem poważnie porozmawiać... Wie pani... – Lekarz zdawał się bardziej zażenowany niż ona, kiedy miał o słabościach męskich rozprawiać. – Zmieniając, he, he, he, nieco to znane powiedzenie... He, he... o tym ambarasie... Wie pani o co chodzi? Nie? Bo w tym cały jest ambaras, żeby dwoje, he, he, mogło naraz, he, he, he,he – rozległ się nieco sztuczny, wymuszony śmiech. Doktor natychmiast się zmitygował, odchrząknął. Powrócił mu rezon. – Trzeba, droga pani, męża szanownego przyprowadzić. Hm... Być może... A nawet, śmiem rzec, jestem jakby przekonany, że... hm, hm...wina... hm... tak sobie, bez żadnych imputacji nazwijmy... jest w rzeczy samej... hm, po stronie szanownego męża.

Zaraz też lekarz podniósł się, aby odprowadzić kobietę do drzwi. Sprawiał wrażenie, jakby popełnił kolosalną nielojalność wobec wszystkich mężczyzn, obwiniając jednego z nich, nawiasem mówiąc zupełnie mu nieznanego, o jakąkolwiek słabość.

Całą drogę z Bieruta na Kozią Adela rozmyślała, jak ma mężowi powiedzieć, że ich dziecko nie przychodzi na świat, bo on nie jest w stanie tego spowodować. I jak on ma zrozumieć, że taka rzecz jemu przytrafić się mogła? Chłop silny, zdrowy, bez nałogów. A i w rodzinie – dalszej, bliższej – dzieciaki rodziły się, ledwie co kobita kalesony męskie na sznurku rozwiesiła. Toć przecież ona, sierota z wielkiego miasta, po matce chorowitej i wątłej oraz po ojcu pijaku, miała wszelkie dane, by bezpłodną być, a tu patrzcie, jaki psikus losu!

Szła Adela parkiem przy jeziorze. Przed nią rozpościerał się widok na cały trójkąt przestrzeni porośniętej trawą, z alejkami, przy których można byłoby przysiąść z wózkiem, dzieciaka nakarmić lub z inną matką zagadać i o trudnych sprawach wychowania dziecka porozmawiać, alboby chociaż tylko przysiąść i papierosa wypalić, bo w ciągu dnia, w domu, taka matka to ma taki zapieprz, że nieraz nie wie, w co ręce włożyć, żeby wszystkim obowiązkom: i gospodyni, i żony, a też w końcu i matki sprostać. Adela wszędzie widziała wózki. Spacerowe, gondole na wysokich kółkach – bocianie gniazda – jakby naraz wszystkie matki wyległy na ulicę, by pokazać jej i dociąć:

– Co? Stroić się umiemy? W restauracji facetom dogadzać? Głowę wysoko nosić? A prostej rzeczy, najprostszej po słońcem – dzieciaka urodzić – to nie potrafimy!

Kiedy Adela dotarła do domu, Tadeusz przysypiał na leżance w stołowym. Podniósł się, jak tylko zachrobotał klucz w zamku. Już po minie żony wiedział, że tym razem też ojcem nie zostanie. I choć wcale mu się do ojcostwa nie śpieszyło, jednak coraz to docierało do niego, że czas już na dziedzica, co by nazwisko podtrzymał, a i z czasem przejął te majątki, które on gromadził. Wstał. Przeciągnął ręką po zmierzwionych włosach. Podszedł do Adeli, obejmując ją jak do całowania, i rzekł:

– Nic to! Nic się nie martw. Nie tym razem, to może następnym. Nie ty pierwsza i nie ostatnia.

Ale zanim ręka męża zacisnęła się na niej, kobieta nie wytrzymała. Łzy bez żadnej kontroli puściły się po twarzy, a Adela, wycierając mokry nos rękawem sukni, dopiero co raz włożonej, zaczęła wykrzykiwać:

– Ja... ja... mogę i tuzin urodzić... to... ty... ty nie umiesz spłodzić! Twoje nasienie bublaste! Tylko gzić się umiesz! – Złość, żal i rozczarowanie nakazywały jej wygadywać co ślina na język przyniesie, byleby tylko zapomnieć o utraconej u lekarza nadziei.

Na długi czas Adela odsunęła się od męża, który w żaden sposób nie chciał przyjąć do wiadomości, że jego męskość jest niepełnowartościowa. O badaniach i oddawaniu nasienia nawet słyszeć nie chciał. Kto to widział, żeby chłop przed jakimś innym chłopem miał się obnażać i ze swoim przyrodzeniem po gabinetach obnosić? Ale kiedy po kilku miesiącach żona go nadal pod pierzynę nie wpuszczała, nie wytrzymał. Badania porobił w samym Szczecinie. Niestety. Z tych wszystkich oględzin i wyników jasno, czarno na białym wyszło, że co prawda nie wiadomo z jakiego powodu, ale plemniki Tadeusza występują w haniebnej liczbie dwudziestu procent tego, co u zdrowego chłopa. A jakby i tego było mało, to jeszcze z tego kolejne dwadzieścia procent jest mało ruchawe albo i całkiem martwe. Tyle Tadeusz zrozumiał, kiedy ostatni lekarz mu sprawę wyłuszczył. Tak czy owak, choć Adela na zawsze pozbyła się marzeń o dziecku, do łóżka małżeńskiego męża dopuściła. Zdarzało się i tak, że całkiem nieźle jej w tym łóżku było i trzeba było nawet okna przymykać, żeby sąsiedzi krzyków rozkoszy nie musieli wysłuchiwać.

Od czasu do czasu powracała do niej myśl o córce czy synu, ale zaraz Adela do sklepów szła i koiła swoje rozdrażnienie – a to nową kiecką, a to dywanem do łazienki, co to pasował do pokrycia na deskę klozetową i półksiężyca przy sedesie. Z samego NRD.

Najgorzej było w soboty, które musiała w restauracji na dansingach spędzać. Wtedy to, kiedy chłopaki z zespołu wygrywali smętne *Spanish eyes*, a pan Romek wił się z saksofonem po niewielkiej scenie (którą ostatnimi czasy w Wielkopolance zrobiono), Adela, siedząc przy swoim stoliku, wpatrywała się z nostalgią w dryfujące po parkiecie pary. Spoglądała to na gości, to na orkiestrantów i tęsknie wyobrażała sobie, że oto przystojny Arek czy Janek z włosami „na Elvisa" przygarnia ją do siebie, tak że ona ledwie może oddychać. A potem kochają się – i to najlepiej na plaży albo gdzie na łące przy księżycu – i potem ona jest w ciąży. A on ją kwiatami obsypuje... I takie cudne to życie, jak w amerykańskim melodramacie. A tymczasem Arek czy Janek przyprowadzali do knajpy jakieś-takie-niewydarzone i o istnieniu Adeli ledwie co widzieli, a już tym bardziej nie mieli pojęcia, jak się w jej wyobraźni roili. Sama ona i tak w życiu by swojego Tadeusza nie zdradziła, choć w żaden sposób nie dałoby się go podciągnąć pod muzyków czy co poniektórych gości w obstalowanych garniturach i wyglansowanych na lustro butach. Ci na zawsze pozostali jej wielkim niespełnieniem. I Adela wracała do domu z zapisanym pod powiekami obrazem jednego czy drugiego, który albo znikał razem z poczuciem świadomości, albo zostawał do rana. A wtedy ona przyklejała się do śpiących pleców Tadeusza, który jak na komendę wybudzał się i sapiąc z podniecenia, spełniał fantazje bujającej w obłokach żony. A ona zasypiała potem, śniąc pomieszane przez lata historie, raz będąc primabaleriną, raz księżniczką Bóg wie skąd. A czasem to nie umiała siebie w tych snach rozpoznać.

Z wiekiem tęsknota zelżała. Adela widziała, że to już nie czas, by na wielką miłość liczyć, a wszelcy książęta to zapewne poudawali się szukać nieco młodszych księżniczek...

Wokoło wciąż trwał ruch. Blok zapełniał się coraz to nowymi lokatorami, w oknach zawisały białe, stylonowe firany i ciężkie, bordowe zasłony. Pojawiali się ludzie. Jak Cyganie podjeżdżali taborami, by porzucić swoje wozy i osiąść na stałe na Koziej. I każdy, oprócz oszklonych meblościanek, telewizorów i wersalek, taszczył na piętra łóżeczka, stołeczki i regały z legowiskiem Miś. Tylko Adela i Tadeusz pozostali na wieki sami; nic dziwnego, że ona nie umiała się przyzwyczaić do tego tłumu. A to wnuczek od Strokowej strzelił z procy w szybę, a to mała Sabina na balkonie wyżęła drelichowe ubranie wprost na wykrochmaloną pościel Wichrowców, to znowu kolejny facet Baśki vel Celi walił w jej drzwi, wyklinając od najgorszych:

– Otwieraj, kurwo! Jeszcze z tobą nie skończyłem!

I łup w drzwi Adeli i Tadeusza! I łup! Łup! Aż ornament w drzwiach od stołowego brzęczał niczym kościelne dzwonki. Adela przekręcała się na drugi bok, jedną ręką zasłaniając ucho, by nie słyszeć. I tężała w niej gorycz, której już nie umiała ukrywać.

– Baśka! Otwieraj! Bo rozpierdolę w drobiazgi!

Adela odwróciła się na drugi bok, podsunęła poduszkę pod ucho, żeby wygłuszyć dźwięki. Nie chciała wstawać. Skończyła sześćdziesiąt cztery lata. Mój ty Boże, zaraz siedemdziesiątka! Wiele to trzeba? Czas jak pociąg!

Człowiek nawet nazwy stacji nie doczyta… A już następna. I następna. I czas wysiadać.

***

Adela spojrzała w górę. Zobaczyła szybko cofniętą rękę i równo idącą w niebo strużkę siwego dymu. Strzepnęła pyłek z pościeli. Żadnego śladu! A swoją drogą, to ta Sabina jakaś taka dziwna. Niby dobra córka, a od ojca z daleka… Kto to wie, co w człowieku siedzi? pomyślała, zbierając pościel, zagarniając ją obiema rękami. Walczyła, by nie pozwalać postawionych na parapetach doniczek z pelargoniami, co to zakwitły na czerwono, kwiatami tak wielkimi, jak głowy krasnali w ogromnych czapach. Tadeusz lubił przy kwiatach robić. Były piękne i nie mówiły…

***

Sabina weszła do mieszkania. Zaskrzypiała podłoga. Wszystko wyglądało tak, jakby ktoś wciąż tu mieszkał. Nawet szkło w kredensie, który odkupili kiedyś od Borowieckich, było odsunięte. Kobieta podniosła talerzyk, pod którym pozostało ciemniejsze koło; tylko ono zdradzało upływ czasu, o wiele ciemniejsze niż pozostała część blatu. Przejechała dłonią pomiędzy filiżankami, pozostawiając trójpalcowy ślad. Domknęła szybkę, pozwalając, by siwa powłoka tworzyła się na półce. Uśmiechnęła się do siebie. Gdyby ona żyła, byłoby to nie do pomyślenia. Zostawić taki ślad! Ba! Dopuścić, by kurz zaległ na meblach! Zaraz by było:

– Sabina! Zetrzyj kurze! Wszędzie! Za szkłem też! Na mokro!

A potem weszłaby do pokoju i jednym palcem sprawdzałaby kąty, zakamarki, wiedząc z całą pewnością, że złapie! Nie ma siły, żeby się udało. Jeśli półki za szkłem były odkurzone i nawet każda lampka, każdy kieliszek podniesione i na powrót odstawione na miejsce, to z pewnością na górze albo na samym dole, gdzie ciężko było się schylać, było niestarte.

W domu zawsze było czysto. Wszyscy, ale to dosłownie wszyscy, byli przepuszczani przez jej filtr, który miał jednoznacznie eliminować wszelkich bałaganiarzy, brudasów czy choćby tylko pospolitych niedbaluchów. Matka Sabiny obdzielała ludzi określeniami: „ta, która zawsze nosi takie czyściutkie, białe bluzeczki", „ten, który ma wypastowane i wyglansowane na lustro buty" albo „ta twoja koleżanka, która tak pięknie jadła pomidorową, że ani kapeczka nie spadła jej z łyżki". Wszystko inne – to, że dobre, mądre, ciekawe, intrygujące – dla matki nie miało żadnego znaczenia. Ona uwielbiała amerykańskie *Dynastie* i inne *Mody na sukces*. Wszystko, gdzie blichtr, przepych, piękne suknie, salony w różnych stylach – od ludwików jakichś tam po sterylny styl szkła i metalu. Wszystko, co pachniało czystością i bogactwem.

Trochę czasu minęło od ostatniej bytności Sabiny. Brak ruchu powodował, że powietrze stało nasycone zapachami, które gromadziły się przez lata i powoli ulatniały, wychodząc z przedmiotów, wisząc w powietrzu i czekając na ujście. Wwąchiwała się teraz, szukając znaków, nie mogła jednak żadnego przyporządkować. Nie było tu waleriany ani kolońskiej ojca, którą zlewał się po niedzielnym goleniu. Nie było fornitu, który matka kilogramami wcierała w politurę mebli. Nie było kwaśnego zapachu potu wymieszanego z metaliczną wonią smarów, kiedy ojciec wracał po nocce i zawsze zachodził do ich pokoju, by pooglądać ich sobie, choć tak naprawdę chciał podejść i ucałować w czoło lub choćby pogładzić. Ale matka wychodziła z łóżka i prawiła, głosem niby przyciszonym, ale i tak działającym niczym skrzypienie nienasmarowanych drzwi:

– Nie podchodź do nich, bo ubrudzisz pościel! Umyj się, bo śmierdzi w całym domu!

Sabina pomyślała sobie, że to trochę tak jak w tych wielkich perfumeriach, gdzie po prostu pachnie, ale trzeba trzymać puszkę kawy pod nosem, by pooddzielać poszczególne nuty zapachowe.

W przedpokoju zatrzymała się i pogładziła dłonią boazerię. Miała nadzieję, że chociaż ona puści zapach. Drewna, a szczególnie lakieru, którego woń przez strasznie długi czas nie pozwalała jej zasnąć, a nawet wówczas gdy budziła się rano z zapuchniętymi z niewyspania oczami. Matka sarkała:

– Zobacz, jak wyglądasz! Pewnie znowu całą noc czytałaś po kryjomu! Kiedyś spalisz pierzyny! Kto to widział całymi dniami i nocami w książkach siedzieć? Starą panną zostaniesz od tego wiecznego czytania!

Sabina nawet nie próbowała prostować. Matka wiedziała. Jakiekolwiek tłumaczenie kwitowane było machnięciem ręki i sakramenckim stwierdzeniem: „A co ty mi będziesz gadać. Ja swoje wiem. Niejedno przeżyłam. Tylko wam się wciąż wydaje, że jestem od was głupsza...".

Naprzeciwko wbudowanej szafy wisiało lustro. W metalowej ramie. Gdzieniegdzie wszedł na nie grzyb czy czort wie co; ciemne plamki mnożyły się z każdą wizytą i niekiedy Sabina myślała, że wcale nie zdziwi się, gdy zobaczy w lustrze swój wizerunek kobiety zniszczonej, kostropatej i niewyraźnej. Przybliżyła twarz. Kobieta była podobna do niej. Fizycznie. Wściekała się, kiedy Karol podczas ich idiotycznych kłótni wykrzykiwał jej w twarz:

– Jesteś taka sama jak twoja matka!

Idiota! – myślała. Robiła wszystko, by się od matki uwolnić, ale wszystko wychodziło całkiem na odwrót. Teraz, kiedy zmieniła uczesanie, sama łapała się na podobieństwie. Wydęła wargi; w kącikach ust pokazały się zmarszczki. Przesunęła palcami po obu stronach, podciągnęła je w górę palcami wskazującymi. Komiczny, teatralny rysunek twarzy. Opuściła palce. Usta powróciły na miejsce, z lekką tendencją ku dołowi. Sabina sięgnęła po szminkę.

W torebce zawibrowało. Czerwone etui komórki rzucało się w oczy.

– Tak! Tak, Karol! Jadę! Zaraz! Tak! Do Szczecina! Na Koziej. Właśnie wychodzę! Będę wieczorem. Tak! Kupią! Przygotuj umowę!

Wrzuciła telefon z powrotem do torby. Jeśli znów zadzwoni, poszuka. Jak zwykle.

Klucz utkwił w miejscu, Sabina zaklęła pod nosem. Już kilkanaście lat temu mówiła o zmianie zamka, kto by się jednak przejmował jej słowami! Matka mówiła:

– Mnie nie przeszkadza. Wiem, jak otwierać. Tylko ty się szarpiesz! Tak ze wszystkim! Zawsze biegiem! A rzeczy martwe są złośliwe! Ba! Dziwić się. Człowiek mądry, a złośliwy… – Kończyła, jak zwykle, w połowie, dając tym samym do zrozumienia, że nie ma co kończyć, bo przecież i tak nikt jej nie słucha.

A słuchali wszyscy. Wszyscy. Nawet jak nie chcieli.

Klucz sterczał w zamku. Sabina strzepywała ręce obolałe od trzymania kanciastego metalu. Tyle lat, a nierówności nie złagodniały… Metal to metal! Klęła zatem i ciągnęła klamkę z nastawieniem, że jeśli drzwi są zamknięte, ona po prostu ułamie to cholerstwo. Potem zawoła jakiegoś ślusarza i szlus! Byleby tylko móc stąd iść. Weszła tylko na chwilę, a zabradziażyła tyle czasu… I za każdym razem tak jest, jakby ją to mieszkanie wchłaniało bez udziału jej woli. Jakby ciągle na nowo przetwarzało w sobie wspomnienia...

Nie zostawi go tak otwartego. Sabina przypomniała sobie, jak ojciec całkiem niedawno zostawił otwarte drzwi. Pierwszy raz mu się to przytrafiło. O Matko Jezusowa! Ona gadała kilka dni:

– Z dymem nas kiedyś puścisz! Pomordują nas jak kaczki! Oskubią nas ze wszystkiego! Człowiek spokoju w życiu nie może zaznać. Najpierw martwił się o dzieciaki, teraz, na stare lata, jeszcze i o męża... Za grosz spokoju, za grosz...

Klucz dał się wyjąć. Sabina sprawdziła, czy ktoś przypadkiem nie włożył w zamek szpilki, czy czymś nie zakleił. Pełno się nowych powprowadzało. Dzieciaki, podrostki wygolone na łyso. Kto to może wiedzieć, co komu do łba przyjdzie?

– Dzień dobry! – usłyszała za plecami, akurat w tym momencie, kiedy jej noga z impetem walnęła w drzwi.

– Gówno jedno! Szajs!

Torba stała pośrodku ostatniego schodka. Trzeba było ją ominąć. Wielka, czarna waliza! Sabina odgarnęła włosy, które wysmyknęły się na twarz, jeszcze bardziej utrudniając zamykanie tych cholernych drzwi.

– ...dobry – odpowiedziała półgębkiem. Dopiero za sekundę obejrzała się, bo głos zdawał się zupełnie obcy, a ona była zmęczona i wnerwiona tym mocowaniem się z zamkiem.

Kobieta na schodach w ostatniej chwili odwróciła się z beznamiętnym wyrazem twarzy. Odwróciła się nie po to, by się ukazać, pokazać czy dać zidentyfikować. Odwróciła się po prostu. A Sabinie głupio się zrobiło za te przekleństwa i prostactwo…

Justyna

To chyba ta stara panna, o której mówiła Cela, że nic jej nie przeszkadza, na wszystko się godzi, wszystkim się kłania, ale nawet na chwilę nie przystanie i nie pogada! – pomyślała Sabina. Cela jeszcze dodała: „Wyżej sra, jak dupę ma!". Bo Cela tak mówiła i nie widziała w tym niczego zdrożnego.

– Ja tam wolę prosto z mostu, a nie bułkę przez bibułkę...

Sabina nigdy nie rozumiała, o co chodzi z tą bibułką, ale potem wiele razy słyszała to w telewizji. Później nawet poznała dalszy ciąg frazy i zdziwiła się, skąd Cela zna takie rzeczy!

Zdesperowana permanentnie, po raz ostatni chwyciła za klamkę, choć nie liczyła na sukces. Włożyła rękę do torby, by ponownie wyłowić z niej telefon. Zadzwoni do Karola! Niech on coś zrobi. Kogoś przyśle albo sam niech dupę ruszy! Ona już jest spóźniona. Nienawidzi się spóźniać. A tamta pewnie czeka zniecierpliwiona. Sabina nie zamierza kolejny raz zasłaniać się nieoczekiwanymi historiami, co to nie wiedzieć czemu właśnie jej się przytrafiają.

– Może trzeba przesmarować oliwą. Pewnie zapieczony. Czasem zdarza mi się tak w drzwiach do piwnicy... – usłyszała za plecami. Spod oka spojrzała w kierunku, z którego szedł głos. Musi wyglądać idiotycznie z tym kluczem utkwionym w zamku, z tymi opadłymi na twarz włosami, zakrywającymi niemal wszystko, wyklinająca pod nosem. Odgarnęła włosy. Wyprostowała się. Nagle, bez nijakiego powodu, zapragnęła wyglądać elegancko i dostojnie.

– Smar... Smar by się przydał. Z kłódką w piwnicy często mi się to przytrafia...

Było wręcz niemożliwe wyobrazić sobie tę kobietę w ciemnych, śmierdzących szczurami – lub trutką na nie – korytarzach. Jak penetruje żelazną kłódkę, jak otwiera ciężkie drzwi, unosi je swoimi delikatnymi rękami, odwodzi stawiające opór metalowe skrzydło i wchodzi do ciemnej piwnicy... Po owoce, ziemniaki zakopane w przyniesionej ziemi jak w udawanej ziemiance. Ona?!

Człowiek bał się przy niej kichnąć, by nie zachorowała i nie umarła. Wychowywana pod kloszem. Niczym róża. Nawet pasuje do niej ta piosenka Kasi Sobczyk, choć przecież już nikt takich piosenek nie słucha. Jakieś to wszystko takie napoetyzowane i nieżyciowe!

***

W przeciwieństwie do tych do mieszkania Sabiny drzwi Justyny Kordel otworzyły się bez najmniejszego wysiłku z jej strony. Najpierw patent górny, potem gerda na dole. Kosztowała cały majątek, ale kobieta zawsze otaczała się wszystkim, co najlepsze, sprawdzone i markowe. Nawet jeśli przychodziło jej zbierać na to dłuższy czas. Czekała.

– Jestem za biedna... – tłumaczyła koleżankom z pracy, które nieraz z pewną zawiścią spoglądały na firmowe torby, drogie buty czy choćby pióra, które nie mogły być zwykłymi chińskimi pisadłami – ...żeby kupować tanie rzeczy.

Mało kto szedł za tokiem rozumowania kobiety, a i nikt szczególnie się nad nim nie głowił, bowiem Justyna, gdziekolwiek się pojawiała, z miejsca otrzymywała metkę dziwaczki, choć na dobrą sprawę wyglądała całkiem normalnie. Można powiedzieć, że była nawet dystyngowana i elegancka.

Było to środkowe mieszkanie na trzecim piętrze. Wszystkie te środkowe, w całym bloku, były najmniejsze: jeden niewielki przedpokoik metr na metr, wejście do łazienki i zaraz pokój, do którego przylegała niewielka kuchnia. Małe, ale jasne. Okna wychodziły na południowo-wschodnią stronę. Od wczesnych godzin porannych słońce operowało, ożywiając wszystko. Niekiedy, zwłaszcza letnim rankiem, natrętnie wchodziło do mieszkania i nie pozwalało spać, co też miało swoje zalety, bo wtedy Justyna wstawała wcześniej, robiła kawę i siadała przy oknie, obserwując budzący się kolejny dzień i widoki na zewnątrz albo – do wyboru – budynek naprzeciwko, w którym z czasem rozpoznawała okna i potrafiła przyporządkować im osoby. Wiedziała, że dokładnie vis-á-vis mieszka samotna kobieta. Schizofreniczka. W momentach nasilenia objawów choroby kobieta otwierała balkon i chodziła od drzwi na korytarz do okna, w połowie drogi przystając nieruchomo, jakby akinezja wymieniała się z pobudzeniem katatonicznym. Od czasu do czasu wydawała z siebie gardłowe dźwięki, niczym szamańskie okrzyki. Gdy Justyna zobaczyła tę kobietę po raz pierwszy, pomyślała zgorszona, że tamta pewnie jest pijana, zwłaszcza że sąsiadka była niekompletnie ubrana: jakaś halka, spod której wystawał kontrastujący w kolorze, podniszczony biustonosz z obsuniętymi na ramiona ramiączkami, na dół naciągnięta barwna spódnica, mocno umarszczona i podsunięta niemal pod biust. Poruszała się też dziwnie; powolnie, automatycznie, jak ruskie chodzące lalki. Ale kiedy któraś z sąsiadek zaczęła narzekać na uciążliwość z tytułu „tej wariatki, co to tyle daje spokoju, co od czasu do czasu zabiorą ją do wariatkowa na Walczaka", Justyna zrozumiała, że te niezborne ruchy, katatoniczna postawa są konsekwencją choroby. Strasznej choroby. Niekiedy karciła się za to, że tak wpatruje się w tamtą, zła na siebie, że ulega takim inklinacjom, znajdując poniekąd trywialną przyjemność w prowadzeniu obserwacji. Wówczas odwracała się w drugą stronę, odrywając wzrok od chorej kobiety. Jednak tak było dopóty, dopóki nie wykupiono placu tuż pod nosem mieszkańców „dziewiątki". Zanim nie powstał tam budynek z przeznaczeniem na sklepy lub gastronomię, przed oczami lokatorów ukazywała się główna ulica miasta z oddalonym w perspektywie kościołem, wyrastającym ponad parkiem poprzecinanym arterią skwerowych uliczek. Wyjątkowo piękny był to krajobraz, gdy trawy na skwerach ożywały wiosenną zielonością, upstrzoną białymi kropkami stokrotek. Wokół kościoła tworzył się kordon rozkwitających kasztanowców, które w maju przyciągały roje szeleszczących chrabąszczy. Ileż pisku i krzyku było, kiedy chłopcy łapali takie chrząszcze, za dnia przebywające na liściach, zaś wieczorem wykonujące liczne loty po zmierzchającym niebie! Najlepiej było, kiedy udawało się wrzucić bodaj jednego za bluzeczkę dziewczyny, bo wtedy była szansa, że ta w panice zacznie podciągać odzienie, szarpać je i być może pokaże młode zawiązki piersi, które chłopakom śniły się po nocach. Czasem wrzucali oni te chrząszcze dziewczynom we włosy, ale to już nie była taka sensacja.

Justyna zapamiętała tylko jedną taką sytuację, kiedy to wracała sama z majowego, bo matka coś musiała wyjątkowo w tym czasie załatwić. Dołączyła do Ulki, Karoliny i Beaty. Te darły się wniebogłosy, ale nie odchodziły nawet na krok od ławki, na której siedziały chłopaki z „jedynki". Kiedy Waldek wrzucił za jej bluzkę robala, Justyna sięgnęła ręką i wyciągnęła chrabąszcza, który zdezorientowany pocierał brunatnymi odnóżami o siebie. Pogłaskała go po odwłoku – czarnym z białymi plamami na bokach – omijając czułki i pokrywy skrzydłowe, a potem wyrzuciła w górę dłonie, torując fruwającemu żuczkowi drogę. Wszyscy inni spojrzeli się po sobie, totalnie zniesmaczeni. Justyna zepsuła zabawę. Żadnych pisków, żadnych białych staniczków, kryjących obiekty chłopięcych pożądań. A ona nie rozumiała, w czym rzecz. Chrabąszcz to chrabąszcz, o co tyle krzyku? Chłopaki przestały rzucać, dziewczyny piszczeć. Zrobiło się nudno. Wszyscy sobie poszli, łącząc się w pary, w trójki. Tylko ona sama. Nawet się ucieszyła, że będzie w pojedynkę wracać do domu, przez całe miasto, prawie aż za Tunelową. Najgorzej przejść na drugą stronę ulicy, ale zaraz przy wyjściu z parku są pasy, więc się rozejrzy na dwie strony albo przysunie do jakiegoś dorosłego i przejdzie. A potem to już tylko jednym chodnikiem wzdłuż Niepodległości, mijając wystawy, i za 1001 Drobiazgów schodkami nad rzeczkę, w której zawsze pływają pary dzikich kaczek. Okazało się jednak, że matka już wyrobiła się ze swoimi sprawami i właśnie macha do Justyny z drugiej strony ulicy. A ona stała przez chwilę, nie rozumiejąc sytuacji, i nie przychodziło do jej rozsądnej głowy, że tak naprawdę to dziewczyny chciały mieć chrabąszcze za koszulami i chciały zadzierać te koszule do góry.

– Justynko! Chodź na lody!

Wracała razem z matką, parkiem. Po dojściu do klombu skręcały skosem w prawo, by przejść dalej kamiennym rynkiem do lodziarni.

I matka kupowała.

– Proszę dwa razy po dwie gałki waniliowych. Oczywiście! – dodawała pretensjonalnie. Chociaż dla Justyny to wcale nie było takie oczywiste, bo ona nad życie lubiła truskawkowe, mimo że czasem, jak się nie zdążyło szybko zlizać, potrafiły pozostawić różową plamę na bluzce, którą matka kupiła za ciężką krwawicę, żeby dziecko nie było gorsze od innych. Od tych nauczycielskich czy lekarskich córek. Dwie gałki to było akurat. Jedna – to tak, jakby się ledwie z portfela naskrobało, zaś trzy – to dużo za dużo. Nie ma potrzeby łakomić się, bo potem i jeść trzeba narwanie. Zaraz też plama czy ból gardła. Dwie – w sam raz. Toteż matka zawsze powtarzała:

– Dziecko, pamiętaj! We wszystkim rozsądek i umiar.

Matka nie pozwalała, by Justyna jadła byle jak, bywała z byle kim. Matka Justyny założyła z góry, że przyszłość jej córki pozbawiona będzie przypadków i incydentów ad hoc.

– Życie ma się jedno. Nie można go powtórzyć, a o błąd nietrudno. Trzeba więc wybierać z rozwagą, bo na powtórkę nie ma co liczyć.

Dziewczynie nie podobało się to gadanie, ale z czasem powtarzane słowa tak się wryły w jej świadomość, że sama już inaczej myśleć nie umiała. Myślała matki kategoriami, mówiła jej językiem. Wszystko, cokolwiek się działo w jej życiu, ograniczały paradygmaty zakodowane przez punkt widzenia jej matki i tak głęboko zapisane w podświadomości, że do głowy nie przychodziło, że mogłoby być inaczej.

Tak też się zdarzyło z jej mężem…

Justyna nie wie, jak doszło do tego związku. Chwilowy brak kontroli. Wyparcie matki ze świadomości czy może najnormalniejsze pragnienie ciepła? Bez wielkich słów, bez egzaltacji. Zwyczajne.

***

Była po drugim roku farmacji, gdzie wciąż powtarzano:

– Jesteście wybrani. Tu nie ma przypadków. To wy zdecydujecie o przyszłości społeczeństw. Wy, farmaceuci! Na was czeka idealna praca! To wy, młodzi naukowcy! Wam gwarantuje się międzynarodową karierę, bo przecież mimo systemu większość polskich firm farmaceutycznych należy do koncernów zagranicznych. Co tam Polpharma, Polfa czy inne! Świat stoi otworem! Można także zostać inspektorem w Państwowej Inspekcji Farmaceutycznej!

Justyna poszła na farmację. Poszła. Bo matka chciała. Miała życzenie lub marzyła skrycie. Matce zawsze się podobało, jak starsza pani magister w aptece, w białym kitlu, ze zsuniętymi na nosie okularami w pięknej rogowej oprawie – taka czyściutka, sterylna – wpatrywała się w receptę i zapisywała swoim aptekarskim pismem na kartoniku, ile razy i kiedy trzeba brać. W domu matka nijak nie mogła odczytać informacji na opakowaniu leku, ale w życiu nie poszłaby ponownie do apteki Pod Orłem, by zapytać pani magister o to, co tam napisane. Raz dlatego, że pewnie pani magister to nie śmietnik, by jej głowę zaprzątać takimi sprawami. Drugi raz dlatego, że przecież matka nie pozwoliłaby sobie, by postrzegano ją jako osobę mało inteligentną lub jakąś inną nierozgarniętą. Toteż matka Justyny często odstawiała leki na półkę, bo jakby co... to są. Tak więc, kiedy Justyna otrzymała maturalne świadectwo jednego z lepszych gorzowskich liceów, matka, widząc piątki z biologii, chemii i fizyki, zawyrokowała od razu:

– Nic, dziecko, jak tylko farmacja. Medycyna to nie! Po co to z ludzkim nieszczęściem się zmagać, stykać z choróbskami, co to nie wiadomo skąd są i jak je leczyć, a może i śmierci w oczy zaglądać! Pan Bóg sam wie, co komu pisane. Kto ma żyć, temu żaden lekarz, choćby i najbardziej utytułowany, nie pomoże. A taki aptekarz...

Ha! Ten tylko robi to, co mu inni zlecają. I jakby co, to go nikt do sądu nie poda, że błąd popełnił. Recepta jest recepta! Lekarz powinien wiedzieć, czego człowiekowi potrzeba!

Justyna złożyła więc papiery na farmację do Poznania. I dostała się. Nikt jej nie wypytywał o nic, nie miała żadnych dodatkowych punktów za pochodzenie, tym bardziej że rodzina nie mogła się poszczycić żadnymi koneksjami, które to otwarłyby podwoje wielce szacownej Akademii Medycznej w Poznaniu. Zresztą, jaka tam rodzina! Same były…

– Daleko od domu – ubolewała matka. – Ale cóż, porządna przyszłość wymaga wyrzeczeń – dopełniała banalnym szablonem, który w najbardziej oczywisty sposób systematyzował jej świat.

I tu nagle trach! Poszły wszystkie nauki matki, wryte w świadomość zasady, ustalone reguły…

***

Witek był najzwyczajniejszym pod słońcem mechanikiem samochodowym. Od dzieciństwa wiedział, że samochody to jego życie. O dziewczynach wtedy nie myślał, bo kiedy zaglądał pod wszystkie podwozia, kiedy zlizywał ślady smarów z umorusanych przy naprawie ojcowego ciągnika rąk, nie miał zielonego pojęcia, że dziewczyny są na świecie. Ba! Do jego ograniczonego wiekiem umysłu nie miała prawa dochodzić prawda, że kiedyś będzie musiał walczyć o względy kobiety, a wtedy na szali być może trzeba będzie postawić samochody, które poznawał krok po kroku, coraz to zagłębiając się w ich najskrytsze zakamarki, dotykając miejsc, które dotychczas pozostawały dziewicze, nietykane niczyją ręką. Nie miał wielkich ambicji, choć nauczyciele nieraz powiadali:

– Marnujesz się, chłopaku, w tej zawodówce.

On wzruszał ramionami i wracał na warsztat, by tam włożyć obsmarowany towotem kombinezon i wejść w kanał. Dopiero na dole, zadzierając głowę, czuł się jak astronom z entuzjazmem wpatrujący się w rozgwieżdżone niebo w nadziei, że odnajdzie supernową, choć ta w istocie nie wróżyła niczego nowego, a w rzeczywistości – paradoksalnie – śmierć gwiazdy. Mniejsza o to.

Nigdy też nie sądził, że ktokolwiek, oprócz mistrza mechaniki pana Bronka, będzie mu do szczęścia potrzebny. A już na pewno, gdyby ktoś zażyczył sobie, by Witek zrobił listę spraw najważniejszych dla niego, do głowy by mu nie przyszło, by widniało na niej słowo „kobieta" czy chociażby „dziewczyna". Jasne, że czasem budził się spocony, z zesztywniałym członkiem, ale zupełnie nie łączył tego z dziewczynami. Fajne były. I ładne. To im trzeba przyznać! Niektóre dopracowane jak najlepsze modele. Bez skazy i rysów. Ale były… Tak po prostu… Jak kwiaty, motyle… Wystarczyła na nie chwila. Nie było potrzeby próbować oplatać wokół nich życia.

A tu trafiło go! Jak piorun z jasnego nieba! Poznali się normalnie. Bez żadnej opowieści. Historia tyleż prosta, co banalna. Jakiś bilet do skasowania, wspólny przystanek, nieważne słowa... I potem już codziennie czekał na nią przed uczelnią. I było fajnie, i niewinnie. Justyna przyjeżdżała do matki, do Barlinka, ale chętnie odjeżdżała, tarabaniąc się najpierw autobusem do Choszczna, bo pociągi przestały już się opłacać, a poza tym żule odcinkami rozmontowały tory. Potem dalej, dalekobieżnym do Poznania. A tam już on, Witek. Stał, wrośnięty w dworcowy krajobraz niczym tablica odjazdów i przyjazdów. I... I któregoś dnia trzymał w rękach, odszorowanych po brunatnych smarach, bukiecik konwalii. I zapytał:

– Justyna! Czy mogę zostać z tobą?

Nie czytała w żadnych książkach o takiej formule, ale spodobała się jej i nagle Justyna pomyślała, że po to do wielkiego miasta przyjechała, by usłyszeć te kalekie oświadczyny. Ale nie powiedziała nic, bo łzy podeszły jej do gardła i jeszcze bardziej narzucił jej się obraz matki, co to, wycierając rękawem suche całkiem oczy, napominała:

– Nie wdawaj się w głupie i przypadkowe rozmowy! Oni wiedzą, jak zajść kobietę! Pamiętaj! Wszystko w życiu wymaga sprawdzenia! Nie ma przypadków! Przypadek nie ma szans na wieczność! A to przypadek! Już samo przez się to się rozumie!

Justyna nie rozumiała, ale potakiwała posłusznie, kiedy matka ją w wielki Poznań wyprawiała.

I teraz, nagle, uległa, poległa, poddała się…

Konwalie pachniały niczym narkotyk, odbierając rozum i rozsądek… I zaraz też zgodziła się na ślub. Na suknię albo i bez. Emocje, tłamszone przez całe życie, trzymanie się w ryzach, nagle puściły. Zerwały się pęta.

Jeszcze wtedy nie dopuszczała myśli o matce, nie zastanawiała się, jak jej powie.

Pachniała wiosna. Włóczyli się po parkach, siadywali w najodleglejszych zakątkach, by całować się i dotykać. Lubiła, jak jego język muskał jej usta, jak zagłębiał się dalej, aż brakowało jej tchu. Musiała przełknąć ślinę, nabrać oddechu, jak przed zapuszczeniem się pod wodę. Przymykała oczy i pozwalała jego rękom błąkać się po niej, wysuwać ochocze guziki z dziurek, odchylać miseczki biustonosza i drażnić stwardniałe sutki. Wyprężała piersi, jakby chciała calutkie zmieścić w jego dłoni.

– Wstydu nie mają – sarkała jakaś kobieta, prowadząc pod rękę drugą, równie starą i zniesmaczoną. Ale Justyna nie słyszała tego, bo gdyby… To musiałaby pamiętać, jak wyzywała w szkole Bożenę, gdy ta kiedyś, na przerwie, odwołała ją na bok i pokazała jej malinkę na szyi, schowaną pod tęczową apaszką. Wszyscy wiedzieli, że jeśli dziewczyna nosi apaszkę lub golf wysoko nasunięty, aż pod brodę, to pod spodem kryje się sinawa plama, którą – nie wiedzieć czemu – nazywano „malinką", skoro był to zwykły krwiak, który tworzył się, jak zasysało się skórę, międląc ją przez chwilę zaciśniętymi wargami. Justyna nie wyobrażała sobie, by ktokolwiek mógł jej coś takiego zrobić. Nawet gdyby to był sam Mariusz, który przez ostatnie lata podstawówki podobał się jej, a i on od czasu do czasu wodził za nią wzrokiem.

A zresztą, kiedy tylko Justynie zdarzało się mięknąć i obiecywać sobie, że jak tylko się nadarzy, to – pal sześć! – pozwoli, byle tylko nie tak wielką, to zaraz przypominała jej się matka:

– Mówię ci, córka, nie daj Chryste Panie! Żebym ja zobaczyła, że ty masz taką szyję posiniaczoną jak te twoje koleżanki czy choćby Jagoda Cendrowska! Chybaby mi serce pękło ze wstydu i upokorzenia! Bo to nie dość, że wstyd, to jeszcze jakiegoś raka można dostać.

Zaraz też matka Justyny ręce załamywała i znak krzyża kreśliła na piersi, jakby to zapewniało odegnanie złego, które wciąż się czaiło nad jej córką.

***

W średniej szkole Justyna nie miała czasu myśleć o miłości. Jeśli przyszłość miała być piękna, to nie było czasu na miłość. Kręcił się jeden czy drugi, ale zrażeni obojętnością i brakiem zainteresowana znajdowali sobie inne dziewczyny. I pałętały się takie pary, oplecione swoimi rękami, że na pewno trudno im było iść. Justyna niekiedy opowiadała matce o tych parach. Siadały w pokoju, zwłaszcza zimową porą, kiedy wcześnie się ciemno robiło i wieczór wydłużał się w nieskończoność. Matka parzyła herbatę, stawiała kruche na szklanej paterze i kiwała głową z dezaprobatą:

– Jeszcze się doczekają od tego ściskania! Zaraz dzieciak, pieluchy, gary... A chłop? Jak to chłop. Pójdzie w cholerę jasną! – I przegryzała herbatnikiem nerwowo, chrupiąc go całego jak wygłodzony chomik. Potem zagarniała okruchy na rękę i szła wysypać je do kosza pod zlewozmywakiem. A kiedy była już odwrócona i nie musiała patrzeć córce w oczy, kończyła:

– Każdy z nich to świnia! Nie mam pojęcia, po co pan Bóg stworzył takie bydlęta? Tylko żreć i do wyra... – Nie kończyła, zdając sobie sprawę, że się zagalopowała. A przy córce nie wypada tak się wulgarnie odzywać.

Justyna udawała, że nie słyszy tego, bo nijak nie umiała pogodzić zjadliwości, nienawiści z „chrześcijańską postawą" matki, która we wszystkich nabożeństwach uczestniczyła gorliwie, modląc się i nosząc w procesjach figurkę Matki Przenajświętszej.

– Ty dziecko, ucz się! Pamiętaj, tylko nauka! Jak się sama nie wyżywisz i nie odziejesz, to na nikogo liczyć nie możesz. Ja wiecznie żyć nie będę.

Mężczyzna był tematem, który zawsze matkę pobudzał. Do tego stopnia, że później, rozdrażniona i starająca się opanować nerwowe tiki, nakazywała:

– Wypiłaś już? To idź do siebie się uczyć!

Kiedy Justyna posłusznie się podnosiła i brała szklankę, matka mówiła:

– Zostaw! Idź już się uczyć! Ja sprzątnę! Jeszcze się w życiu namyjesz!

Witek kupił samochód. Justyna patrzyła na chłopaka i nie mogła się nadziwić, że cokolwiek może sprawiać tyle radości, że może tak rozjaśniać oczy. A on głaskał dłonią niebieskometaliczną karoserię, co rusz przecierając ją flanelową szmatką.

– Cudo, nie? – dopytywał. – Pojedziemy nim do tego twojego Barlinka.

Dziewczyna milczała, bowiem jeszcze w żaden sposób nie znajdowała pomysłu, jak oświadczyć matce, że wychodzi za mąż. Tak normalnie. Jak miliony dziewczyn na całym świecie. Jak ma spojrzeć jej w oczy? Stawała przed lustrem i spoglądając prosto w swoją twarz, ćwiczyła:

– Mamo! To jest Witek!

Nie, nie tak.

– Mamo. Wychodzę za mąż…

Ale brzmiało to równie groteskowo. Justyna już widziała to spojrzenie pełne gniewu, a potem zaraz pogardy.

Jak ma oznajmić to matce, skoro nawet w jej uszach rzecz brzmi idiotycznie i niewiarygodnie?

Witek niewiele wiedział o Kordelowej. Zdarzało mu się zapytać, ale Justyna zaraz zmieniała temat. Nigdy też nie mówiła o ojcu. Bał się spytać, bał się, że za zasłoną milczenia kryje się dramat, o którym dziewczyna nie może zapomnieć. Nie sądził, że ona zwyczajnie nie wie. Matka nigdy jej nie powiedziała, że uciekła od męża niecałe trzy miesiące po ślubie. Uciekła. Nocą. Kiedy tylko zorientowała się, że jest w ciąży. Nie chciała dziecka. On się cieszył, na rękach chciał nosić, ale ona nie! Kobieta z obrzydzeniem patrzyła na swoje deformujące się ciało, na ciemniejące sutki, które bolały, piekły i raziły. Uciekła. I nigdy nie powiedziała mu dlaczego. Na początku szukał, rozpytywał, rwał włosy z głowy. A potem znalazł. Błagał na kolanach. Ale ona już zdążyła wytworzyć w sobie tyle niechęci; obarczała go winą za wszystko. Przeklinała w głos.

Kiedy na porodówce położna podetknęła jej Justynę pod nos, jeszcze ubabraną w mazi płodowej, zsiniałą i pomarszczoną, ze skórą staruszki, i zapytała, rozpływając się w zachwycie:

– No popatrz, mama! Jaką masz córę! Ojciec będzie pękał z dumy! A podobna chociaż? – Matka była tak wściekła na tę kobietę, że natychmiast kazała jej zabrać dziecko, a sama, sycząc z bólu, odwróciła głowę w drugą stronę i zaczęła płakać.

– Szok poporodowy – szeptały pacjentki.

A jedna to od razu podała przykład:

– Ja to, moja droga, przez miesiąc nie mogłam mojego Jaśka do piersi przyłożyć, bo co dzieciak dotykał rączynami mojej szyi, to coś mi się w tej głupiej głowie kluło, że chce mnie dusić. I darłam się wniebogłosy, aż mi raz teściowa księdza do domu przyprowadziła. Aj, kobieto! – Machnęła ręką na znak, że już nie warto do tego wracać, i dokończyła tylko, przykładając noworodka do piersi: – A potem samo przeszło... I patrz pani. To moje czwarte! – Dzieciak ciamkał pierś głośno, jakby tylko po to się urodził.

Marianna Kordel nie słuchała, ale to wtedy zdecydowała ostatecznie. Kiedy położna zapytała:

– Pani Wasilewska! Jakie imię ma córka?

– Justyna! Justyna Kordel.

Zawahała się wówczas. Trzymając długopis zawieszony nad jakąś kartą, spojrzała pytająco na pacjentkę, ale zobaczywszy chłodne, rzeczowe oczy, zrozumiała, że ta wie, co mówi.

Sprawę nazwiska uregulowała Marianna Wasilewska niebawem. I szybko poradziła sobie z tym, żeby już nie pojawiało się w jej życiu.

***

Nie odzywali się przez całą drogę do Barlinka.

On – zajęty drogą. To była jego pierwsza wyprawa. Wszystko łatwo wychodziło, kiedy śledził trasę na mapie, opracowywał ją odcinkami, ale czuł, że nogi sztywnieją mu, gdy tylko pojawia się najmniejsza przeszkoda.

Justyna tworzyła scenariusze spotkania z matką. Co chwila coś podrywało ją, żeby kazać chłopakowi zawracać, ale widząc jego skupienie, dawała spokój. Kiedy jednak zjeżdżali ślimakiem od strony Krzynki i przed nimi po prawej zamajaczyły budynki dawnego biurowca, przycupnięte na skraju lasu, a po lewej błysnęła niebieska toń jeziora, poczuła, jak ściska ją w dołku. Zawsze lubiła widok Barlinka, skądkolwiek wracała, choćby tylko z Gorzowa... Tylko stamtąd. Tylko... Matka nigdy nie puszczała jej dalej, na żadne kolonie czy obozy, na których śpi się w namiotach, co to żadnych drzwi nie mają i Bóg jeden raczy wiedzieć, co tam się po zapadnięciu nocy dzieje. Do rodziny żadnej też nie jeździły.

– Daleko mieszkają – tłumaczyła czasem córce Marianna. – A poza tym, to po co tam komuś na głowie siedzieć? Człowiek sam sobie okrętem...

Justyna nie miała pojęcia, o co matce chodzi, ale z miny wnioskowała, że temat zamknięty. Koniec i kropka!

Teraz miała wrażenie, że zaraz zwymiotuje. Natrętny nerw krążył po jej trzewiach. Skuliła się na siedzeniu, ale nie pomogło.

– Zatrzymaj się!

Witek zwolnił. Pobladłej Justynie włosy opadły na twarz, zasłaniając ją niczym ciężka kurtyna. Silnik zwalniał. Zaraz po przejechaniu zakola jeziora chłopak włączył kierunkowskaz i skręcił w prawo; zatrzymał auto nieco pod górką.

Justyna wysiadła. Wyrośnięte sosny przesłaniały niebo, promienie przesmykiwały się między gęstymi koronami. Od podłoża szło wilgocią. Widać tu też musiało lać kilka dni, bo wilgoć była wszechobecna: w niewyschniętych kałużach, na dzikich chaszczach krzewiących się na niewielkim zboczu oraz w nasączonych wodą mchach, porosłych na grubych pniach. Uwolniona żywica i widok jeziora na wprost dawały poczucie błogości. Na moment. Zanim nie powróciła świadomość.

– To jest ten twój Barlinek… – odezwał się Witek. I był w tym stwierdzeniu zachwyt, i jednocześnie zdumienie, że tak mało mówiła o tym miejscu.

– Nie dam rady…

Nie słyszał. W oddali, na wprost roztaczał się bajkowy widok, złożony z błękitu jeziora, na granicy horyzontu oddzielonego od nieba zielonym paskiem lasów. Tuż za główną ulicą lekko spadziste pobocze porastał gąszcz tataraku i sitowia, pełen kwaczących kaczek, czarno-szarych łysek, które wylągłszy się licznie, pływały teraz śmiesznie, z kiwającymi się głowami, wydając z siebie piskliwe „kew, kew".

Przed przybyłymi wyrosła grupka dzieciaków. Najwyższy z nich, z kapturem nasuniętym na nos, zaklął mrukliwie, bo akurat on musiał pozostać w tyle przez tego „palanta, co to postawił samochód na samym środku".

Witek omiótł gówniarzy gniewnym wzrokiem, ale nie zamierzał dać się sprowokować. Jeszcze by tego brakowało, żeby zjawił się u matki dziewczyny poobijany! I dopiero teraz, zobaczywszy zgiętą wpół Justynę z podsiniałymi oczami, zdał sobie sprawę, jak bardzo jest jej ciężko. Objął ją ramieniem. Wyprostowała się. Stała nieruchomo, zapatrzona przed siebie, jakby wyczekiwała na coś, co pojawi się na horyzoncie, coś, czego się spodziewa i co niechybnie nastąpi. Dzieciaki przebiegły na drugą stronę jezdni, igrając z przejeżdżającymi samochodami. Co niektóre auta hamowały z piskiem opon i kierowcy wykrzykiwali zza odkręconych szyb, wyzywając młodocianych, którzy w ekstremalnej zabawie znajdowali źródło adrenaliny.

– Nie wystarczy mi sił. Ona mnie porazi wzrokiem, zanim...

– Justyna! Nie jesteś już małą dziewczynką! – Witek chwycił jej obie dłonie, potrząsając nimi energicznie, jakby chciał ją obudzić. – Zrozum! Ona musi się pogodzić z tym, że nie będziesz z nią całe życie. Przecież nie jest głupia! Wie, że tak nie można! Widzisz? Nie ma cię tu już dwa lata! I co? Żyje. Justyna. Jestem pewien, że żyje normalnie, jak inne kobiety. Wstaje, sprząta, pracuje, wystaje na chodnikach z innymi, opowiada o tobie...

– No właśnie! Całe życie pękała z dumy, gdy mówiła o mnie.

– No i dobrze! I niech pęka dalej! Przecież nie robisz niczego złego! Chcesz wyjść za mąż! To takie dziwne?! Cholera!

Puścił ją gwałtownie. Z samochodowego radia dobiegł głos prezentera wiadomości, a zaraz potem wypełnił przestrzeń dżingiel RMF-u. Poleciał hit. Witek stuknął w panel. Lubił tę piosenkę, ale teraz drażniły go te jednobrzmiące tony, prosta melodyjna linia i jednostajny rytm.

Wrócił do Justyny i zagarnął ją do siebie. Uniósł jej podbródek i wsunął język między jej wargi. Przylgnęła do niego całym ciałem, próbując udowodnić sobie, że jest tego wart. Jej stresu. Jej desperacji. Niepewnej przyszłości. Przywarła do jego ust. Otworzyła oczy, bo obraz matki usadowił się pod powiekami i nijak nie potrafiła się go pozbyć. Wyrwała się z objęć Witka, przywołana niedającą się unicestwić wizją.

– To ma sens?

– Justyna! Proszę cię! Co ma sens? Miłość nie ma sensu? Szczęście nie ma sensu? O co ci chodzi? Ja już głupi jestem!

Rozstawił palce i jak bronę poprowadził je po czubku głowy dziewczyny. Chwilę posmyrał nimi po jej głowie. Tuż ponad nimi przeleciało stado rozhisteryzowanych wróbli, spłoszonych zapewne przez jakiegoś zabłąkanego bezpańskiego psa, co to w pobliskich krzakach miał nadzieję natknąć się na smaczny kąsek porzucony przez amatorów taniej wódki i byle jakiej zakąski. Zwierzak odszedł kilka kroków poniżej, jakby zmierzając ku jezioru, ale przy krawężniku zatrzymał się i zawrócił.

– Chcesz wracać? – zapytał. Jego głos brzmiał ostro i nieprzyjemnie. – Justyna! Jedno słowo. Wracamy?

Stała. Podniosła głowę do góry. Nie chciała, by zobaczył jej szklane oczy. Powachlowała powiekami. Przez otwarte usta wpuszczała i wypuszczała powietrze, jak ryba wyrzucona na brzeg.

– Justyna! Powiedz coś! Na litość boską! Czuję się jak dupek.

Milczała. Może i chciała powiedzieć, ale była pewna, że gdy tylko opuści głowę, łzy zgromadzone w dole i te czekające jeszcze w kanalikach puszczą się poza jej wolą. Najpierw niewinną strużką, ale zaraz przerodzą się w rwący potok, który będzie płynął wyrwany z koryta, pozbawiony kontroli, spontaniczny i destrukcyjny.

– Jedziemy do niej – powiedziała. Te trzy słowa wyrażały najwyższą formę jej opanowania. Więcej powiedzieć nie mogła. Wsiadła do samochodu. Odchyliła osłonę przeciwsłoneczną, taką z lusterkiem. Podobała się jej – nie tylko chroniła przed natrętnymi promieniami, ale w każdej chwili, kiedy Justyna czuła, że musi zobaczyć siebie, mogła odgiąć klapkę i skontrolować swój stan. Pociągnęła błyszczykiem usta, popacała gąbką po zaczerwienionych policzkach i powiedziała, opanowana, jakby przed chwilą nie było żadnych incydentów ze skurczami żołądka, żadnych pocałunków, niepewności:

– Jedź! Na skrzyżowaniu w prawo i zaraz w lewo, w dół. Na Tunelową!

Wsiadł. Silnik zawarczał, ale chyba po raz pierwszy Witek nie poczuł przyjemności płynącej z cylindrów, tłoków i wszystkich tych elementów, które nie miały przed nim jakichkolwiek tajemnic. Kąciki jego ust poruszały się niespokojnie. Wzrastający jednodniowy zarost, czerniejący się tuż pod nosem, czynił go poważniejszym i bardziej wiarygodnym. Witek nie był jak gołowąs, z wymuskaną twarzą i wygolonym do zera prostokątem pomiędzy ustami i nosem. Miał w sobie coś z mężczyzny, co to wie, czego kobiecie potrzeba.

Zjechali z głównej drogi i zaraz zakosem w dół. Przed sobą zobaczyli wiadukt, pod którym przystawały zawsze wszystkie dzieciaki, wykrzykując: „Echo, echo!". Ulica Tunelowa była jedną z ładniejszych w Barlinku. Mawiało się o niej i jej odnogach – małych, wąskich uliczkach pełnych poniemieckich domków – „zydlung". Z licznymi kamienicami, w większości z ubiegłego stulecia, była zupełnie różna od ciężkiej zabudowy w centrum miasta, gdzie przy głównej miejskiej arterii, ulicy Niepodległości, w czasach socjalizmu postawiono bloki. Jeden obok drugiego. Dwupiętrowe. Teraz odmalowano elewacje, próbując choć w części pozbyć się skojarzeń z szarzyzną betonowych klocków. Z różnym skutkiem, ale przynajmniej było kolorowo.

Jako dziewczynka, Justyna zazdrościła koleżankom z bloku. Tych wielkich podwórzy z najważniejszym na nich punktem, czyli trzepakiem. To tam rozstrzygane były najistotniejsze sprawy: w chowanego, w kurs po piwnicach czy w miasto. Tam też zapadały spektakularne decyzje, kogo przyjąć do osiedlowej elity. Wieczorami, zwłaszcza latem, gdy długo było widno, rozstawiały się pary z paletkami do badmintona i rozgrywały grand prix o tytuł najlepszego w bloku.

Skręcili w boczną, krótką uliczkę, która w porównaniu z mijanymi była nieco opustoszała. Może za sprawą dużego, pustego placu, na którym stało kiedyś przedszkole, obwieszone powycinanymi kwiatkami, słoneczkami i motylkami w wyblakłych słońcem kolorach? Teraz nie pozostało po nim nic. Ulica, z rozproszonymi głównie po jej lewej stronie budynkami, była jak z innego miasta. Tu, nie licząc pojedynczej willi na samym końcu i budującego się domku jednorodzinnego zaraz na początku, stały podniszczone domy, których mieszkańcy albo nie mieli sił, albo pieniędzy, albo zwyczajnie nie chciało im się uładzać czegokolwiek wokół siebie. Większość zabudowy stanowiły kamienice czynszowe, w których we dwóch, góra trzech pokoikach egzystowało ileś tam osób. Mieszkali w nich i Bajkowscy, w liczbie bodajże dwanaściorga samego drobiazgu od dwóch lat wzwyż, wielopokoleniowa rodzina Stanków, a w zrośniętych bliźniaczo budynkach dwóch braci Konopielskich, co to wzięli sobie za żony dwie siostry Bukowskie i każdy z nich doczekał się niezłej gromadki przychówku. A wszystkie dzieciaki podobne jak dwie krople wody, wypisz, wymaluj – tatusiowie.

Justyna z matką mieszkały w dwupiętrowym domu, który wyróżniał się spośród wszystkich kamienic na całym osiedlu. Mansardowy dach przykrywał przestrzeń pełną rupieci, starych mebli, skrzyń i szaf – strych. Z czasem ten strych wykupiło młode małżeństwo i zaadaptowało na mieszkanie. A miasto wykonało remont budynku, dzięki czemu elewacja z odnowionym ornamentem i poprawionymi konsolowymi fryzami przyciągała wzrok. Matka Justyny pękała z dumy, kiedy notariusz w Myśliborzu wręczył jej akt własności w etui ze złotym orłem wytłoczonym na kredowym papierze. Trzymała dokument w szufladzie na pościel, bo tam nie groziło mu najmniejsze zagięcie.

Witek wyłączył silnik. Justyna zdążyła rzucić okiem w okna. Zza firany zerkała matka; stała bokiem i pewnie sądziła, że jej nie widać. Ale to nie niecierpliwość, powodowana tęsknotą czy wyczekiwaniem, kazała jej tkwić za firaną, a raczej ciekawość, czy córka nie zmądrzała, nie przemyślała swojej głupiej decyzji, czy się nie rozmyśliła. Bo przecież zna zdanie matki i wie, że żaden mężczyzna nie jest w stanie dać kobiecie szczęścia. Marianna powtarzała jej tyle razy, że każdy, ale to absolutnie każdy z nich tylko czyha, by się kobietą pobawić, dzieciaka jej zrobić i w domu uwięzić. A sam dalej w tango! Przecież Justyna głupia nie jest, to powinna zrozumieć. Co jak co, ale chyba matka najlepiej wie, czego jej dziecku trzeba, i za nic nie chce dla niego nieszczęścia! Widać jednak dziewczyna nic nie zmądrzała. Matczyna dłoń trzymała rant firany, jakby chcąc ją nieco wyprostować, bo przez upięte gęsto fałdy słabo było widać.

Chłopak wysiadł z samochodu. Schylił się jednak na moment do środka i coś chyba powiedział. Justyna chwilę jeszcze była wewnątrz auta, pakowała do torebki jakieś rzeczy ze schowka. Czuła wzrok matki. Najchętniej zostałaby tutaj albo zawróciła. Witek się rozglądał. Za placem po przedszkolu rozciągał się widok na ścianę wierzb, pochyloną pod naporem tysiąca warkoczy ciężkich wici nad płynącą krętym korytem niewielką rzeczką. Zapach zgnilizny, wilgoci unosił się powietrzu. Pewnie mieszkańcy położonych opodal domostw i ogrodów powrzucali do wody pościnane gałęzie, powyrywane chwasty, a te, gnijąc gdzieś na pobrzeżach, wydzielały specyficzny zapach. Ale widok był czarowny. Witek pomyślał, że pięknie byłoby postawić tu dom. I ogród. I... warsztat samochodowy. Blisko domu. Blisko żony... i dzieci.

Justyna spuściła nogi poza samochód. Kosmate chwasty ocierały się o łydki. Nie lubiła żadnego muskania traw. Od zawsze. Nie mogła zrozumieć, co ma w sobie fascynującego brodzenie w wysokim zielsku czy mchowo-liściastych leśnych dywanach. Ale tym razem wydawało się to mało ważne w zestawieniu z faktem, że oto zaraz będzie musiała wstać i przejść przez niewielki pas zieleni sponiewierany psimi odchodami i zdeptany przez ludzi. A potem wejść w klatkę schodową i dojść do n i e j . Justyna była pewna, że to, iż matka widziała ich zza winkla, jest nieważne, o n a i tak uda, że nie słyszy pukania. I zapukają raz, i jeszcze raz, i jeszcze, choć już za pierwszym razem matka usłyszy, bo jak może nie usłyszeć, skoro będzie stać tuż pod drzwiami, palcem przytykając wizjer? Ona musi tam stać, słuchając kolejnego „puk, puk", bo musi dać sobie czas.

Przeszli z Witkiem kolejne piętra, pod skrytym w oknach judaszy obstrzałem wścibskich spojrzeń, a potem stanęli pod tymi najważniejszymi drzwiami. Stali. Nie było żadnego szurania kapciami. Ani zdumienia.

– Zaraz wychodzę. Na mszę. – Ułamek sekundy wystarczył Mariannie, by obrzucić córkę pogardliwym spojrzeniem, a chłopaka ostentacyjnie pominąć, przenosząc wzrok ponad nim.

Szli za nią. Justyna poruszała się mechanicznie, jak ślepiec. Trzymając wzrok w jednej pozycji, szła na pamięć. Matka pchnęła drzwi do dużego pokoju. Nic się nie zmieniło od lat. W meblościance na wysoki połysk odbijały się zniekształcone sylwetki ich trojga. Ustawione przy stole krzesła z bordową tapicerką wyglądały jak przytwierdzone na stałe do blatu. Wszystkie w takiej samej odległości od niego, idealnie dotykające końcami zaokrąglonych oparć krawędzi stołu.

Matka głową skinęła w kierunku mebla, co można by było poczytywać jako zaproszenie, a następnie odezwała się sucho i chrypliwie:

– Wrócę za godzinę. Wiesz, co gdzie jest.

Przechodząc za moment obok nich, jeszcze raz obrzuciła Justynę nieprzyjemnym spojrzeniem, jego końcówkę przenosząc na Witka, który speszony i jednocześnie zaskoczony sytuacją, stał, dygając. Uświadomiwszy sobie idiotyzm tej sytuacji, poczuł, jak skroń drga mu nerwowo, a potem zaklął w duchu, że nie umie nad sobą zapanować.

Po chwili trzasnęły drzwi wejściowe, a młodzi usłyszeli skrzypienie schodów. Zaraz za oknem echo poniosło odgłos stukających miarowo obcasów. Justyna znała matkę i była na śmierć przekonana, że tamta ani się obejrzy, choć w duchu będzie lżyła największymi inwektywami zarówno jego, jak i ją – córkę jedynaczkę.

Stali, nie ruszając się. Dwoje intruzów. Dopiero za moment, jak wyrwani z zaklęcia, podeszli do okna. Witek przylgnął do jej pleców. Justyna drżała. Zdała sobie sprawę, że umie żyć i nawet potrafi cieszyć się życiem, kiedy w jej umyśle rozmywa się obraz matki, kiedy wyryte w pamięci zdania zapadają gdzieś w bardziej odległe pokłady umysłu. Ale teraz, kiedy miała jej twarz na wprost, przenikliwe oczy pełne wyrzutu, pretensji, czuła, jak ze wszelkich zakamarków mózgu wypełzają słowa tamtej, gesty, miny, powracają wszystkie napomnienia i ożywają w niej na nowo, otaczając ją niczym nocne mary, zacieśniają się wokół niej i tłamszą wszystko inne. Zewsząd dopadały ją namolne: „Justyna, pamiętaj, nie wierz, bądź rozsądna, nie kochaj, nie daj się kochać, nie możesz być szczęśliwa...".

– Jakoś to będzie – powiedział Witek. Zaraz też rozejrzał się po mieszkaniu. Surowe wnętrze i nic zbędnego. Żadnych figurek, bibelotów, żadnych poustawianych w rzędach kryształowych wazonów, bombonier czy pater. Zdjęcia. Kilka zdjęć w prostych ramkach, zahaczonych na małym gwoździku. Na jednym Justyna w prostej komunijnej sukience, z książeczką do nabożeństwa, za nią matka, nie wiedzieć czemu trzymająca zamiast córki gromnicę z naklejoną niebieską Matką Boską i plastikowym, udającym rzeźbiony okapnikiem. Na drugim też one, tylko matka stoi nieco z boku, ale za to obie jej dłonie spoczywają na ramionach Justyny, jakby w obawie, że dziewczynka wyrwie się i ucieknie z fotografii. Na kolejnym znowu one. Ale Justyna już jest starsza i matka nie trzyma jej za nic. Za to ona trzyma (chyba) książkę. Nagrodę za wzorowe zachowanie i świadectwo z czerwonym paskiem. Matka jest dumna. Stoją na tle jeziora, na mostku na wprost plaży. A po jeziorze pływają łabędzie i żaglówki, które jak są daleko, to też trochę przypominają wyprostowane majestatycznie ptaki, sunące leniwie po wodzie. I jeszcze jedno zdjęcie. Wsunięte za szybę. Małe, legitymacyjne. To, które Justyna robiła do świadectwa maturalnego. Z początku nosiła je w portfelu, jednak był zbyt duży i ciężki, więc kupiła sobie małą poręczną portmonetkę, a tam już nie było ramki na zdjęcia. Dlatego wsunęła je za szkło.

Justyna nie odezwała się. Wiedziała, że nie będzie „jakoś".

***

Ślub odbył się w dużym kościele. Gdyby nie trzymana z przodu wiązanka białych frezji i skromny diadem, do którego doczepiony był krótki welon, nikt nie pomyślałby, że to ślub. Ksiądz leniwie wyszedł z zakrystii, ciągnąc za sobą powłóczysty ornat. Zadzwoniły dzwonki. Rozbłysły światła.

Po jednej stronie siedziała matka Justyny, znieruchomiała, ze wzrokiem skamieniałym, utkwionym gdzieś powyżej prezbiterium. Wyglądała jak obłąkana. Jak automat wstawała na wszystkie: „Pan z Wami" i „Alleluja". Po drugiej stronie w dwóch ławkach siedzieli bliscy pana młodego. Cokolwiek rozczarowani. Wszak Witek jako jeden z pierwszych spośród młodych w rodzinie dostąpił granic wszelkiej dorosłości, wyznaczonej najpierw maturą, co ją zdał zaocznie, a zaraz potem udokumentowanym sakramentem małżeństwa. Nie było jednakże weselnych fajerwerków i całej tej oprawy. Wszyscy siedzieli skupieni, z rękoma splecionymi, jakby jednocześnie modlili się o szczęście, a zarazem przepraszali, że przyszło im uczestniczyć w obrzędzie, który nie rokuje nadziei na przyszłość.

Siostra Adalberta wyśpiewała swoim niedokształconym falsetem *Ave Maria*. A potem ksiądz błogosławił im na nową drogę życia, na trudy i radości, na dobre i złe... Z chóru ponownie odezwały się, wygrane na pięknych organach, tony marsza Mendelssohna. I stało się wszem wobec jasne, że oto „ta Justyna i ten Witold" zostali pełnoprawnymi małżonkami, co to śmierć ich nie rozłączy, i pozostaną ze sobą „na dobre i na złe", jak w tym serialu z Kubą i Zosią.

Nikt nie sypał ryżu, nie było grajków z akordeonem i saksofonem. Nie było bram z wódką i cukierkami. Nie było wesela ani przyśpiewek, ani oczepin z trywialnymi tekstami o wierności, nudzie małżeńskiej i rozpaczy po utracie wolności. Wyszli z kościoła jak po niedzielnej mszy...

Mieszkanie mieściło się w kamienicy niedaleko Rynku. Mężczyzna, który je im wynajął, nie pytał wiele, nie interesowało go na dobrą sprawę, czy są małżeństwem, czy tylko parą, choć podtykali mu pod nos swoje dowody z jednakowo brzmiącymi nazwiskami. Był to człowiek, który sprawiał wrażenie zaganianego, i od tego, czy wynajmie im mieszkanie, czy nie, zapewne niewiele zależało.

Nie wyglądał na takiego, co skacze z radości, bo udało mu się zgarnąć pieniądze. Miał większe. Zapewne dużo większe...

Kiedy przy pierwszym spotkaniu wymienił kwotę i dostrzegł przestrach w ich oczach, zaraz machnął ręką i powiedział:

– No dobra! Pięćset na rękę i opłaty za wodę i energię. Może być?

Ledwie Witek skinął głową, właściciel zerknął na zegarek i zaraz, jakby chciał ich pchnąć czym prędzej do wyjścia, stwierdził:

– Proszę do mnie zadzwonić, jak się zdecydujecie. Jeśli tak, możecie się wprowadzać właściwie już...

Odwrócił się do nich, jakby sprawdzając, czy idą za nim, i już wkładając klucz do zamka, drugą ręką sięgnął do bocznej kieszeni drogiej marynarki. Wyciągnął wizytownik.

– Tu są numery do mnie. Zastanówcie się. Jakby co...

Wyciągnął klucz. Wrzucił go do aktówki i skinął im głową na pożegnanie. Ustąpili mu miejsca, sami powoli schodząc po schodach odrestaurowanej klatki schodowej.

– I co?

– Dziwny facet! Mieszkanie piękne! – Justyna się rozglądała. Na półpiętrze przystawała, by popatrzeć na ulicę. Było gwarno i ruchliwie, ale nie stanowiło to dla niej problemu. Nie przeszkadzał jej ani anonimowy tłum, ani też owa kakofonia, będąca połączeniem brzmień: klaksonów, pisku opon, wszelkich innych wydostających się z otwartych okien, drzwi sklepów, restauracji... Całego wielkomiejskiego życia.

Leżeli w łóżku. Odwróceni do siebie plecami. Chwyciła za róg kołdry, podciągając ją pod samą szyję. Bała się poruszyć, choć czuła, że ich pośladki ledwie stykają się ze sobą. Delikatnie odsunęła się, a w zasadzie to tylko spłyciła oddech. Tyle wystarczało, by uniknąć dotyku. Wiedziała, że on nie śpi. Tak jak poprzedniego dnia i poprzedniego, i jeszcze kolejnego wstecz. Było jej niewygodnie. Chciała się wygiąć, skulić, podciągnąć nogi pod brzuch, do pozycji niemal embrionalnej, która od zawsze zapewniała jej sen. Ale nie teraz. Justyna trwała sztywno wyprostowana. Dobrze, że na czas udało jej się zagarnąć ten róg kołdry, bo inaczej zupełnie nie dałaby rady leżeć obok...

W pokoju panowała cisza. Ciężka. Nie z tych, które pozwalają człowiekowi odetchnąć, która koi i uspokaja, ale z tych, co to zapadają złowieszczo, które wróżą złe, niepokoją i są zapowiedzią niedobrego. Za oknem raz po raz jaśniało, pewnie przejeżdżające samochody migały światłami. Z rzadka. Z dala dawało się słyszeć nocne tramwaje. Turkotanie po szynach, zgrzytanie zamykanych drzwi. Senna noc...

Zegar na ścianie tykał mechanicznie, ale nijak nie można było dojrzeć godziny. Powinna już spać. Czeka ją kolejny ciężki dzień. Kolokwia, wejściówki... I jeszcze to cholerne stypendium naukowe!

Witek się poruszył, a ona poczuła, jak kołdra traci napięcie wywołane przeciąganiem jej w skrajne końce łóżka. On mościł się, przeciągał. Spuścił najpierw nogi na dywan, który zakupili w Ikei. Justyna nie lubiła stąpać bosymi stopami po jakimkolwiek podłożu, choć dywan przy łóżku był miękki i puszysty i prowadził aż pod same drzwi. W przedpokoju też był chodnik. Łóżko zaskrzypiało. Kątem oka widziała plecy męża. Przygarbione. Witek wyglądał jak starzec. W niczym nie przypominał dobrze zbudowanego, rosłego chłopaka. Schował głowę w dłoniach. Chwilę siedział zastygły, ale zaraz podniósł się energicznie. Po omacku poszukał slipów, strzeliła cicho gumka. Justyna zacisnęła powieki i wstrzymała oddech, bojąc się dekonspiracji. Przedpokój rozświetlił snop światła. Usłyszała strumień wody albo moczu i zaraz pyknięcie płomienia w junkersie. Pstryknął wyłącznik i znów zaległa bezpieczna ciemność. Leżała, nadal bez ruchu, choć w duchu wyklinała, że straciła szansę zmiany pozycji na dogodniejszą. Po namyśle odpuściła. To mogło go sprowokować. Inne ułożenie. Wypięta pupa. Tak jak lubiła. Ale nie teraz. Tylko nie to!

Justyna znów zapadała w sen, kiedy poczuła jego dłoń, przesuwającą się wzdłuż jej ciała. Lekko. Posuwiste ruchy, delikatne jak muskanie wiatru. To sen. Poddawała się, na wpół przytomnie, tym ruchom. Ale kiedy granica pół jawy, pół snu została ostatecznie obalona, zesztywniała, jakby nagle ustały wszystkie funkcje życiowe. Nie oddychała, nie mrugała, nawet myśli zdawały się wytracone. Byle tylko nie prowokować. Ręce mężczyzny stawały się coraz bardziej odważne; zaciskał niecierpliwie palce. Jedna dłoń chwytała pierś, drażniąc napięty sutek, druga pobłądziła niżej, rozchylając uda. Justyna starała się jeszcze utrzymać rytm oddechu, ale zakłócała go już budząca się rozkosz. Jej ręce, kurczowo trzymające dotychczas róg kołdry, przeniosły się na ciało Witka. Mierzwiła jego włosy, głaskała kark, coraz chętniej poddając się pieszczotom. Język mężczyzny poruszał się nerwowo, zuchwalej, eksplorując kolejne odcinki, zataczając węższe kręgi, by dotrzeć do interioru. Gorący oddech mieszał się z wilgocią. Justynie brakowało tchu. Straciła kontrolę nad oddechem. Wszystko wokół zamazywało się i wprowadzało ją w dziwny ruch, mariaż doznań, dźwięków i światła... Momentami docierało do niej, że oto zaraz rozegra się ów finał, nastąpi defloracja. Owo cudowne zdarzenie – jedyne, nieodnawialne, o którym marzyła, które znała z każdej strony, które poznawała poza doświadczeniem, teoretycznie jako akt przeobrażenia, wkroczenia w nowe stadium, akt złączony z porostem skrzydeł, co to poniosą ją, wyrwą, stworzą jej nieograniczone możliwości... Przeminie ten lęk, który za każdym razem dodawał Justynie sił i nakazywał jej wyrywać się spod niego, wygrzebywać się resztkami sił i rozsądku, by potem okutać szczelnie swoją nagość, czymkolwiek, co było najbliżej. Dodawała teatralności gestom, wzmagała ruchy palców. Czyniła za każdym kolejnym razem wszystko, by wytrzymać, doczekać, poczuć owo ukłucie spowodowane pchnięciem członka i wydać z siebie ostateczne, przeciągłe „aaa". Odpychała od siebie blokady, które nakazywały jej uciekać. Pragnęła przerwać ów serial zamknięć w łazience po ciemku, nie chcąc patrzeć ani na siebie, ani tym bardziej na niego, jak stał przed nią nagi, z wzwiedzionym członkiem, z wielkim znakiem zapytania w rozognionych seksem oczach i bólem, którego ona nie potrafiła zrozumieć. Odkręcała kurek natrysku i wchodziła do zimnej wanny, jakby zamierzając natychmiast się ostudzić, ugasić wzniecony w niej żar. Wiedziała, że nie może po raz kolejny wysłuchiwać jego argumentów, nie znajdowała swoich; te o pośpiechu w miłości już się zdewaluowały. Nie śpieszył się przecież. Ani wtedy, kiedy poddawała się jego dłoniom na parkowych ławkach, w ciemnych salach kinowych czy w samochodzie, ani po ślubie, kiedy to darował jej jeszcze noc poślubną, by dać jej czas, przyzwyczaić do myśli. Witek udawał, że nie wie o tym, jak wieczorami ona wpatruje się w łazience w swoje odbicie, bada każdy zaułek ciała, sprawdza pod każdym kątem, jak staje bokiem, okręca się niczym fajansowa figurka na pozytywce, jak gładzi palcami przestrzeń między udami, wprowadzając palec, delikatnie, jakby chciała samodzielnie dokonać inicjacji.

Przejść przez owo wtajemniczenie bez zbędnych rytuałów i bez jego udziału.

Obudzona całkowicie, z kroplami potu zebranego na czole, z oszalałym z podniecenia sercem Justyna zepchnęła z siebie męża. Nikt nie podejrzewałby, że może znaleźć tyle siły.

– Przestań!

Słowo było tak chropowate i ostre, że Witek uniósł się na łokciach, szukając w ciemności jej twarzy, nie dowierzając, że to zdarzyło się kolejny raz. Bolało go wszystko. Napięty penis zdawał się eksplodować poza jego wiedzą i wolą. Obniżył się nieco, czując zaporę, ale męska chuć nie dawała się w żaden sposób poskromić.

– Przestań! – powtórzyła. – Złaź!

Obraz matki stał się na tyle wyraźny, że Justyna poczuła nagle jej fizyczną obecność i ten palący wstyd. Tamta mówiła:

– A co ty, dziecko, wyprawiasz! Honoru nie masz? Jak jakaś dziwka! O Boże mój ty, jak ja ciebie wychowałam!

Mężczyzna, wprawiony w ruch, którego już nie chciał wyhamowywać, tracił dystans do wszystkiego. Podniecenie rozpanoszyło się w lędźwiach, podbrzuszu, w każdej komórce. Wrzało jak uwolniony gejzer.

– Zejdź ze mnie! Do cholery! – Justyna zrzuciła go z siebie nadludzkim wysiłkiem.

Było tyle prostactwa w tym żądaniu, tyle prawdy! Wstał. Po raz kolejny wstał, choć niespełnienie, ból

– zwykły fizyczny ból, upokorzenie czy nawet rozpacz, zupełnie niepasująca do mężczyzny – podpowiadały mu diabelskie rozwiązanie. „Skończ! Odbierz, co twoje, zgwałć, sponiewieraj!”.

Justyna wróciła do domu zmęczona jak pies, ale szczęśliwa. Miała temat pracy magisterskiej, a jakieś firmy już o nią zabiegały. Rzuciła płaszcz w pokoju, rozsypała buty po kątach. Wszystko było jak zawsze. Wynajęta kuchnia lśniła czystością. Witek zawsze wieczorem zbierał naczynia z całego domu i mył je, ustawiając na blacie, by obciekły; te obciekłe dawały się już pochować do szafek.

Zaparzyła sobie kawę i skupiając się na tym, by donieść ją bez szwanku do pokoju, kroczyła powoli, wpatrzona w filiżankę, zaklinając ją pod nosem.

Przełączała przyciski na pilocie, nie umiejąc zatrzymać się na jednym obrazie, aż w końcu poddała się – palce zwiotczały, oczy zaciągnęła mgła. Justyna zasnęła. Pasma jaśniejących smug pojawiały się i znikały z każdym przejazdem samochodu czy tramwaju. Czuła nabrzmiałe podbrzusze; przycisnęła doń dłonie, ale nie pomagało. Zwlokła się z kanapy, otrząsnęła z zimna. Jeszcze nie dopuszczała myśli, że coś się zdarzyło. Ziewała głośno, aż rozbolały ją kąciki ust w proteście przeciwko dalszemu rozszerzaniu. Justyna obmyła się ledwie, jeszcze broniąc się przed rozebraniem, ale wielki szlafrok zawieszony na haczyku w rogu zachęcał i uspokajał.

To wtedy zobaczyła, że jej szlafrok wisi sam, że nie przepycha się między połami Witkowego, ale nie zrobiło to na niej wrażenia. Miała deficyt snu! Tylko sen! Tylko w łóżku! I w nieskończoność!

Mężczyzny w łóżku nie było. I nie pojawił się ani później, ani nigdy...

Wyglądała go w audytorium; z mrowia twarzy trudno wyodrębnić tę jedną. A może i jedyną...? Nie było go. Ani w sali, ani przed aulą. Stała za to matka. Z tą swoją satysfakcją i wzrokiem mówiącym:

– A nie mówiłam? Wszyscy oni jednakowi...

Justyna minęła ją. Bez słowa. Matka stała, z wyrazem histerii i nagłego osłupienia wyrysowanym na twarzy. Dziewczyna rozejrzała się, szukając kogoś, kto wyjaśniłby jej, o co chodzi: dokoła było granatowo od biretów i tog. Pachniały kwiaty, szeleściły kolorowe celofany, wstążki, pręciki okazałych lilii sypały się na lewo i prawo, pozostawiając ślady na uroczystych strojach. I ona stała z jakimś bukietem. Śmiesznie wyciągniętym ku przodowi, jakby szukał jakichś rąk, gotowych go przejąć.

***

W aptece Pod Orłem potrzebowano magistra farmacji. Żadnych techników, tylko kogoś kompetentnego, kto wie, czego człowiekowi trzeba. O, aptekarz to jak lekarz... Trochę szarlatan, trochę cudotwórca, a w dalszej reszcie naukowiec. Justyna zakuwała całymi nocami i dniami. Uczyła się z poradników medycznych, studiowała neuroleptyki, leki psychotropowe, układ pokarmowy, oddechowy. Żeby zapomnieć. O sobie. I o nim. Pod kołdrą powracał do niej niepokojem w podbrzuszu, dźwiękiem, którego nie słyszała. Bo wszędzie panowała cisza. Ale najgorsza ze wszystkiego była świadomość dziewictwa, które zniszczyło jej marzenia...

Justyna nie mogła uwierzyć, że sąsiadka z drugiego piętra nie żyje. To stało się jakiś czas temu. Nie pamiętała. Brakowało jej punktu odniesienia, ale skąd go miała wziąć? Życie toczyło się niezmiennie, bez żadnych incydentów, bez zaskoczeń. Poniedziałek czy piątek – bez różnicy. Właściwie nigdy za bardzo się sąsiadką nie interesowała, ale czasem wpadała do niej. Dziwiła się potem sobie, po co jej to. Ale... Z lekami. Mąż przynosił recepty i nigdy nie chciał, by mu zapisywano, bo przecież zapamięta, a jak przyszło co do czego... Nie obronił się przed starością. Tak bywa.

Czasem matka Sabiny opowiadała córce o Justynie i wtedy jej oczy jaśniały z zachwytu. Nad ową aptekarską pedanterią. Może dlatego ciągnęło ją na drugie piętro do sąsiadki? Po te utracone, porzucone kiedyś schematy?

Celina vel Baśka

Sabina spojrzała na zegarek! Znów się spóźni! Całe życie goni! Jak ma wszystko ogarnąć? Wielki dom, dzieciaki, praca. Czuła coraz większe znużenie. A rzucić by to w cholerę i gdzieś pójść! Do lasu albo w wysokie trawy, jakie pamiętała z dawnych wypraw dokoła jeziora, kiedy jeszcze, mimo że dzieciaki były małe, znajdowali na nie czas. I poszłaby. Tam, za miasto, nad jezioro, gdzie prawa strona przywodziła na myśl bieszczadzkie zbocza, a wąskie ścieżki w końcu rozczarowywały, że nie wiodą na Szeroki Wierch ani nie prowadzą Działem, a są zaledwie wydeptanymi zamiejskimi dróżkami, nad którymi zwisały gałęzie leszczyny, gdzie łydki parzą porosłe na metr pokrzywy.

Drzwi klatki trzasnęły z hukiem. Pewnie to ten impet i wymuszające pośpiech życie nakazują jej wszystkim rzucać, szarpać, trzepać. Torebka chodziła od wibracji telefonu. Nie! Nie ma czasu na wyławianie komórki z setki ważnych przedmiotów, które absolutnie nie mogłyby zostać pominięte w wiecznym przepakowywaniu toreb. W zależności od butów. Od sytuacji, nastroju i czort wie czego jeszcze. Jednakowoż wszystkie powody były doskonałymi pretekstami usprawiedliwiającymi zakup kolejnej.

Znów jest spóźniona. Ale najgorsze, że codziennie skrupulatnie obmyśla plan kolejnego dnia, z matematyczną dokładnością, a potem cieszy się, że ma tak wszystko poukładane i nikt nie może jej zarzucić chaotyczności czy jakiegokolwiek rozedrgania. Porządna kobieta, panująca z zimną krwią nad wszystkim. A wystarcza szczegół, wręcz pierdoła bez znaczenia, by cały ten skonstruowany porządek obalić. Pyk, i po ptokach! Jak choćby teraz. Fakt, niepotrzebnie ugrzęzła w mieszkaniu rodziców, ale to pryszcz. Tylko te cholerne drzwi. Pół bloku się zeszło, by otworzyć dziadostwo. Istne pospolite ruszenie. A w końcu Cela, trzymając w ustach papierosa, powiedziała tym swoim grubym, zachrypłym głosem, niczym policjant rozganiający tłum gapiów cisnących się jak najbliżej wypadku:

– Dobra! Odejdźcie! Ja to załatwię!

Sąsiedzi rozeszli się posłusznie. Pan Władek coś tam szeptał pod nosem, „że ja bym to zrobił, ale się pchać nie będę", Wiera bezradnie unosiła ramiona, choć na jej pomoc i tak nikt nie liczył. Ale wszyscy poszli. Skoro Cela tak mówi...

Cela znana była z tego, że czasem mówiła różne rzeczy. Zdarzało się, że nie przebierała w słowach, zwłaszcza jak sobie wypiła albo opuścił ją kolejny Romeo. Ale zawsze na drugi dzień chodziła po domach, jak ksiądz po kolędzie, i przepraszała wszystkich. Była lubiana przez mieszkańców dziewiątki, a i nie tylko. Znała ją cała ulica.

Teraz zeszła dwa piętra niżej i zawołała w głąb mieszkania, nie przestępując progu:

– Ej! Jarek! Rusz no tyłek z kanapy i chodź tu, pomóż kobiecie!

Z mieszkania wyległ nowy mężczyzna Celi. Jeden z tych, przed którym chciałoby się uciekać. Tak na wszelki wypadek.

Pogrzebał coś, wtrysnął w dziurkę WD-40, co to pozostawał również na powierzchni, zapewniając smarowanie i jednocześnie ochronę przed wilgocią. Potem klucz wszedł jak w masło.

– Bedzie! – powiedział, uśmiechając się krzywo i wręczając Sabinie klucz.

Kilka razy podrzucił sprej ze smarem i zbiegł na dół. Cela nie czekała na niego. Siedziała na murku pod blokiem, gdzie paliła papierosy z Jolką i Teresą. Szła za modą i wiedziała, że w domu nie ma co smrodzić, a poza tym ten murek to było takie fajne miejsce. Wszystko człowiek widział: i park, i ludzi, i było tyle tematów do obgadania… A zwłaszcza kiedy lato, bo w inne miesiące to nie szło siedzieć na gołym betonie, a i życie na ulicach toczyło się jakby bardziej leniwie. Można było i z balkonu „kontemplować" ten świat, ale Cela wolała przed blok. Bo to i ubrać się jakoś trzeba. A ona lubiła się stroić. Choć teraz już nie musiała. Miała Jarka! Może i piękny nie był, jak jakiś Deląg czy choćby jakiś inny Clooney, ale był dobry i kochał ją. Kochał mimo wszystko.

Na Koziej trwał rozgardiasz niemiłosierny. Jak w sześćdziesiątym którymś pojawiły się wielkie maszyny, zwały gruzu zakrywały widok na sąsiednie bloki. Rozkopane chodniki, walające się bryły betonu, wszędzie szum, kurz, świszczenie flexów, huk młotów pneumatycznych. Kurzawa szła taka, że trzeba było wciąż oczy przecierać. Dobrze, że udało się choć skrawek przy garażach utrzymać dla siebie. Stąd wprawdzie nie było już pełnej perspektywy na ulicę i dalej na park, i kawałek rynku, bo samochody poustawiały się po obu stronach ulicy, pozostawiając zaledwie wąski pas widoczności, ale zawsze była to jakaś przestrzeń do obserwacji, w której, bądź co bądź, wciąż się wszystko zmieniało. Cela stała ze wspartą na biodrze ręką, w drugiej trzymając tlącego się papierosa. Dym papierosowy mieszał się z kurzem. Wycierała oczy, bo jeden i drugi szczypał, że oczy łzawiły, a łzy rozmazywały tani tusz, który toczył czarną strużką smugę na całej długości policzka.

– Ty dokąd znowu lecisz? – Sabina usłyszała głos Celi. Siedziała właśnie na niewielkiej skarpie, powstałej przez wyrobienie wjazdów do garaży. Jedynej niezawłaszczonej przez ekipę budowlaną powierzchni. Od zawsze tam się siadywało. A za murkiem można było uciec spod bacznego wzroku czyhających za firaną matki czy ojca. Oj! To był niezły punkt obserwacyjny i dla jednych, i dla drugich. Nieraz wystawali na czatach i szeptali albo przekazywali znaki rękami i nogami:

– Sabina! Matka przez okna wygląda!

Sabina uśmiechnęła się gorzko. Zazdrościła Celi tego luzu, czasu, wypełnionego skubaniem słonecznika czy wypalaniem kolejnego papierosa.

***

Bo od jakiegoś czasu Cela miała czas. Nie dlatego, że w każdej dziedzinie życia dawało się odczuć bezrobocie, kryzys panoszył się, a frank szalał, że wielu załamywało ręce, rwało włosy z głowy, bo inaczej miało być. Miało być pięknie i bogato i jeśli nie po amerykańsku, to chociażby po irlandzku. A co kto miał do Irlandii? Wyspa piękna, może trochę surowa, trochę anachroniczna z tymi swoimi zasadami, ale stanowiąca całkiem nowe miejsce, gdzie ludzie – Polacy szukający złotego runa – znajdowali przeznaczenie. Jarka Cela poznała, kiedy to przyjechał „na trochę" do kolegi z Barlinka, co to mu był tam, w Dublinie, jak brat. Pozwolił się zaprosić, bo tamten obiecywał niezłą imprę, chętne laski i seksu w bród. Sam pochodził z jakiegoś zadupia, w którym i tak nic go nie czekało. Szkoda gadać! Więc Jarek przyjechał. Celę poznał w dyskotece. Wiła się na parkiecie jak piskorz, kołysała biodrami jak bajadera, połyskując kusą bluzeczką z wymalowanym napisem: „Chodzi pogłoska, że jestem boskaaa". I była! Jarkowi Bóg świadkiem, że była! Oka od niej oderwać nie mógł. Muzyki nie słyszał.

Po kilku puszkach piwa otrzepał się jak kogut, wysunął klatę do przodu i ruszył w kierunku Celi, bardzo uważając, by wkomponować swoje ruchy w rytm muzyki. Już czuł w rękach jej krągłe pośladki, ćwiczył frazy, którymi zamierzał ją ująć.

Był raptem niecały metr od celu, kiedy poczuł uścisk na ramieniu. Kolega wybełkotał mu w ucho:

– Daj spokój, Jarek, to kurwa!

A on odwrócił się i szybkim ruchem wcelował w twarz tamtego. Zrobiła się awantura. Ktoś zadzwonił po gliny. Zapaliły się wszystkie światła, zniknęły efekty falującej, wielokolorowej wody. Świat przestał wirować, powróciły kształty. Jarzeniówki raziły oczy. Dziewczyny obciągały spódniczki, chłopaki trzymały ręce w kieszeniach.

Jarka wyprowadziło dwóch niepozornych policjantów, Cela pobiegła za nimi. Któż to mógł wiedzieć, skąd ona miała pojęcie, że to o nią ten bój szedł i to ona, w całej swojej istocie, stała się ową pierwszą przyczyną zerwania „przyjaźni na śmierć i życie"?

Po paru godzinach zwolniono Jarka z komisariatu, nawet udało mu się nie zapłacić za wytrzeźwiałkę.

Do mieszkania kumpla już nie trafił; drzwi były zamknięte na amen, a Jarkowa walizka, oparta o ścianę, spakowana byle jak i ledwie domknięta. Trochę pobłąkał się po mieście, poszedł nad jezioro. W życiu nie widział czegoś takiego. Jezioro w samym centrum miasta! Ludzie chodzili to w jedną, to w drugą stronę, co poniektórzy przystawali, opierając się na białej poręczy. I patrzyli. Chyba na to jezioro, co wyglądało jak rozłożona pośród lasów, z poukrywanymi gdzieniegdzie zabudowaniami, błękitna płachta, skrząca się w słońcu. Był tu przedziwny spokój, którego nic nie zakłócało. Nawet spacerujący po promenadzie zdawali się mówić do siebie szeptem.

Po reszcie nocy spędzonej na twardym krześle na posterunku policji Jarek czuł, jak w jego zmęczonych oczach zbiera się piasek, jak szczypią i pieką. Każde mrugnięcie sprawiało mu ból. Przysiadł na ławce na wprost fontanny, której rozproszone strumienie, smagające od czasu do czasu niczym morska bryza, orzeźwiały przyjemnie. Myślał o Celi. Nie umiał pozbyć się jej obrazu. Przymknął oczy, pozostawiając zaledwie szparki, przez które przedostawał się obraz pełgających po toni świateł, które wraz z ptakami pływającymi po jeziorze tworzyły cudowny miraż, jak poruszające się w kalejdoskopie okruszyny szkiełek. Podsunął walizkę do siebie i objął ją kolanami. Poprawił koszulkę, ręką przejechał po włosach, jakby bał się, by nie wzięto go za kloszarda czy innego typa o podejrzanej proweniencji.

Na dworze było ciepło, choć dopiero co nastały pierwsze dni kwietnia. Pogoda już od kilku dni zaskakiwała wysoką temperaturą, toteż nic dziwnego, że momentalnie wszystko zieleniało, buchało wiosną.

– A ty co? Na samolot czekasz? Tu raczej nie doleci, chyba że jakaś amfibia. – Cela stanęła przed nim, zasłaniając mu widok. Śmiała się głośno, jakby uznała, że oto udał jej się świetny żart.

– Wypuścili cię chłopaki? Pogadaliście sobie?

Obserwowała go bacznie.

– Widać albo mieli humor, albo byłeś grzeczny, bo nie widzę, żebyś dostał po pyskuniu. Żartuję!

Był tak zaskoczony, że nie odzywał się słowem.

– Widzę, że cię ten cham wywalił. – Rzuciła wzrokiem na walizkę. – Prostak! Dupek żołędny! Znam go jeszcze z podstawówki. A tam z podstawówki! Siedział ze trzy lata w piątej klasie, a potem poszedł do ohapu. Panisko wielkie! Szmaciarz jeden! Trochę Niemcowi się wysługiwał, potem nie było go jakiś czas. Pewnie siedział. Babra się to we wszystkim, łącznie z tym gównem, z prochami. A teraz? Teraz Irlandii mu się zachciało! Skąd ty go, człowieku, wytrzasnąłeś?

Jarek osłonił oczy wyprostowaną dłonią, bo słońce oślepiało i nie widział dobrze Celi. Wydawała mu się tak nieprawdziwa, że przez moment miał wrażenie, w rzeczy samej, że przez to zmęczenie i niedospanie traci poczucie rzeczywistości. Wszystko działo się na granicy snu i jawy. O czym ona mówi? O co jej chodzi? Co ona wie o ludziach żyjących za granicą? I skąd on zna Suchego? Znikąd! Jak wielu innych, spotykali się w pubach, pracowali obok siebie, mieszkali w tej samej dzielnicy. I tyle! Nikt nikomu w metrykę nie zaglądał. Po kilku guinnessach byli jak bracia. Każdy miał swoją historię, ale co tam! Jarek i tak najbardziej lubił jeździć do Howth. Do Bałtyku od siebie miał dobre kilkanaście godzin jazdy, a tam wsiadał w samochód, zakupiony raptem po trzech miesiącach, i jechał. Często sam. Klifowe wybrzeże, porośnięte bujną, zieloną roślinnością, skarpy z wężownicami wąskich ścieżek pozwalały mu odetchnąć od wszystkiego, pobyć w samotności. Lubił to...

I teraz też było mu dobrze, kiedy ona nagle stanęła na wprost niego. Nie była pierwszego kwiatu, ale niespecjalnie zniszczona. Może tylko szyja, na której rysowały się przecięcia: jedno w okolicach samego środka, takie skrzyżowane, jak szable w gabinetach biznesmenów, drugie nieco poniżej, przed trójkątem z wierzchołkiem przypadającym w sam raz w miejscu, gdzie ciemniejsza kreska znaczyła obfite piersi – pełne, zachęcające, prowokujące, że trudno było skupić się na wszystkim innym. Jarek wyobraził je sobie, obie pływające po wpływem najmniejszego ruchu, zgłodniałe męskich dłoni. Twarz Celi pod mocnym makijażem nie zdradzała wieku. O dziwo, nie była to kwestia drogich kosmetyków, ale Cela umiała się zrobić. A może taka jej uroda? Babka Celi, nie przymierzając kobita słusznego wieku, do ostatnich lat czyniła przyjemność mężczyznom, którzy dopiero przeczytawszy nekrolog, przytwierdzony na wielkim drzewie obok geesu, wzdrygali się niemal z obrzydzeniem na wieść, że uprawiali seks ze staruszką. Należy jednakowoż oddać sprawiedliwość starej *madame* Marlen (tak babcia kazała się tytułować, choć naprawdę miała na imię Maria, Maryśka; nawet nie Maryla), że za nic nie wyglądała na swój wiek – każdy i zawsze dawał jej co najmniej dziesięć lat mniej. I była w tym ludzkim gadaniu taka moc, że sama Marlen uwierzyła i dziękowała Bogu, że darował jej w formie gratisu te lata. Bo tak w sumie, poza tym, niewiele jej dał.

Cela stała, osłaniając Jarka przed słońcem. Wyciągnęła papierosy.

Chodnikiem przechodzili ludzie. Było ich coraz więcej. Jedni szli, trzymając na smyczach psy, które raz po raz przykucały lub przystawały pod drzewami, załatwiając potrzebę, podczas gdy właściciele uparcie wypatrywali czegoś w przeciwnym kierunku. Od czasu do czasu zwierzęta rwały się, to szczekając, to charcząc na siebie. Była to taka pora, że ci, co mieli wolne: emeryci, renciści czy matki z wózkami, chadzali tędy na spacer w jedną stronę – cichą, mało ujeżdżaną uliczką Jeziorną, wzdłuż boiska szkolnego i dalej do parku przy cmentarzu. Albo i w drugą, pod murami, zaglądając w niskie okna nielicznych tu domków. Śmiesznych, niskich, jakby trochę zagubionych w tym świecie, gdzie wszystko rosło duże, coraz większe. Zza murów bowiem wyzierały balkony bloków czteropiętrowych. Tak więc, idąc tędy, dochodziło się do parku w delcie Płoni. Park przedzielony był rzeczką. Przed mostkiem zielonym dywanem rozkładał się zadbany trawnik z licznymi klombami porosłymi kolorowym kwieciem, tworzącym swego rodzaju deseń: astry, złocienie, przetaczniki, gęsiówki, tawułki i jasnoty, begonie i floksy. Czego tam nie było! Widać miasto dbało o zieleń. Co rano kobiety wybierały chwasty, przerywały obeschnięte kwiaty, tak że owe żywe kobierce cieszyły oko. I gdyby nie przykry zapach psich odchodów, wsiąknięty w trawnik jak w gąbkę, park byłby idealnym miejscem albo to na spacerowanie po alejkach, albo żeby przysiąść na ławeczce i pomyśleć o czymkolwiek. Tym parkiem można było iść dalej, brzegiem jeziora, aż na koniec Sportowej. Tu człowiek mógł sobie nawet wyobrażać, że znalazł się w jakimś kurorcie nad morzem, przechadzać się tam, chłonąc zapach pobliskiego lasu, i od czasu do czasu spozierać na jezioro, które w zupełności mogło robić za morze. Tu mijali się ludzie, wymieniając kurtuazyjne ukłony. Tu świat spowalniał, odcinał się od życia „na szybkiej ścieżce", z której trudno było zejść, bo pchało do przodu, nie pozwalając na załapanie tchu.

Aż dziw, że trasa nie znudziła się ludziom przez lata...

***

– Chcesz? – Cela wyciągnęła w jego kierunku paczkę westów. Sama już trzymała papierosa w ustach, zaciągając się głęboko, aż dym szedł nosem i ustami zarazem.

Jarek zawahał się przez chwilę.

– Zamierzałem rzucić to cholerstwo. Mam swoje. – Sięgnął do kieszeni, ale po chwili przypomniał sobie, że po wyjściu z komisariatu wyrzucił pustą paczkę.

– Bierz! Oddasz – zaśmiała się Cela głośno. Jej ciało drżało i podskakiwało. Śmiała się całą sobą. Bo Cela jak płakała, to całą sobą, a jak ktoś ją zwyczajnie wkurzył, to złościła się całą sobą. Jej śmiech też był taki. Papieros zginał się i żółkł, a dym szedł równą smugą ku górze, niknąc gdzieś wysoko.

Cela spoważniała.

– I co teraz zrobisz? – W jej głosie zabrzmiała autentyczna troska. Omiotła wzrokiem stojącą obok walizkę.

Wzruszył ramionami. Jeszcze nie wiedział, nie miał pomysłu, co ze sobą począć. I jak na złość zabukował bilet powrotny na samolot. Dwa tygodnie! Papieros mu nie smakował. Nie żeby miał kaca po wczorajszym, tyle znowu nie wypił, raptem trzy, cztery piwa! Ale samo niedospanie. I jeszcze nie ma się gdzie umyć. Chciało mu się pić, dym drażnił gardło. Zmiął papierosa, wykruszając tlący się tytoń. I wrzucił go do kosza.

– Coś się wymyśli! Tam też pojechałem w ciemno. A co to takie popierdowo? Przecież są tu jakieś hotele czy co? A tak w ogóle to ładnie tu…

Cela oburzyła się na to „popierdowo". Ściągnęła gniewnie brwi, ale zaraz złagodniała. Usiadła obok. Teraz widział ją z bliska. Otoczył go zapach kwiatowych perfum, tak intensywny, że nawet dym papierosowy go nie zagłuszył. Cela obciągnęła krótką spódniczkę. Nie chciała, by sądził, że go rwie. Takich jak on to ona miała na pęczki! Pojawiali się w jej życiu nagle i tak nagle, jak się pojawiali, tak i znikali. Nie widzieć dlaczego. A ona cierpiała po każdym, ale niedługo, zaraz bowiem napataczał się kolejny. Cela już dawno przestała się przejmować opinią. Też mi ludzkie gadanie! Kurwą nie jest! Żaden jej nijakich pieniędzy nie dawał ani ona nie szła z nimi do łóżka dla pieniędzy. Cela kochała wszystkich swoich chłopaków, mężczyzn. Zakochiwała się z łatwością i za każdym razem do śmierci. Z każdym urządzała swoje życie, czyniła plany na przyszłość. Bywało, że niektórych nawet czasem bawiło to życie, gra w prawdziwy dom, i pozwalali się zaciągnąć w niedzielę do kościoła, by ludziom pozatykać gęby, a wścibskie oczy nasycić widokiem szczęśliwej pary. Ale tak się składało, że wystarczyło, by Cela ledwie o ołtarzu i ślubie napomknęła, a każdy zwijał po cichu manatki i zmykał. Często bywało i tak, że Cela później widywała jednego czy drugiego z jakąś Zagórską, Wiankowską czy inną Nowacką, co to już dawno nadzieję na zamążpójście potraciły, a tu naraz i mężatki, i matki. A kiedy dawni kochasiowie ze swoimi nudnymi żonami mijali Celę na ulicy, to nawet głową na „cześć" nie skinęli, bojąc się, że im żony w domu jatkę urządzą. Za Celę, za przeszłość, za fantazję w łóżku, na którą one w życiu by sobie nie pozwoliły, bo im honor i dobre wychowanie zakazywały. A Cela po każdym facecie robiła czystkę w domu, wyrzucała w plastikowych workach wszelkie pozostałości, myła okna, spryskiwała podłogi ajaksem o zapachu białych kwiatów, zmieniała pościel i wietrzyła mieszkanie. Zima nie zima, deszcz nie deszcz. Byle przegnać takiego z domu, z każdziuteńkiego zakamarka, by nie pozostał najmniejszy ślad po skurczybyku, który pobawił się, pobawił i poszedł! Łzy lały się przez pierwsze dni, ale kiedy Cela wieszała nowe firany w oknach, kiedy rozkładała na meblach wykrochmalone szydełkowe łabędzie, białe koszyczki, kiedy stawiała pośrodku stołu kryształowy wazon wypełniony sztucznymi bzami, mdławo różowymi różami z doczepionym, owiniętym zielonym plastikowym drutem asparagusem, to już wtedy po kochanku pozostawało ledwie wyczuwalne kłucie w dołku. A i tak tylko wieczorem, kiedy oglądała amerykański serial. On zdradził i odchodził, ona lała łzy. On wracał ukorzony, ona udawała, że jej nie zależy i już ma nowe życie. No to on tracił sens życia i chciał się zabić. Ona w takim razie wybaczała mu. A potem był ślub z białymi girlandami i suknia do ziemi, diademy połyskujące tysiącem cyrkonii. Happy end!

– Ta! Sralis-mazgalis – sarkała Cela i wycierała wilgotny nos. – Amerykańskie pierdy!

I szła spać. Rano zaś budziła się w oduroczonym mieszkaniu, przyrzekając sobie solennie, że już nigdy nie da się tak wpuścić w maliny.

– A pewnie, że ładnie! Za nic bym się stąd nie ruszyła!

Siedzieli obok siebie, każde zajęte swoimi myślami. Patrzyli na wprost, jakby siedzieli na jakiejś sztuce w pięknym teatrze, gdzie na scenie ważą się losy bohaterów. Tymczasem nie działo się nic. Ludzie wciąż snuli się w dwie strony, a po jeziorze leniwie pływały łabędzie, tak nasycone rzucanymi do wody resztkami jedzenia, że nie chciało im się nawet poruszać. Dryfowały bezwolne po jeziorze. Tylko jedna para tkwiła na wprost siebie, stykając się dziobami i nasadą szyi, tworząc rysunek serca. Tandetny, banalny i... piękny.

– Zobacz! Tam! Na tę parę! O ludzie! Serce! Widzisz?

Cela, podniecona widokiem, wyciągnęła komórkę i robiła zdjęcia. W istocie ptaki zapewne stanowiły parę. Blaszkowe dzioby stukały o siebie. Pewnie to takie ichnie pieszczoty.

Jarek patrzył, coraz bardziej urzeczony, choć w głowie wciąż miał mętlik. Potrzebował snu. Zawsze, ilekroć był wyspany, wszystkie sprawy rozsupływały się z łatwością. Sen! Potem wszystko będzie inne.

– Muszę się koniecznie przespać – powiedział. – Gdzie tu jest jakiś hotel czy pensjonat? Cena nie gra roli!

Miał pieniądze. Jeszcze sam nie przyzwyczaił się do tej myśli, że je ma, bo zawsze mu ich brakowało. Naznaczony był brakiem od samego dzieciństwa. „Nie cuduj z tymi butami. W domu się nie przelewa", słyszał, kiedy chciał buty na zimę. Nie żadne tam nike, adidasy, ale takie, które nie przemakały i w których nie chlupotało w słotną pogodę tak, że ciężko było iść. Od nadmiaru wody i skostnienia palców.

– Chodź! Zaprowadzę cię – rzuciła Cela, wstając z ławki.

Było coś w tym człowieku, co mówiło jej, że musi uczynić wszystko, byleby tylko nie zniknął jej z pola widzenia, słyszenia i w ogóle. Nie był piękny. Taki trochę toporny. „Kwadrat", myślała o podobnych do niego. Rozrośnięty w barach, z szerokim karkiem, tatuażem na przedramieniu. Ale nie żadnym tam więziennym. Miał wyryte na ręce jakieś wschodnie symbole czy znaki. Nie miała pojęcia co to. Ale skąd miała znać takie rzeczy?

– A co ty tu masz wygrawerowane? – zapytała nieco drwiąco, wskazując na tatuaż.

Mężczyzna poczuł zażenowanie, ale po chwili odpowiedział:

– Miłość, moc i pokój. To takie tam chińskie symbole… Nieważne.

Szli środkiem ulicy. Nie była to żadna ważna nitka, ale nie bardzo uczęszczana uliczka, którą poruszali się mieszkańcy osiedla i właściciele pensjonatów wybudowanych tuż przy linii brzegowej, o tej porze roku jeszcze mało odwiedzanych. O ile tutaj rytm miasta był wolny, niemal flegmatyczny, o tyle Rynek i rozciągająca się wzdłuż niego główna Niepodległości tętniły życiem, śpieszyły się i ocierały się pakunkami, torbami z zakupami, biurowymi teczkami i skórzanymi aktówkami. Wąskie chodniki stawały się za wąskie.

Przecięli Rynek po skosie. Jarek szedł jak na postronku. Walizka turkotała po bruku. I choć zdawało mu się, że minęli już jeden hotel i pozostawili w tyle reklamę co najmniej dwóch, nie pytał. Niebieska tabliczka obwieściła: Kozia.

Na końcu ulicy widniało wzniesienie z fragmentami murów obronnych. Po lewej stronie stały bloki, po prawej zaś poniemieckie kamienice, zaniedbane, niszczejące, przekrzywione groteskowo, zupełnie niepasujące. Doszli do dziewiątki. Przed blokiem było pusto. Była to pora, kiedy trudno było sobie pozwolić na wystawanie i palenie papierosów. Ci, co pracowali, pracowali. A pozostali gotowali obiady, śledzili ważne wiadomości albo przelatywali po wszystkich kanałach dostępnych w pakietach, zatrzymując się na indonezyjskich plażach, nowo odkrytych zakątkach na końcu świata, w miastach Inków i Azteków, gdzieś w Meksyku, gdzie o zachodzie słońca wszystko, aż po horyzont, brodzi w miedzianozłotej poświacie i zanim niebo zgaśnie, cały świat przez kilka chwil skrzy się i mieni, a potem zapalają się wszystkie gwiazdy. I taki cudny jest ten telewizyjny świat, tak magiczny, że ludzie siedzą znieruchomiali, wydając po cichu ochy i achy i obiecując sobie, że jak tylko trafią szóstkę, to tam polecą. Sami. Bez żon czy mężów, dzieci, synowych i zięciów.

Jarek stanął przed klatką. Zawahał się. Cela skinęła nań głową. Przytrzymała drzwi i machnęła ponaglająco.

– No chodź! Ciężkie te drzwi jak cholera! – Mocowała się. Nowy mechanizm sprężynowy sprawiał, że trzeba było nie lada siły, by je przytrzymać. Kiedy Wiera Strokowa wychodziła na zewnątrz, to potem musiała czekać, aż ktoś przypadkiem nadejdzie, by jej otworzyć. Sama była stara, nieporadna, a przy tym drobniutka, wyschnięta na wiór, i nie potrafiła im podołać. Dobrze choć, że zawsze ktoś się trafił, bo domofonem też nie bardzo umiała się posługiwać.

Mężczyzna nie ruszał się, w oczach miał pytanie. Głupi nie był. Widział, że to nie żaden hotel czy pensjonat, ale zwykły blok. I nie żaden współczesny penthouse, ale pozostałość po systemie. Trochę zrobiona, trochę wymalowana, udająca nie wiadomo co. Chyba tylko w Polsce rozwijała się owa radosna twórczość urbanistów, którzy z tego, by przestrzeń zamieszkaną przez ludzi uczynić wygodną, zdrową, użyteczną i piękną, a jeszcze pilnować, by w najmniejszym stopniu nie zaprzepaścić wszelkich walorów kulturowych czy – nie daj Bóg! – historycznych, uczynili swą misję życiową. Niemal tak samo ważną jak tę, którą czynili księża misjonarze w dalekiej Afryce.

– Długo mam czekać? Ręka mi odpadnie – zapytała. Przechylona, jakby opierała się o te drzwi, a nie walczyła z nimi, wyglądała kusząco. Patrzyła wprost na niego. Żadnej tam wstydliwości czy skrępowania. I choć mówiła z naciskiem, w tonie nie wyczuwało się zniecierpliwienia czy nawet cienia rozdrażnienia. Głos miała tubalny, jakby innej osoby. Jarek poruszył się, by przytrzymać; walizka pozostała tam, gdzie wcześniej. Przez chwilę byli ze sobą na odległość zapałki. Jemu zdawało się, że nawet się otarł. Gorący strumień podniecenia pomieszanego z dziecinnym niemal zawstydzeniem uderzył mu do głowy.

– Przecież... – zaczął, ale mu przerwała, wyswobadzając się z obręczy jego rąk, w której się przez chwilę znalazła. Strzepnęła dłonie, jakby zamierzała pokazać włożony w przytrzymywanie owych drzwi wysiłek. Odetchnęła z ulgą.

– Jasne! Przecież to nie hotel! Tu mieszkam. To moja Kozia! Odpoczniesz u mnie. Umyjesz się. Wypijemy jakąś kawę. Może się prześpisz, a potem zdecydujemy. Znaczy... ty zdecydujesz.

Cela mówiła zmęczonym tonem, zupełnie jakby to ona spędziła noc w komisariacie. Popatrzył na nią jeszcze raz. Wszystko wydawało się jakimś snem niewyśnionym. Nogą zablokował drzwi i sięgnął po walizkę. Ona ma rację. Potrzebował wody, snu i spokoju...

Od piwnicy niósł się stęchły zapach zgnilizny. Jarek znał ten smród. Zawsze, ilekroć wchodził do swojego mieszkania, jednego z czterech w wiejskich czworakach, dawnych budynkach folwarcznych, czuł go i zatykał szczelnie nos, oddychając przez usta, by ów zapach nie wdarł się do jego wnętrza, bo potem już za skarby nie mógłby go wyrugować i ten tkwiłby w nim przez kilka dni.

– Ale... – Przystanął ponownie.

– Prosić nie będę! – Znów mu przerwała, ale tym razem pojawiło się w głosie dziewczyny coś nieprzyjemnego. Jarek wyczuł, że musi zdecydować, już, natychmiast. I albo pójdzie za nią, albo poszuka w mieście. I być może nigdy już jej nie spotka.

Drzwi zatrzasnęły się bezgłośnie, mimo że człowiek był przygotowany na trzask.

Przed mieszkaniem Cela starannie wytarła buty w nisko strzyżoną wycieraczkę, która niedawno zastąpiła obcinany dotąd równo przedpokojowy chodnik. Prawie trzy metry chodnika w perskie wzory wystarczyło na kilka dobrych lat. I dopiero – jakoś tak po zimie – kiedy zajrzała do pawlacza w przedpokoju, zobaczyła, że z rulonu zwiniętego wówczas, gdy kładziono podłogową deskę, pozostał tylko wąziutki pasek, na którym już nie dało się stanąć choćby jedną nogą.

Dzwonek zabrzmiał Chopinem. Raz, drugi... Cisza. Mężczyzna stał nieco z tyłu, czytając z tabliczki: „M.Z.B. Kuryllewicz". Żadnego „C" jak „Celina"! Nie rozumiał. Zmęczenie dawało znać o sobie i z wolna wszystko stawało się obojętne. Niechby nawet jakiś gang handlujący narządami, niechby sabat czarownic, melina ćpunów, pedałów czy innych wykolejeńców! Potrzebował się położyć. Wyciągnąć nogi. Prosto. W pozycji horyzontalnej... Stopy piekły go niemożliwie. Zawsze tak miał, ilekroć nie zmienił skarpet. „Chłop wiejski, nogi miejskie", bełkotała zapijaczona matka, kiedy w czerwonej, plastikowej miednicy moczył nogi w „białym jeleniu".

Za drzwiami dało się słyszeć szuranie. Potem oko judasza zaczerniło się i zza drzwi, niczym zza grobu, usłyszeli:

– Kto to?

– Przestań świrować! Otwieraj! To ja! Baśka!

Jarek czuł się jak w filmie. „Baśka"? To jakieś hasło? Sen? Jedną nogą stał na piętrze, druga, gotowa do nagłego odwrotu, była na stopniu niżej.

Szczęk zamka. Jednego. Drugiego.

Wyrosła przed nimi kobieta wyglądała jak podniszczona replika Celi. Obwiązana tandetną podomką z tkaniny udającej satynę, z uczernionymi brwiami, nienaturalnie uniesionymi, jak w mimice zdumienia, tyle że stałego, nie zaś impresyjnego, dyktowanego potrzebą chwili. Pożółkłe od papierosów dłonie ostentacyjnie przytrzymywały poły podomki, broniąc dzielnie dostępu do starzejącego się, niechcianego ciała. Pogniecionego, zmiętego jak krepina.

– Jesteś... Jesteś... – wybełkotała. – A to...? – Wskazała palcem na Jarka. – Kolejny twój gach?

Cela odsunęła matkę. Był to stanowczy ruch, niepozbawiony szyderstwa, ale mimo wszystko w miękkości gestu dawało się wyczuć niejaką delikatność.

– To moje mieszkanie! Wchodź! – powiedziała do gościa. – A to moja matka! – Machnęła palcem w kierunku kobiety i Jarek zrozumiał, że oto przed chwilą nastąpił moment prezentacji, zapoznania, wypicia bruderszaftu. Nawet próbował skinąć głową. Wyciągnął dłoń. Może nawet przyszło mu do głowy tę dłoń ucałować.

– Skończysz w szpitalu albo na ulicy... Z jakąś kiłą albo innym aidsem... – bełkotała matka, okrążając ich i po tym oglądzie niby wycofując się do pokoju na wprost. Stanęła w drzwiach, z obiema rękami rozłożonymi jak do ukrzyżowania, trzymając się framugi i gibiąc w tę i we w tę. W mieszkaniu unosił się zapach papierosów, wymieszany z ostrym odorem trawionego alkoholu.

On znał ten zapach. I dlatego nie lubił tam wracać. Choć matka nie żyła od kilku lat, a starszy brat wyremontował całą chałupę: podłogi pozrywał, tynk skuł do żywego...

– Spoko! Ty nie skończyłaś, to ja tym bardziej – sarknęła pod nosem Cela.

Starsza kobieta zamierzała kontynuować. Już podniosła palec do góry, chcąc pogrozić: „Oj! Ty, ty!”, ale Cela zmarszczyła brwi i spojrzała na matkę.

– Mamo! Wracaj do siebie! – nakazała kategorycznie. – Zaraz do ciebie przyjdę. I uczesz się! Od rana łazisz rozmemłana...

– Uczesz się, uczesz się... – powtarzała tamta, próbując przedrzeźniać córkę, ale wytoczyła się do swojego pokoju. Drzwi zamknęły się z trzaskiem. Ornamentowa szyba zadrżała niebezpiecznie. Z pokoju dochodziło marudzenie, które po chwili ucichło. Szurnęło krzesło...

Cela wprowadziła chłopaka do stołowego, z którego szło się bezpośrednio do kuchni. Oddzielały ją od pokoju harmonijkowe, ceratowe drzwi. Wchodził powoli, wodząc wzrokiem dokoła. Pokój był duży i zielony. Ściany, okno, meble – wszystko tonęło w kwiatach. Zielistki, paprocie, trzykrotki omotane zielonymi wiciami innych roślin. Firany, poupinane finezyjnie, chroniły przed dostępem wścibskich oczu. Dwie prostopadłe ściany zajmował pluszowy wypoczynek – jeden plus dwa plus trzy. Miękki i wygodny. W tej chwili był dla Jarka najbardziej pożądanym meblem. Chłopak wyobraził sobie, jak zapada się w zagłębienie fotela. Cela pstryknęła przycisk na pilocie, poleciały reklamy – głośne i nachalne. Przerzuciła kilka kanałów i zniecierpliwiona rzuciła pilota na sofę.

– Wszędzie ta sama sieczka! Zrobię coś do jedzenia. Pewnie jesteś głodny...

Nie protestował. Raz, dlatego że nie było sensu, bo już zniknęła w ścianie, za którą znajdowała się kuchnia, dwa – dlatego że był głodny. Stał mniej więcej w połowie pokoju. Opuściła go pewność, odwaga. Czekał, by ktoś go pyknął, pchnął, wykonał za niego ruch.

– Siadaj! Co tak stoisz jak posąg? – Cela wychyliła głowę. Dopiero teraz Jarek spostrzegł, że wnętrze niewielkiej kuchenki odbija się w witrynie stojącej dokładnie naprzeciwko. Szum wody zagłuszał słowa dziewczyny, która nie przestawała mówić.

– Albo jak chcesz, to się wykąp. Już daję ręczniki. A ja w tym czasie coś tam przygotuję.

Weszła do pokoju, wycierając ręce w spódniczkę, pozostawiając na niej mokry tor śladów. Włosy spadły jej na oczy. Dmuchnęła, więc na chwilę odfrunęły, by znów opaść na twarz, aż po czubek nosa. Cela minęła gościa i weszła do trzeciego pokoju. Jarek nie zauważył wcześniej tamtych drzwi. Może dlatego, że całą uwagę skupił na jej matce? Zanim podniósł się ciężko z wygodnej sofy, Cela stanęła przed nim, obiema rękami obejmując puchaty ręcznik.

– Na końcu jest łazienka. Jak jest, tak jest, ale wody nie brakuje – zaśmiała się znowu tym swoim chropawym śmiechem.

***

Siedział w wannie. Odpryśnięta miejscami emalia raziła nierównościami, chociaż woda cokolwiek łagodziła ostre krawędzie. Nad głową buchał junkers. Monotonne dudnienie usypiało. Ciepła woda otulała niczym puchowa pierzyna. Odchylił głowę, kładąc ją na rancie. Przymknął oczy, a właściwie powieki zamknęły się same. Przez niewielkie okienko u sufitu przesmykiwało z kuchni dzienne światło.

Celę widział w myślach, krzątającą się na tych kilku metrach, słyszał szum wody w kuchni, szuranie szuflad, stukanie szafek… To było jego marzenie! To był jego umyślany świat! Kobieta! Dom! Garnki! Zapach gotującej się zupy! Leżał… Woda podnosiła się, okrywając kolejne centymetry ciała. Chciał, by ona przyszła. By weszła do niego. Usiadła na nim, kołysząc biodrami, wprawiła w ruch piersi. Chciał być w niej. Poczuć ją. Posmakować całej! Jej krągłości!

Prąd podniecenia przeciął jego lędźwie. Jarek zacisnął uda, by schować zesztywniały członek. Wystraszył się, że ona może wejść. Nagle. I go zdekonspirować.

Woda płynęła, rozbryzgując się o wystające ponad nią ciało. Muskała tors. Przyjemny strumień biczował lekko. Chłopak przekręcił kurek. Podsunął się nieco, bo wyczuł, że rani go odpryśnięty kawałek emalii. Świat odpływał. Było aksamitnie i błogo…

– O Boże! Ale mnie wystraszyłeś! Cholera! Myślałam, że coś się stało! Wołam i wołam!

Stała przy nim. W ręce trzymała pęto kiełbasy. Zapach czosnku i mydła! Za nią majaczyła postać jej matki. W tej samej podomce, równie rozmemłanej, jak przed godziną.

– Ddd...rzesz się jjjak głu...pia – wyjąkała z trudem kobieta i zaraz wróciła do siebie, majacząc w zapijaczonej świadomości, że jest okej.

A on chwycił Celę. Mokra ręka objęła biodra. Rozsunął zamek przy spódnicy, drugą dłonią pogładził płaszczyznę brzucha. Ona stała nad nim z uniesionymi rękami, jak w geście poddania.

– Chodź... – wyszeptał. Bał się spojrzeć. Tak mu wyszło... Chciał jej. Niechby to była nawet ostatnia rzecz w jego życiu! Chciał!

– Proszę – dodał jeszcze ciszej.

Woda pluskała i chlupotała w rytm ich ruchów. Niekiedy przelewała się, tworząc wielkie kałuże. Cela przytomniała nieco na myśl o awanturze, którą wywoła Wichrowcowa, kiedy na jej suficie w piwnicy pojawi się ciemniejsza plama z kroplami, zagrażająca zakupionym u chłopa kartoflom...

Jarek smarował mydłem dłonie i ślizgał się nimi po jej ciele. Zasysał ją, zagryzał, dopóki nie poczuł, jak spada w nim ciśnienie, jak ulatuje kanałami napięcie, przeobrażając się w niewypowiedzianą ulgę i spełnienie.

Kanapki z jajkiem i szynką. Tępe żółtka utykały w gardle, ale były wyśmienite, upragnione. Zawsze uwielbiał jajka. Jeśli nie w majonezie, to niechby tylko z solą i odrobiną masła.

Siedział w stołowym. Szwy sztywnych dżinsów mierziły go w kroku. Slipy – jakie tam slipy, bokserki – rozwiesił dyskretnie na grzejniku za pralką. Wprawdzie otworzył walizkę, ale pozwijane byle jak rzeczy, poplątane jedne w drugie, zniechęciły go. Musiałby wszystko wysypać. Całą górę. Nie chciał. Krępował się.

Przeżuwał coraz wolniej kęs za kęsem; głód się oddalał. Zapach jajka przywodził na myśl mało estetyczne asocjacje. Fizjologia była dla niego niepojęta! Esteta!

– Pościeliłam ci w sypialni. Ja zostanę tutaj – powiedziała. Mokre strąki jej włosów, uwolnione spod turbana z frotowego ręcznika, przylegały do twarzy. Nie była ładna. Raczej przeciętna. Farbowana na blond. Tandetny makijaż. A jednak... Coś miała. Może taką samą tęsknotę? Może nadzieję?

Na ekranie wciąż leciały reklamy.

Pokoik był niewielki. Najmniejszy ze wszystkich. Maleńkie okno (musiało być kiedyś większe, bo ze ściany na zewnątrz wystawały mocowania, pewnie na półbalkonik) patrzyło na niszczejące kamienice na Koziej. Jakby stanąć trochę pod kątem albo je otworzyć i się wychylić, można by dojrzeć główną ulicę miasta. W domu na wprost, w wielkiej bramie stały kobiety, żywo gestykulując. Przydreptała do nich mała, przygarbiona staruszka, kręcąca głową i składająca ręce jak do modlitwy. To pewnie Wiera znów nie daje rady wejść na klatkę, pomyślała Cela. Wierze w ogóle świat się poprzestawiał, ale kobieta wydawała się całkiem zadowolona z takiego stanu rzeczy.

Jarek wspiął się na palce, by sięgnąć do żabek, które ciężko przesuwały się po starym, nieco przyrdzewiałym karniszu. Chciał zasłoną ogrodzić się od światła. Inaczej nie zaśnie. Będzie zaciskał powieki, zaciskał, ale blask i tak przedostanie się minimalnymi szparkami, nawet jak on wciśnie głowę w poduszkę.

Miał tak od dziecka.

Nie licząc niemodnej wersalki, w pokoiku stała szafa. Wielka, trzydrzwiowa, z lustrem wpasowanym w drewniany, podniszczony frez. Jakby dobry stolarz przyłożył się, zdarł starą politurę, wypełnił braki w rzeźbieniach... Kto wie? Była do zrobienia. Na wprost – trzyczęściowa toaletka, ze środkową częścią niższą, z dwiema szufladami. Nad każdą z nich stały takie same wazoniki z takimi samymi plastikowymi bukietami frezji.

I jeszcze niewielki kredens, jeszcze z innej parafii. A za jego szybą serwis w różyczki. Talerze oparte o tylną ściankę, by wzór był jak najlepiej widoczny, filiżanki w pozycji półleżącej, by można było zobaczyć, że w ich wnętrzu są takie same różyczki, połączone szlaczkiem złoconych zielonych listków. Zastawa od wielkiego dzwonu! Nad kredensem wisiało na zakrzywionym gwoździu komunijne zdjęcie: Cela w burzy loków, powstałej z włosów nawiniętych wcześniej na uformowane z papieru papiloty. Z wianuszkiem w białe stokrotki oplecione zielonym mirtem. Sukienka pod szyję, wykończona koronką, taką samą jak falbana u dołu spódnicy. Białe pantofle z zaokrąglanym przodem, z kwiatkami wyciętymi z takiej samej białej skórki, z metalowym, błyszczącym nitem w każdym kwiatku. Za dziewczynką stała niemłoda już kobieta, ale nie jej matka. Babka Maria. Na okoliczność komunii jedynej wnuczki ubrana w skromną garsonkę z lilaróż krempliny, ufryzowana w utapirowany „na Bardotkę" kok. Jarek wpatrywał się w fotografię, retuszowaną, podkolorowaną tandetnie. Były niemal identyczne. Ta sama ostrość kości policzkowych, rysunek brwi, wysokie czoło z idealnie zakreślonymi zakolami. Nawet spojrzenie to samo, kąt patrzenia, wyraz oczu. Głębia, w której czaiły się wzruszenie i duma.

***

Cela kochała babkę nad życie. Nie pamiętała, kiedy wprowadziła się do niej na Kozią. W głowie dziewczyny nie pozostał choćby najmniejszy fragment tamtego wydarzenia, kiedy matka pozostawiła ją w przedpokoju u babki i zaraz potem zniknęła. Na prawie trzydzieści lat, by pojawić się ponownie – stara, zapijaczona i chora. A Cela wszystkim mówiła, że mieszka tu od zawsze. Tu się urodziła i wychowała. I nawet przywoływała jakieś opowiastki, jak to uczyła się chodzić, jak szukała babki po domu, zanim odkryła harmonijkowe drzwi... Wierzyła w to tak dalece, że niejeden z tych epizodów znajdował kontynuację, rozrastając się w całą opowieść, najeżoną wymyślonymi historiami. To wtedy Cela zmieniła sobie imię. „Baśka, Baśka!", krzyczała, płacząc babce w rękaw. „Na krowę albo na klacz tak wołają!". Wymyśliły sobie więc obie Celinę. Imię bynajmniej nie zwykłe, powszednie, ale i nie jakieś wydumane. Babka rozumiała. Sama lubiła się przemieniać, bo i jej życie nie bardzo pasowało.

Na podwórku Cela z miejsca znalazła koleżanki. Jolka z parteru z drugiej klatki, Marta z czwartego, Sabina z drugiego, Danka, do której babka wysyłała ją po mleko i jajka. A swoją drogą to fajnie było mieć tuż pod nosem takie podwórko z kurami i kwiczącymi świniami, i wieczornym porykiwaniem krów. Stara Furlowa przecedzała parujące mleko przez tetrową pieluchę, a one – dziewczyny z podwórka – stały i patrzyły, jak na białej płachcie robiło się najpierw białe jeziorko, które malało, malało, aż w końcu pozostawały tylko jakieś ciemne punkciki, pewnie zabrudzenia z ciasnej obory, w której – jak tylko się weszło – tak śmierdziało, że trzeba było machać rękami, by ten smród przegonić. Niedziwne, że te wszystkie latające paprochy osiadały później w mleku… Ale Cela lubiła chodzić do Furlowej, bo tam nikt jej nigdy nie napominał, mogła robić, co jej się żywnie podobało, nie trzeba było ściągać butów i brać talerzy pod ciasto, żeby okruchy nie walały się po podłodze. Z początku Danka wstydziła się swego mieszkania, po którym, zdarzało się, kury biegały, ale kiedy stary Furla wkurzył się i meble swarzędzkie na wysoki połysk kupił, i jeszcze wykładziny tłoczone na cały dom, a do tego w pokoju, na honorowym miejscu, postawił wielkiego kolorowego rubina, notowania Danki wzrosły. Ona sama z dumą wprowadzała koleżanki „na pokoje". Nikt już nie patrzył na niechlujstwa i że koty po kątach fruwają. Tam dziewczynki urządzały tańce i harce. Stara Furlowa nierzadko krzyczała coś na nie z podwórka, na które wychodziło jedyne okno z kuchni. Pozostałe były od samiutkiej ulicy, toteż jak chciało się Dankę wywołać, wystarczyło stuknąć w okno lub parapet i już się pojawiała. Ileż to razy właziło się do niej oknem albo ona się wymykała, kiedy jej matka obrządzała inwentarz, a ojciec kimał podchmielony w kącie pokoju, nucąc pod nosem rosyjskie ballady.

Cela lubiła Dankę, choć inni mówili na dziewczynę „babochłop". Była wysoka, prosta, bez żadnych wcięć ani wypukłości. Kanciasta. Jeszcze dopóki nosiła dwa grube warkocze przeplecione różową wstążeczką do wiązanek, nikt nie miał wątpliwości co do płci, ale kiedy ścięła włosy... W spodniach, luźnym podkoszulku i zdartych trampkach wyglądała istotnie jak chłopak. Zawiązki piersi niknęły pod luźnymi ciuchami.

Była starsza od Celi o trzy lata, tak jak Sabina (chodziły do jednej klasy), ale dogadywały się świetnie. Kiedy babka przyjmowała swoich „gości", Cela miała pozwolenie „na godzinę, góra dwie!" pójść do koleżanki albo na podwórko, ale „pod okiem, żebym mogła spokojnie odbyć ważne spotkanie, a nie zamartwiać się o ciebie i wyglądać co chwila, drąc się na całą Kozią jak jaka durna!”.

Cela najchętniej wówczas szła właśnie do Danki. Tam, w pokoju z kolorowym rubinem i meblościanką intarsjowaną na wysoki połysk, słuchały muzyki i się malowały. Tęczowe cienie, wykradzione szwagierce, różowe szminki z tego samego źródła. To wtedy Danka pokazywała Celi swoje piersi i opowiadała jej o czerniejących na cipce włoskach, które kłuły i przeszkadzały. To wtedy Cela też dotykała swoich piersi i pokazywała je. Siedziały przytulone na wersalce. Czasem ręka Danki opadała niżej, na biust, albo gładziła podbrzusze przyjaciółki. Było przyjemnie, a Cela nie czuła, by działo się coś złego. Choć na spowiedzi nie umiałaby o tym powiedzieć, mimo że ksiądz w konfesjonale, zakrywając usta, zapewniał:

– Mów, dziecko, co zrobiłaś wbrew Panu i boskim przykazaniom. Mnie możesz powiedzieć. Mów!

Kiedy jednak któregoś dnia Danka kazała Celi włożyć rękę w majtki, a ta trochę zawstydzona uciekła, dziewczynka wiedziała już, że musi znaleźć sobie inną koleżankę. Ani babce, ani nikomu innemu o tym opowiedzieć nie chciała. Może ze wstydu? A może dlatego, że te spotkania z Danką podobały się jej? I chciałaby, i bała się…?

Bywało i tak, że późną jesienią czy około zimy Cela nie wychodziła z domu. Wtedy babka zachodziła do niej i powiadała głosem poważnym i kategorycznym poniekąd:

– Cela! Zaraz będę miała gościa! Pamiętaj! Pod żadnym pretekstem nie masz prawa nam przeszkodzić! Więc teraz powiedz mi, czy nie jesteś głodna, czy czegoś ci nie trzeba. Żeby nie było, że nie dbam o ciebie albo co innego!

Cela myślała, ale nie wymyślała niczego. I zostawała w swoim pokoju. Ale za nic nie mogła zrozumieć, dlaczego podczas „tych spotkań" babka gasiła światło i puszczała głośno radio. Niekiedy przez ciemności i dźwięki przemycały się odgłosy babcinych stęknięć, ale Cela nie zastanawiała się nad nimi, bo owinięta ciężką kołdrą czytała z wypiekami na twarzy pożyczone akurat od Sabiny *Jezioro Osobliwości* czy *Zapałkę na zakręcie*...

Było to gdzieś pod koniec siódmej klasy. Mariusz po zabawie w szkole odprowadził Celę pod klatkę i nawet zapalił światło, bo dziewczynka od zawsze bała się ciemności. Stali tam i gadali. Od piwnicy szedł odór trutek na szczury, gnijących ziemniaków i szczyn. I nagle on chwycił ją mocno w pasie i zaraz poczuła, jak jego język przeciska się siłą przez jej zaciśnięte usta i zęby. Spodziewała się cmoknięcia, muśnięcia ust, i owszem. Ale żadnego tam memłania się języków...

– Puszczaj mnie, świnio! – wysyczała, z trudem wyswobadzając się z uścisku.

Ale on jakby nie zrozumiał i przycisnął ją do drzwi piwnicy z przyklejoną do nich kartką: „Trutka na szczury".

Jego łapy powędrowały jedna wyżej, druga niżej pod spódniczkę, którą babka Celi zakupiła w domu towarowym, bo rzucili.

Dziewczynka wiła się i mocowała.

– Puszczaj! Ty zboczeńcu!

Zacisnęła zęby, skrzyżowała uda. Był silny. Nie spodziewała się. Takie chuchro, myślała nieraz. Dyszał i sapał. Przez napierające dżinsy czuła sztywny członek. Chłopak jedną ręką odpinał rozporek. Cela nie rozumiała tych czynności, lecz intuicyjnie czuła, że ich nie chce. Ale Mariusz był zdesperowany. Oddychał szybko, bełkotał i sapał. Pozbawiał ją jakiejkolwiek możliwości ruchu. Chciała krzyczeć, ale zatkał jej usta, wciskając w nie wszędobylski język. Resztką sił uniosła nogę, lokując kolano na wysokości jego przyrodzenia. Zasyczał z bólu:

– Co robisz? Ty dziwko! Jesteś taka sama jak twoja babka! Nie zgrywaj damy, dupodajko!

Jeszcze raz spróbował wtargnąć w nią. Rękami, językiem…

Cela nie wiedziała, co on mówi, nie rozumiała znaczenia słów. Znała zaledwie fragmenty książek, ciepło dotyku Danki i inną fragmentaryczną wiedzę na temat seksu, tematu tabu, tematu nieoswojonego, niepoznanego i jeszcze niewywołanego….

Zaparła się. Odepchnęła chłopaka.

– Spadaj! – syknęła. Rozcapierzyła palce. Potrząsnęła głową jak Conan Barbarzyńca, wiedzący, o co walczy, i zrzuciła z siebie jego członki, tocząc nienawistnym spojrzeniem.

– Głupi jesteś?!

Mariusz się odsunął.

– A ty co, kurwa, wyprawiasz? – Syknął z bólu. – Wszyscy przecież znają ciebie i twoją babcię! Dziewica się znalazła! – zakończył, śmiejąc się szyderczo.

– Spier-da-laj! – powiedziała powoli Cela, cedząc każdą zgłoskę. Pierwszy raz wymawiała takie słowo! Podobało się jej. – S p i e r d a l a j! – powtórzyła.

Drzwi się zamknęły. Wbiegła po schodach. Osiem stopni... Babka stanęła w drzwiach, trochę ubrana, a trochę jakby nie. Czerwona na twarzy. Rozwichrzone włosy, rozbieganie w oczach.

– A, jesteś! Kolację masz u siebie! Muszę dokończyć spotkanie! – oznajmiła i zniknęła za drzwiami pokoju, dociskając klamkę na wypadek, gdyby ta zechciała puścić.

Cela długo wierzyła w „spotkania" babki, choć ta z czasem, zauważając dorastanie wnuczki, coraz rzadziej urządzała je w domu. Wychodziła, przygotowując się przedtem solennie, obficie spryskując się wodą toaletową, tapirując włosy i lejąc na nie lakier w spreju. Bywało, że nie wracała na noc, ale zawsze uprzedzała o tym Celę, by ta nie bała się, tylko pozamykała drzwi na górny i dolny zamek, a w razie czego, by kijem od szczotki zapukała do sąsiadki lub wyszła na balkon. Ale babka żadnych „razów czegoś" nie spodziewała się i spoglądając w oczy rozsądnej dziewczynie, uspokojona wychodziła z domu, w którym zapach po niej wisiał ciężko, nie mając za bardzo możliwości ujścia, bo pozamykane były wszystkie okna i pozasuwa zasłony. Najczęściej babka wracała późną nocą, ostrożnie przekręcając klucze w zamkach i na palcach wchodząc do pokoju dziewczynki. Stawała nad nią, potem pochylała się, by delikatnie pomierzwić jej włosy, przeciągnąć wierzchem dłoni po policzku. Cela przez przymrużone oczy widziała niekiedy jej twarz: zmęczoną, rozmazaną, na której po perfekcyjnym makijażu pozostały już tylko ciemne smugi osypane cieniem do powiek, zaś w rowkach zmarszczek w kącikach oczu i w bruździe przy nosie zalegał pokruszony puder. Kobieta pachniała papierosami i męską wodą kolońską. Wąskie szparki pomiędzy powiekami, niewidoczne dla babki, przyzwyczajone do ciemności, pozwalały Celi dojrzeć zmiętą bluzkę z niedopiętymi guzikami i całkiem zburzoną fryzurę. Babka tkwiła tak przy jej łóżku, ale tego Cela już nie widziała, przestraszona, że stare oczy przyzwyczają się do ciemności i wypatrzą białe kreski jej oczu. Czuła jednak spojrzenie. Kobieta wodziła po Celi wzrokiem, szemrząc coś pod nosem, jakby zaklinając los. Potem wychodziła, lekko stawiając stopy, by nie prowokować podłogi, nie spowodować skrzypienia i klapania desek. Kiedy drzwi się zamykały i opadała klamka, Cela podkulała nogi pod brodę, zwijała poduszkę w rulon i czekała na sen. Nie lubiła zasypiać, kiedy była sama w domu. Teraz z łazienki cienką smugą sączyło się światło i słychać było szum płynącej wody, a potem babka długo jeszcze się nie kładła. Siedziała na kanapie, oglądała telewizję i rozczesywała sztywne od lakieru włosy. Rano, zanim Cela wstała, w kuchni parowało już ciepłe mleko i kanapki z kiełbasą idealnie zakrywającą kromkę chleba piętrzyły się na talerzu, a obok – owinięte w biały papier – leżało drugie śniadanie do szkoły.

– Jedz! – nakazywała babka, kiedy Cela wzdragała się i marudziła, że się odchudza i nie jest głodna. – Możesz nie jeść potem cały dzień, ale śniadanie to rzecz święta! Na cały dzień ma starczyć! Na głodnego z domu się nie wychodzi! Potem anemie i inne dziadostwa! Ja tam nie mówię, żeby napychać się i tyć! Widzisz, jak wyglądam – mawiała, prężąc się przy tych słowach jak modelka: pierś do przodu, pupa do tyłu, brzuch wciągnięty jak pod jakim gorsetem. – Ale śniadania to sobie nigdy nie odmawiam! Pamiętaj dziecko! Śniadanie rzecz święta!

Pewnie to od tych kanapek i śniadań Cela rosła szybciej niż jej koleżanki. Może nie tyle wzrostu jej przybywało, ile piersi puchły z dnia na dzień i kołysały się na lewo i prawo przy byle ruchu. Czasem zdawało jej się, że wystarczy, by oddech wzięła, a uniosą się, wyzierając spod miseczek staników, których babka nie nadążała kupować, bo coraz to któryś stawał się za płytki, i uciekając bokami lub wysmykując się dołem, kiedy tylko Cela lekko podniosła bodaj jedną rękę. Te piersi nie dawały chłopakom spać. Długo jeszcze po tym jak dziewczynie piersi urosły, wszystko było niewinne. A nawet po incydencie z Mariuszem Cela stroniła od chłopaków, nie chcąc ich prowokować, bo po rozmowie z babką doszła do wniosku, że „sama się prosi", a facet – czy to młody, czy dojrzały – nie myśli głową, ale czymś zgoła innym. „Jak mu takie obrazki przed oczy padają, to on nijak powstrzymać i pohamować się nie może, i mu to na łeb wali", dowiedziała się od babki.

Jednak w zawodówce wszystko się zmieniło. Cela czytała książki o miłości – a w każdej było o całowaniu się z językiem, w każdej on domagał się, ona ulegała – i jeszcze była szczęśliwa jak nie wiem co. Dojrzała. Piersi przestały szaleć i nie rosły już, ale za to twarz wykwitła czerwonymi krostami, które przed okresem pojawiały się jak na żądanie. Wystarczyło, że Cela spojrzała w lustro, a już rosły kolejne, podczas gdy poprzednie nie znikały. Nie pomagały żadne maseczki, mikstury zakupione w aptece, parówki z rumianku i nagietka.

To wówczas zakochała się pierwszy raz. Nocami modliła się, by jej pryszcze poschodziły, nie chciała jeść, nie mogła się uczyć. Zamykała się w swoim pokoju. I patrzyła w sufit, choć to najbardziej monotonne miejsce, gdzie oprócz bzykających much nie było żadnego ruchu ani życia. Jacek był chłopakiem Wiolety, a one chodziły razem do klasy. Cela stała się niejako inicjatorką całej tej „law story". Latała z liścikami od niej do niego i nazad. Aż w końcu oni się spotkali i dopiero kiedy Cela zobaczyła, jak całują się w parku, to serce ją zabolało i pomyślała, że nic, tylko zawał może tak boleć. Wtedy zrozumiała, że kocha Jacka i bez niego jej przyszłość jest nie do przyjęcia. Leżała i umierała, ale widać nie tak łatwo umrzeć, bo co rano babka zwlekała ją z łóżka i wyganiała z domu... Aż któregoś dnia, kiedy wracali razem z urodzin Wiolety, Jacek złapał Celę i zaczął całować. Z początku nie wzbraniała się, bo jak? Przecież spełniało się jej marzenie! Ale kiedy zaczął świdrować językiem w jej ustach i pchać łapy gdzie bądź, odepchnęła go i powiedziała:

– Niezła z ciebie świnia!

I odkryła, że już go nie kocha, i nawet dziwi się Wiolecie, że tamta tak lgnie do niego. I już nie sufitowała. Do następnego razu. Bo Celi wciąż zdarzało się zakochiwać w chłopakach koleżanek, więc one, po sprawdzeniu delikwenta, podrzucały jej go, jakby do ostatecznego przetestowania. Ale żaden nie zechciał pozostać na dłużej...

Potem bywało już różnie. Pojawiali się i znikali.

Babka kiwała głową, lecz nigdy nie powiedziała złego słowa. Co mogła? Starała się, ale przykład szedł z góry. A Cela szukała miłości... Babka była ostatnią osobą, która by wbrew szczęściu najdroższej wnuczki stanęła, mimo że nieraz myślała o tym jabłku i jabłoni, co to są niedaleko od siebie...

***

Sztywna pościel nie dawała się ugnieść, ale pachniała świeżością. Kołdra była ciężka, zbite pierze, czy jakieś inne wypełnienie, oswajało się opornie. Jarek odwykł od domowego legowiska. Tam, w Irlandii, sypiał pod obleczonym w byle jaką pościel polarowym pledem, kupionym w markecie za psie pieniądze. U siebie... Dawno temu, zanim matka zaczęła pić na umór, też drażnił go dźwięk szeleszczącego krochmalu. Potem było inaczej. Miesiącami niezmieniana pościel, która zalegała pojemniki i skrzynie kanap, toczyła słodkawy zapach przywodzący na myśl nieświeżość, nieczystość, totalne zapuszczenie.

W pokoju było ciemnawo, ale to nie był nawet półmrok. Nie mógł zasnąć. Nasłuchiwał odgłosów domu. Jak czujka potrafił namierzyć Celę. Cieniem przesmykiwała się w ornamentowej szybie drzwi i nikła w głębi innych pomieszczeń. Zza ściany dochodziły jakieś odgłosy – matka dziewczyny smęciła pod nosem, prowadząc konwersację z nieistniejącym adwersarzem. Od czasu do czasu wykrzykiwała coś. Trzaskało okno. Szurały meble, a w zasadzie tylko fotel. Potem dawało się odróżnić łomotanie drzwi od szafy, na rolkach. Z zewnątrz dobiegały dźwięki silników samochodowych i cała polifonia ulicy, z której nie można było wyodrębnić sensu. Jarek kręcił się, wiercił, mościł, każdym ruchem wyzwalając trzeszczenie sprężyn. Czekał na sen, ale ten nie nadchodził. Może gdyby radio czy telewizor...? Odwykł od zasypiania bez grających sprzętów. Miał gdzieś na dnie walizki empetrójkę, ale nie chciał wstawać. Wydawało mu się, że zaraz zaśnie. Tak chciał. Kołdra wreszcie dopasowała się do jego ciała, wycisnął odpowiednie zagłębienie w poduszce. Powoli dźwięki oddalały się i cichły, zlewając się w usypiający szum. Lekki podmuch poruszał firaną, na ścianach tańczyły przemycone ukradkiem promienia słońca. Jeszcze zerknął na zegarek. Zaledwie druga. Środek dnia! Starał się powrócić do wczorajszych zdarzeń, ale rwały się wątki, plątała chronologia. Tracił poczucie rzeczywistości.

Pachniało mokrą trawą. Leżeli w odległości kilku metrów od ścieżki, którą jak mrówki podążały zastępy turystów spragnionych romantycznych widoków magicznego Howth, zarejestrowanych na setkach zdjęć i wrzucanych na Naszą Klasę z podpisami: „Tu ja. Tu i tu też ja. Tam zresztą też ja". I nic dziwnego, bo i po co na taką Naszą Klasę wrzucać kogoś innego?

A oni leżeli na wilgotnej, zimnej ziemi, starając skryć się w karłowatej roślinności. Uciekali przed ludźmi, którzy przymykali oczy, bo jak raz słońce wynurzyło się zza chmur i raziło ostro. Wśród tych tłumów była i jego matka, i jej. Obie oplatały się wzajemnie ramionami i posuwały się do przodu, starając się utrzymać równe tempo, choć im to zupełnie nie wychodziło. Kołysały się, obijały się o siebie. W wolnych rękach niosły – jedna wiązankę kwiatów, druga, w czerwonym, flokowanym pudełku jubilerskim, obrączki, od których odbijały się słoneczne promienie. Za nimi podążał pochód weselny złożony z jakichś przebierańców, wyśpiewujących skoczne pieśni, których sensu w żaden sposób nie dawało się pojąć. Ów korowód weselny nie kończył się, jak okiem sięgnąć. A oni leżeli, wciskając się w wilgotną trawę, próbując się ukryć przed tymi dziwnymi weselnikami, z których każdy, niczym w orszaku na Święto Objawienia Pańskiego – różnobarwnym i świecącym – niósł dary. Czego tam nie było? Całe skarby świata! Kluczyki od samochodów, ubrania od Armaniego, kosze francuskich win, kasety z biżuterią. I nawet bydło gospodarskie z jego obór i chlewów. A wszystko lśniło i kapało bogactwem, przesytem. Szły pieśni weselne na głosy, bębniarze, komicy, artyści modnych scen, rockmani i oldskulowcy. Wszyscy ich wypatrywali, a oni, po cichutku, opleceni nawzajem rękami, wtapiali się w tę zieleń, czekając przejścia korowodu, by mogli znów patrzeć, nasłuchiwać fal rozbijających się o przybrzeżne skały... Było im zimno, ale woleli to niż pląsy wśród zgrai ludzi spotkanej przypadkiem, na chwilę, kiedyś tam, która wpakowała się do ich życia na chama, bez zapowiedzi. Kiedy ucichły odgłosy trąb i karawana weselników zniknęła za kolejnym zakrętem, oni wstali, przemarznięci do szpiku kości, i pobiegli w przeciwnym kierunku, nie oglądając się za siebie w obawie, że nieopatrzny gest zniweczy ich plany, a oni jak żona Lota skamienieją na wieki. Minęli zatłoczony port i udali się w okolice willowej dzielnicy, gdzie za parkanem, porośniętym wysokim żywopłotem, znaleźli schronienie. W pokoju odpoczywali, łapiąc oddechy, gdy nagle wparował tam z impetem rosły ksiądz, pchając drzwi na ścianę.

– Czy ty, Jarosławie, bierzesz sobie tę oto Celinę vel Barbarę za żonę?

Zanim on zdążył cokolwiek odpowiedzieć, irlandzki duchowny o czerwonej twarzy i mdławych oczach pokropił ich tak, że wstrząsnął nimi dreszcz chłodu.

– Co Bóg złączy, człowiek niech nie waży się rozłączać! – powiedział. – Amen! I wara wszystkim od was!

A zza okna dobiegły głosy. Dźwięki różnych instrumentów, wielojęzyczny śpiew, przez który przebijał się głos jego matki. Bełkotliwy, teatralnie płaczący... A chwilę potem zawtórował jej drugi, taki sam, jak na ironię! Jarek złapał Celę za rękę i pociągnął za sobą.

– Chodź! Tam jest spokój! Chodź tam! Na tę twoją Kozią...

Trzymał rękę w górze; przebiegało przez nią stado mrówek, a on trzepał w powietrzu, żeby je przegonić. Było ciemno. Tak całkiem. Z ulicy nie dochodziły żadne odgłosy. Ulica spała. I choć przylegała prostopadle do głównej, jej położenie nie zakłócało ciszy nocnej. Miasto też spało.

Zza uchylonych okien bloków, domów i starych kamienic można było wyodrębnić odgłosy, tylko po co? Toczyło się zwykłe życie. Bez sensacji i dramatów z pierwszych stron gazet. Cudne.

Nie wiedział, która jest godzina, stracił rachubę. Uniósł się na łokciach. W mieszkaniu panowała cisza podobna do tej za oknem. Niebieskawe światło, załamane w deseniu szkła, burzyło bezwzględną czerń nocy.

Cisnęło go w podbrzuszu, musiał do toalety. W myślach przypominał sobie miejsce, topografię pokojów. W głowie pojawiły się wspomnienia doznań. Wanna. Dotyk jej ciała. Jej smak... Rozwarł szerzej oczy, bo przestraszył się, że fiksuje, ale sprawdzian z obecności przedmiotów i ich rozmieszczenia wypadł korzystnie. Odetchnął z ulgą. Rzeczywistość dawała się oznaczyć przedmiotami, miejscem, czasem... Jest okej, pomyślał.

Wydobył się spod pościeli i doznał niejakiego wstrząsu. Było zimno. Owinął się ciężką kołdrą, wciąż dygocząc z zimna. Usiadł, bo taka pozycja pomagała mu dokładniej uchwycić rzeczywistość. W mieszkaniu panowała cisza, ale za to z zewnątrz wszelkie dźwięki brzmiały mocniej. Musiało być po północy. Czyjeś sporadyczne kroki lub grupa młokosów szwendających się bez konkretnego celu burzyła jedność nocy, w której splatały się czerń i cisza. Coraz wyraźniejszy snop płynącego z telewizora światła utwierdzał go w poczuciu rzeczywistości. Pamięć ostatnich dni cisnęła się do głowy. Z przeżytych chwil, jak zwykle nieważnych i tymczasowych, wyłuskiwał ją, Celę. Jakby pojawiła się na żądanie... Jak niespodziana wygrana od losu. Przecierał oczy, skubał się po przedramionach, by dowieść sobie realności doznań.

Podbrzusze naciskało i przywoływało. Odszukał w głowie minione zdarzenia, sytuując je w konkretnych miejscach. Podróż, noc pełna alkoholu i obcych twarzy. Potem dyskoteka i ona tam, i ciasna cela na komisariacie. W ciemności odciskały się kontury mebli, przedmiotów. Popchnął okienne skrzydło, by dłużej nie wpuszczać chłodnego strumienia, próbując podświadomie oddzielić te dwa światy, w których dziwnym zrządzeniem losu się znalazł. Zmarznięte stopy ponaglały potrzebę fizjologiczną. Przytrzymując jedną ręką podbrzusze, Jarek szarpnął klamkę, która szczęknęła zrzędliwie. Ale on już był w toalecie. Ucisk ustąpił. Hałas spłuczki był niczym w porównaniu z serią trzasków i pohukiwań w rurach, które zatrzęsły się złowieszczo. Próbował podnieść tłoczek z nadzieją przyhamowania odgłosów, ale nie pomagało. W rurach grzmiała artyleryjska kanonada.

Strumień letniej wody spływający na dłonie otrzeźwił go nieco. Chłopak przetarł twarz. Chwilę przyglądał się swojemu odbiciu. Zdawało mu się, że stał się jakby jaśniejszy i ma teraz w sobie jakąś mądrość, wyrażoną w sposobie unoszenia brwi, drgania kącików ust. Z niedowierzaniem przybliżył twarz do lustra. Szum ustał.

Zza którejś ściany dobiegało chrapanie, nierównomierne i niespokojne. Jarek przesunął się na palcach pod drzwi pokoju Celi. Cisza. Ręką musnął klamkę, zaraz jednak puścił. Spała. Był pewien, choć widział poświatę z telewizora. Z niedomkniętego okna powiało. Ostre powietrze wychłodziło pokój. Aż dziw, dzień zdawał się ciepły... Teraz wyziębiło się doszczętnie. Wsunął się pod kołdrę, z której już ulotniło się przyjemne ciepło. Czuł się wyspany i wypoczęty. Wyciągnął się na całą długość ciała, ułożył głowę na skrzyżowanych rękach. Oczy, przyzwyczajone do ciemności, omiatały pokój.

Pragnął jej. Gdyby ktoś mu powiedział, że tak go weźmie, że zakocha się tak banalnie, od przysłowiowego pierwszego wejrzenia, kazałby mu postukać się palcem w czoło. Nie wierzył w miłość. Kiedyś przeczytał, bodajże u Myśliwskiego, że szczęście jest tylko na ślubnych fotografiach. Zgadza się. W ogóle z całym Myśliwskim się zgadzał, bo tamten miał w sobie jakąś taką mądrość, co to od razu trafiała. Bez tego całego zestawu mądrych wyrazów, wobec których człowiek czuje respekt przez to ich trudne brzmienie, a gdzie tam jeszcze je analizować! A Myśliwski? On to jakby siedział obok i gawędził niby sobie, niby komuś. Jarek lubił go, ale przed nikim, za żadne skarby, nie przyznałby się, że przeczytał wszystko, a niektóre rzeczy to i ze dwa razy. Lubił czytać. Nawet tam, ale nigdy przy kimś. Wyciągał obłożoną w gazetę książkę, kiedy był sam. Całkiem. A te fotografie ślubne?

Toż wcale nie trzeba żadnego wielkiego dowodzenia czy karkołomnych poszukiwań na potwierdzenie. A co to, nie widział swoich – matki i ojca czy innych – których portrety ślubne wiszące najsampierw w stołowych pokojach czworakowych mieszkań, później były wynoszone na szafy czy strychy? Znał je, bo wryły się w jego pamięć nie wiedzieć czemu, ale dobrym zrządzeniem nie na tyle, by ranić po oczach i zakłuwać w serce. Tym szczęściem oszukanym i wykpionym przez lata udręki z pijaczyną, jedną czy drugą. Co pozostało z tych wyczesanych chałek, ulakierowanych na blachę, z wpiętym na czubku diademem, z którego wychodził welon, odsłaniany na słowa przyjezdnego z sąsiedniej parafii księdza: „A teraz pan młody może pocałować pannę młodą". I zaraz nowo zaślubiony mąż chwytał mocno czerwonymi od pracy w polu rękami i dawaj czynić zadość słowom duchownego! I nieważne, że panna młoda pod umarszczoną spódnicą chowała ściśnięty brzuch, którego się po zabawie w remizie dorobiła. Co zostawało z tych uśmiechów powstałych z wygiętych w grymas warg i tych oczu, w których jeszcze czaiła się nadzieja, że Bóg poszczęści młodej parze, zgodnie z tym, co widniało na sercu uwieszonym tuż nad weselnym stołem?

Na strychu Jarek wygrzebał kiedyś spośród upchanych w koszach, kartonach rupieci z całego życia, zatęchłych i zapleśniałych, retuszowany portret rodziców. Łokciem ścierał kurz i zaschnięte plamy po owadach, by w jakimkolwiek szczególe odnaleźć choćby rys, ślad, który pozwoliłby mu uwierzyć, że było inaczej. Długo gapił się w portret, nie znajdując w sobie żadnego podobieństwa ani do ojca, ani do matki... Po upartym wpatrywaniu się dostrzegł niewielką bliznę pod dolną matczyną wargą, której zapewne fotograf nie zauważył i tym samym nie spreparował, jak całego zdjęcia. Tak. To byli oni. Śmieszne plastikowe perły i niewprawną ręką umieszczone na diademie kwiatki. Jakby zapomnieli, że perły nieszczęście przynoszą...

Całe lata mijały, a chłopak nie myślał o szczęściu czy innych dyrdymałach. Czasem, najzwyklej w świecie coś mu się nie podobało. Jak był mały, to niekiedy ściskało go w dołku, kiedy spał za piecem w czworakach i zasłaniał pierzyną uszy, by nie słuchać bełkotu matki. Już wolał, jak chodziła po domu i śpiewała pod nosem. Wychodziły z niej czyste dźwięki, ale on się w słowa nie wsłuchiwał. A co tam! Pewnie jakieś głupawe ballady i banalne piosneczki! Gdzież mu tam do nich! Życie trzeba było brać za pysk! Nie ma czasu na przystawanie nad byle pierdołą. Żyje się, byle żyć – dzień za dniem, tu piwko, tam koleżka, bez zakotwiczania. Po co komu balast? Żona, dzieci...

Owszem, pojawiały się w jego życiu jakieś dziewczyny, kobiety. Z drewna nie był, wszystko co trzeba na swoim miejscu. Ale żadna go nie ujęła. Wszystkie głupie albo puszczalskie. I tylko kasa, kasa... Brrr! Do diabła z taką miłością!

I naraz Cela?

Przewracał się z boku na bok. Nie umiał powiedzieć sobie, co w niej jest. Chciał machnąć ręką i zasnąć na powrót, a rano wstać i wyjechać. Może w Szczecinie udałoby się przebukować bilety, a jak nie to – pal diabli! – i tak jakoś to zniesie. Jednak myśl, że miałby jej już nie zobaczyć, bolała. Fizycznie, jak wrzód jątrzący czy rana. On może być gdziekolwiek. Tu, tam, a niechby i w samym piekle. Ale z nią. Przytykał teraz ręce do nosa, poszukiwał jej zapachu, naiwnie wierząc, że woń skryła się gdzieś w rowkach linii papilarnych, zabłąkała między palcami.

Za oknem szarzało. Znał ten koloryt nocy, kiedy musiał wstawać. Przyzwyczaił się do myśli, że noc zawsze jest za krótka. Jeszcze tam, u siebie.

– Wstawaj! – Powracał do niego głos ojca. – Trza krowy zagnać! Daleko za wieś.

A on szedł na śpiku, prowadzony przez dźwięk dzwonków uwieszonych na grubych krowich karkach.

Ulica z wolna zaczynała się budzić. Początkowo subtelnie. Pojedynczym jękiem nienasmarowanych drzwi, wyległym na ukos na całą jezdnię snopem światła. Niebieski blask z telewizora zmieszał się z dnieniem. Jarek się wyprostował. Kanapa była krótka. Rozpierał się nogami i rękami, aż wszystko jęczało i zawodziło. Udało się. Od niepamiętnych lat przysypiał. Powieki na powrót stawały się lepkie i ciężkie, odechciewało mu się mrugać. Pod nimi przykleił się jej obraz. Nie chciał ich odmykać, bojąc się, że obraz się zamaże, zatrze lub rozsypie, jak strącone ze stołu poukładane puzzle. Tkwił nieruchomo...

Nie mógł doliczyć się przespanych godzin. Stracił rachubę. Obudził się, lecz zanim dotarła do niego świadomość czasu i miejsca, uzmysłowił sobie, że ona jest obok. Właściwie za nim. Prawa ręka Celi wisiała drętwo, oparta o jego bok. Na karku czuł delikatny strumień powietrza. Spała. Raz po raz oddech łaskotał go w szyję. Wtulona w jego plecy, bezwiednie napierała piersiami. Bał się poruszyć. Zamarł, bojąc się najmniejszego gestu, dźwięku, który mógłby zmienić ten stan. Tak. Tak wyobrażał sobie koniec. Koniec swój, świata, wszelki koniec... To było to, co chciałby przenieść do wieczności, obdarzyć wieczną pamięcią.

Przyciągał lekko kołdrę, okrywając nieszczelne miejsca. Milimetr po milimetrze. Wypełniały go błogość i spokój, których nie pamiętał. Bo nocami przychodziły do niego zmory. Bał się poruszających na ścianie cieni, zmieniających się w bezkształtne istoty. Wołał matkę, ale nie zdarzało się, by go słyszała. Czekał, chowając się pod pierzynę, którą przytrzymywał nad głową, by się nie udusić. Wszystko w nim drżało, strach wbijał swoje szpileczki. Zasypiał umęczony, a rano budził się z pełnymi zaschniętych ropnych kruszyn oczami.

Zegar tykał, ale i nań Jarek bał się spojrzeć. Był dzień. Wiedział. Bo choć wciąż z zewnątrz nie docierało światło i panowała cisza, był przekonany, że ta cisza nie ma w sobie owej bezwzględności, owego dźwięczenia, bolesnego jak ukłucia mroźnego deszczu, co to niby niezauważalny, z mikronowymi kroplami, a tak dotkliwy i wyczuwalny... To była cisza dzienna, którą lubił, bo nie wywoływała tęsknoty i bólu. Nie rościła sobie niczego.

Cela przełożyła nogę przez jego biodro, sapiąc przez sen. Ciężko i naturalnie. Bez teatralnych gestów czy podstępnej prowokacji.

Elektryzujący bodziec wybudził go całkowicie. Męskość, zaledwie obłaskawiona w wannie, odezwała się ze zdwojoną siłą. Chwilę wahał się, ale zaraz się odwrócił, zagarniając ją do siebie stanowczo. Jęknęła i otworzyła oczy. Rękami pobłądził po jej ciele, z niewysłowioną ulgą odkrywając, że jest naga. Przez moment zamajaczyły mu niemal błękitne białka jej oczu. Zacisnęła dłonie na jego plecach. Napierał coraz silniej, szybciej, aż puściły okowy i opleceni wzajemnie sobą leżeli, spoglądając zdziwieni i... szczęśliwi.

***

Cela miała czas, bo Jarek kategorycznie nakazał jej zaprzestania owego procederu. Procederu! Zakazał jej poszukiwania męża. Ponawiania prób, z których każda

znajdowała swój finał w łóżku, tym samym przygania-
jąc na Kozią kolejnych „amatorów małżeństwa", którym
nawet w najbardziej absurdalnych snach nie śniło się,
by Cela była ich żoną, w białej sukni z mirtem, przed
ołtarzem. Ale cóż? Każdy pretekst był odpowiedni. Co
tu dużo gadać? Chętne, dobre łóżko!

Wziął z nią ślub. W kościele Niepokalanego Serca
Najświętszej Marii Panny, z udziałem księdza dziekana,
ze służącym u boku proboszcza ministrantem, z wielkim
chórem, co to nie bąkał pod nosem, ale śpiewał z nut
i poszczególne ruchy dyrygenta odczytywał, a wszyscy
wiedzieli, kiedy crescendo, pianissimo, kiedy jakieś inne andante czy mezzoforte. Klnąc się na Ojca i Syna,
i Ducha Świętego, Cela na wszystkie świętości obiecy-
wała wierność małżeńską. A zagonienie jej do ołtarza to
koniec końców – po tylu sparzeniach – nie było wcale
taką znowu zwykłą, prostą rzeczą, jak by się wszystkim
zdawać mogło. Zwłaszcza po tym, jak kolejny chłopak
zawinął się do innej. Cela poprzysięgła sobie wówczas,
że już żadnemu nie uwierzy. Owszem, jak jej się zachce,
pójdzie z jednym czy drugim do łóżka. Nie dla pieniędzy ani dla tamtego, a jedynie dla samej siebie. A co?
Przecież z tkanek żywych się składa, prawdziwa krew
w niej się burzy! A już na bank nie dopuści do tego, by
się jeden z drugim zabawiał jej kosztem, a potem zmykał.

Od dawna to ona stawiała warunki, ona chciała albo nie. Dosyć marzeń, wyobrażania sobie domu z mężowskimi kapciami i dziecięcymi, walającymi się po przedpokoju, z podawaniem obiadów, odbieraniem brudnych talerzy i lataniem ze szmatą od kurzów!

Ani u niej, ani u jej matki czy babki nie było żadnych portretów ślubnych, białych welonów i wiązanek z kalii. Cela nie wiedziała, co jej się stało tamtego dnia, kiedy Jarek, wyszedłszy z niej zasapany, łapiący oddech, co przerywało mu mowę, zapytał ją, czy wyjdzie za niego. Leżała na plecach, z półprzymkniętymi oczami, odkryta, bez żadnej tajemnicy. Nie wstydziła się nawet nieco już przymarszczonej skóry na brzuchu i udach ani rozlanych leniwie na boki piersi, z których różne męskie ręce – chropowate i niedomyte po smarach i towotach, pachnące żywicą lub ziemią – wycisnęły jak z pomarańczy całą jędrność i zniszczyły ich aksamit miętoleniem bez pamięci. Czerwone od uścisków pręgi na ciele powoli bladły, skóra odzyskiwała pierwotny koloryt ciemnego beżu po sesjach w solarium. Cela nie rozumiała, dlaczego po tylu latach trwania w swoim postanowieniu, gdy już pogodziła się z losem, gdy zaczęło jej być w życiu dobrze, powiedziała „tak". Skąd owa pewność, że tego chce? Że chce jego. Przecież nawet go nie znała... Może to jakiś zbój albo inny Tulipan, co ją oszuka, ośmieszy i zostawi dla kolejnej brzydkiej, ale młodej i porządnej panny z przyzwoitą historią rodzinną i portretami ślubnymi dziadków i pradziadków? Nie wiedziała, dlaczego pozwoliła, bez żadnego krygowania się, wejść obcemu facetowi do jej domu i do łóżka. Do życia.

Drzwi w starej szafie otwierały się ciężko, skrzypiąc płaczliwie za każdym razem. Nie licząc szerokiej półki na samym dole, gdzie spoczywały poskładane w kostkę koce w pomarańczową kratę, stare kapy żakardowe – staromodne i tandetnie smutne – oraz szuflady na całą szerokość przy samej podłodze, mebel świecił pustkami, sącząc z wnętrza woń naftaliny, przywodzącą na myśl niedającą się odpędzić wszechobecną przeszłość. Jarek psiknął old spice'em, kierując strumień spreju w głąb szafy, gdzie ten odbił się od tylnej ściany i rykoszetem trafił go w nozdrza, łaskocząc drażliwie. Zanim chłopak zdołał przykryć wierzchem dłoni usta, huk kichnięcia wstrząsnął pokojem.

– Co? Alergię ma? – usłyszał głos matki Celi.

W pytaniu nie było jego, ale postać z nadaną jej formą w trzeciej osobie. Kobieta stała w drzwiach, w tej samej co zawsze podomce, kiwając się, jakby dopiero co zeszła z rozpędzonej karuzeli. Przygryzała wargi, wydymała je, usiłując ułożyć do wyartykułowania szeregu wyrazów, a może i całych zdań czy fraz. Nie wiedział, czyje to mieszkanie, nie znał relacji, więc się nie odzywał. Nie miał żadnych praw. Był znikąd.

Na jego dłoni skropliły się cząstki wydzieliny, wydmuchnięte i siłą wyrzucone na zewnątrz. Oczy jeszcze nie zdążyły się rozewrzeć, by dostrzec i rozpoznać wszystkie kształty.

– Trza płynem przemyć. Cholera wie, czy tu aby żadnego dziadostwa nie ma! Stara cuda trzymała, a ona … – Tu kobieta machnęła ręką w kierunku drzwi do szafy, z absolutną rezerwą, pozbawioną jakiegokolwiek znaczenia. – Ona wciąż czekała… Żeby ktoś się tu, no, wniósł do tej szafy. I się doczekała.

Gibała się w progu.

– Takiego palanta jak ty. Ja to na pęczki takich miałam… Z ręki mi jedli – zaśmiała się wulgarnie. – Ale byli przystojni i… bogaci. – Popatrzyła skupiona, mierząc Jarka z góry na dół. – Nie tacy… – wybełkotała z wyższością i raz jeszcze machnęła ręką, jakby zamierzając dać do zrozumienia, że nie ma wpływu na bieg zdarzeń, a już tym bardziej na gust własnej córki. Przytrzymując się ściany, odwróciła się powoli i wyszła.

Zaraz też mieszkanie wypełniło się papierosowym dymem, który wydmuchiwała z siebie, nie zaciągając się, a tylko chwilę przytrzymując w ustach, by policzki się nadęły. Wypuszczała go całe chmury, unosząc śmiesznie do góry głowę i rozwierając szeroko buzię, jakby spuszczała powietrze z balonu. Pozostawała tak chwilę, z twarzą porytą siatką zmarszczek, i zaraz pociągała ponownie. Dym znów wisiał wielką chmurą, wnet jednak rozrywał się na mniejsze obłoki. Panoszył się w całym mieszkaniu, sadowiąc się w tapicerkach mebli, zasłonach i firanach.

Jarka kusiło, by zapalić, ale nie chciał zepsuć sobie smaku ust i ciała Celi. Powiódł nosem za smugą, ale zaraz się opamiętał.

Podkoszulki, bokserki, „na wszelki wypadek" sweter i ciepły, szary podkoszulek zmieściły się na dwóch półkach. Dwa wieszaki, zakupione niegdyś w Ikei, szczyciły się spoczywającym na drewnianych ramionach ciężarem wyrwanej „tam" na wyprzedaży ciężkiej, skórzanej kurtki. Lubił ją. Pasowała mu bez względu na porę roku. Była toporna i szorstka, ale pasowała mu. Jak nic!

Potem Cela przeniosła swoje rzeczy. W szufladach, pozwijane w kłębki, wyglądały jeden spod drugiego kolorowe biustonosze: push-upy, bardotki, kryjące w miseczkach stringi, brazylianki i wszelkie inne topowe majtki. Później rzędami szły sukienki, spódniczki powieszone na dwóch klamrach. W szufladzie na dole spoczęła wykrochmalona pościel. I cały pokój przemienił się w sypialnię. Miejsce nocnych orgii, po których zasypiali wtuleni w siebie, oplątani sobą.

Mąż i żona.

***

Sabina biegła do samochodu. Jakby nagle miał się stać cud, a te minuty spędzone w domu rodziców czekały, by się zatrzymać, może nie tyle zniknąć, nie być, ile jakby nie liczyć się w dziennym rachunku czasu. Na skutek jakiejś dziwnej umowy z Bóg wie kim miały wypaść z czasu, pozostać jako niebyłe... Otwierała drzwi z przeświadczeniem, że wszystko będzie okej. Ma, czego chciała. Zaraz ruszy i ze wszystkim się upora. Wsiadła do samochodu. Odruchowo nagięła lusterko, by zobaczyć swoje odbicie. Mały prostokącik, przyciągnięty do nosa, nie był łaskawy. Pod oczami siniały półksiężyce, na zewnątrz oczu wachlarzowo rozkładały się kurze łapki.

– Musisz wybrać się do kosmetyczki, ponoć mają jakieś metody: prasują, wygładzają czy coś tam wklepują, czy wstrzykują – mówił jej Karol, jakby przypadkiem. Widziała, że wcześniej przeglądał jakieś głupawe magazyny, ale zauważyła również jego rozjaśnione i rozszerzone oczy, patrzące na strony z kobietami. Piękne dwudziesto-, trzydziesto- i nieco-więcej-latki... Miały czas! Nie to, co ona. Ona już dawno przestała walczyć z czasem. Przegrała. Za dużo na głowie.

Telefon zabrzęczał.

– Tak. Już wyjeżdżam.

Cisza w słuchawce.

– Proszę mnie zrozumieć... – Sabina grzebała w torbie w poszukiwaniu zegarka. Gdzieś go wrzuciła. Bo pasek się urwał się i zamierzała go zmienić.

– ...proszę mnie zrozumieć... – jąkała się. Ręka dotykała miliona przedmiotów, których absolutnie nie umiała odróżnić, nazwać...

– Żegnam panią! – kategorycznie powiedział kobiecy głos po drugiej stronie.

Sabina cisnęła komórkę na siedzenie obok.

Przeleciały pieniądze! Fuck! Fuck! Cokolwiek dotknę, w gówno się zamienia!

Położyła głowę na kierownicy. Wcisnęła guzik na panelu. Rozhisteryzowany kobiecy głos wołał: „(...) Koniec to koniec, zbyt wiele myśli bije się w mojej głowie przeciw tobie...!". Ściszyła. Nie lubiła tych nowych wykonawców. Wszystko, o czym śpiewali, ziało jadem nienawiści, dzikiej zemsty. Gdzie się podziały piosenki o miłości? Wszystko zdawało się jej zaprzeczać. Sabina wyciągnęła papierosy, choć od dawna sobie przyrzekała, że żadnego smrodu w aucie. Chwilę zawahała się, a potem zaciągnęła głęboko, przytrzymując dym w ustach. Ostatni raz. Od jutra już nie zapali w samochodzie. Wieczorem posprząta, wywietrzy, popsika zapachami i od jutra koniec! Auto szarpnęło, podskoczyło, ale silnik zaraz złapał równy rytm.

Wcisnęła kolejny guzik, by odebrać rozczarowanej, tej z radia, głos. Niczego nie rozumiała. Ryk wiertarek i młotów ciął przestrzeń. Wrzuciła sprzęgło. Drugą ręką odruchowo przytkała ucho, ale nie pomogło. Huk zdawał się wszechobecny.

Sabina odwróciła głowę, sprawdzając w lewym lusterku, czy ma wolną drogę, i nagle natknęła się na twarz Celi. Przestraszyła się, podskakując zabawnie, i wypuściła dym prosto w twarz koleżanki. Cela pomachała ręką, zakaszlała i wydusiła z siebie:

– Wyluzuj! Sabina! Bo się wypalisz!

Włożyła głowę do wnętrza samochodu.

– Niezły facet, co? Jestem w ciąży. Jaja, nie?!

Sabina spojrzała zdezorientowana. Zapomniała już całkiem o Celi i jej mężu. Wyszła już z tamtego świata. Mały krok za drzwiami klatki schodowej upomniał się o nią jej świat. A tu jeszcze tamta baba! Nagle się rozmyśliła. Głupia klabzdra! Myśli może, że sprzedaż mieszkania to ot tak sobie? Bułka z masłem? Durna krowa! Przecież właśnie jechała po ten zakichany wypis z ksiąg, a na Kozią wpadła tylko na chwilę. Wielkie mecyje! A niech babę szlag! Sabina starała się opanować, ale mierziła ją świadomość, że Karol będzie ględził. Zresztą sama rozumiała, że nie utrzymają tego mieszkania. Nie ma szans! Gonili w piętkę. Tłamsiły ich kredyty. A sprzedaż dawała perspektywę oddechu. Poza tym coraz częściej Sabina utwierdzała się w przekonaniu, że nie warto wracać do przeszłości. Może nie tyle porzucić ją absolutnie, ile się w niej nie babrać. Było, minęło! Tak jest!

Spojrzała się na Celę. Jaja? I tak się zdarza…

– Gratuluję – wyjąkała, powoli płosząc uczucie zaskoczenia. Wrzuciła luz, choć noga już dusiła pedał. Dopiero teraz, z odległości oddechu, dojrzała w twarzy tamtej jakąś jasność, blask, którego źródła nie umiała dociec. Gdzie się podziała ta wulgarność w twarzy, która z miejsca sytuowała Celę poniżej? I Sabiny, i wszystkich kobiet, które znała, jej znajomych, koleżanek. Cela! Zawsze jako epizod. Na tyle nieważny, że nie warto było sobie nią zaprzątać głowy. Toteż Sabina o niej nie myślała. Cela była, bo była.

– A co u ciebie? – zagadnęła teraz.

Sabina wzruszyła ramionami. Po pierwsze: u niej nic się nie działo. A przynajmniej nic takiego, co stanowiłoby temat. Druga sprawa, że nie czuła potrzeby spowiadania się akurat teraz i akurat Celi. Z tego „co u niej".

– Nic szczególnego – odparła. – Żadnych dramatów ani eksplozji szczęścia. Zwyczajnie.

– A słyszałaś, że Mira wróciła? Na stare śmieci, jak mówią. Stary Wiarucki ponoć w ciężkim stanie. Niech mi Bóg zabroni o nim źle mówić, choć język mnie świerzbi, by sypnąć wiąchą, jak sobie przypomnę…

W oczach Sabiny pojawiło się zainteresowanie. Zapomniała o Wiaruckich już dawno, ale niekiedy wracała pamięcią, głównie do niej. Do Mirki…

– Tak? Nic nie wiem. – Starała się ukryć ciekawość, a poza tym było już późno. Znów ileś tam rzeczy w plecy. Dogasiła papierosa.

– Ja też nie! – podchwyciła Cela. – Ale się dowiem.

Przycisnęła rękę do piersi jak do przysięgi, ale Sabina pomyślała, że tamta pewnie zaraz o wszystkim zapomni. Zbyt wiele miała na głowie, żeby jeszcze coś dokładać. Mirka…

Gdzieś, kiedyś pourywały się więzi. Całe lata... Kto by tam chciał wracać? Tu wciąż nowe. Na to brak sił, a co dopiero na nurzanie się w przeszłości...

***

Było spokojnie. Dobrze, że to niewielkie miasto, chociaż i w nim około piętnastej robiło się na ulicach tłoczno. Niedziwne, że mieszkańcy okolic Rynku i głównych ulic domagają się obwodnicy. Samochody poustawiane połową na chodnikach, a drugą na wąskiej jezdni zasłaniają widoczność. Trzeba niezmiernej uwagi i przezorności, by nie potrącić psa czy kota, a jeszcze do tego kogoś zagapionego, co to wpatrzony w plakaty z pomidorami za cztery złote czy waflami, do których dorzuca się sos chili, wyskakuje wprost pod koła, wiedziony przemożną chęcią złapania okazji.

Przed Sabiną stał duży outlander z przyciemnionymi szybami, za którymi ni cholery nie można było dojrzeć kierowcy. Palant! Nie włączył kierunkowskazów! – klęła pod nosem. Z samochodu wyjrzała głowa jakiegoś faceta i w tej samej chwili coś Sabinie zamajaczyło w umyśle. Artur. Poznała go. A swoją drogą to dziwne, pomyślała, że potrafię poznać kogoś po jego kawałku. Takich jak on muszą być tysiące, a ona jak raz poznaje właściwego. Widziała go zaledwie kilka razy. W najmniejszym stopniu nie wzbudzał jej zainteresowania, taki pizdusiowaty i bezpłciowy. Ale Karol każdego dnia rozwodził się, piejąc z zachwytu, nad Arturem Kolerem. Czego to tamten nie ma. I samochody, i domy, i drugą żonę, piętnaście lat młodszą. Mimo to był tak nierozgarnięty, że nie dość, iż jechał niemal środkiem, przeszkadzając innym, to jeszcze nie wrzucił świateł. A na dodatek jakby przykleił się do podłoża. Nie mógł ruszyć z miejsca. Najwyraźniej bał się wjechać na główną ulicę, tym samym powodując korek na całej niemal długości Koziej. A Karol zawsze zazdrościł takim jak Artur. Tej ich lekkości w kontaktach, łatwości zdobywania przyjaciół. Tym, którzy zawsze coś mu oferowali, kręcili z nim interesy i go zapraszali. Ten to się umiał znaleźć. Dyzma jeden!

Klaksony aut wtórowały innym odgłosom na przebudowywanej ulicy. A kurz unoszący się w powietrzu tylko utwierdził Sabinę w przekonaniu, że *na pewno* trzeba pozbyć się mieszkania z tego młyna. I tym bardziej targnęła nią wściekłość na głupie babsko, co to przez taką pierdołę jak kilkunastominutowe spóźnienie rozmyśliło się co do kupna. Wielkie mecyje! Zaledwie kilkanaście minut, a wpłynęło na zmianę. Sabina już słyszała głos męża, widziała te wykrzywione w sarkastycznym grymasie usta, że oto znów coś skopała, czegoś nie dopilnowała. No jasne! Kto jak kto, ale ona wszakże była mistrzynią w psuciu szyku, w niweczeniu wszelkich planów i zamierzeń! Cokolwiek tknęła, zamieniało się w gówno, tak Karol wykrzykiwał jej w twarz w chwilach, kiedy oboje, szukając zaczepki, nie szczędzili sobie przykrych słów. Widać takie już jej szczęście! Coraz częściej w ich życiu coś tarło, robiło się gęsto i ciężko. Sabina nieraz myślała, że jej klimakterium to pryszcz w zderzeniu z jego andropauzą. I mówiła mu to, a jakże! Ale on zawsze sądził, że to taki żart, powtarzany przy znajomych.

Facet z naprzeciwka mignął wspaniałomyślnie światłami, pozwalając jej wyjechać z podporządkowanej. I wystawił za szybę zimny łokieć. Z wnętrza jego auta dobiegało charakterystyczne „ums, ums"; samochód dygotał niespokojnie od nadmiaru basów. Sabina spojrzała jeszcze na jezdnię, dokonując ostatecznego rekonesansu, i zaraz z piskiem opon wyjechała na główną Niepodległości. W ostatnim momencie mignęła jej w bocznym lusterku sylwetka Miry. Sztywny kościec, zwieńczony uniesioną głową, prostopadła doń linia ramion. Nawet ciążę nosiła, nie łamiąc owego idealnie geometrycznego konturu. Wypisz, wymaluj córka swojego ojca. Córka oficera!

Mirka – córka oficera

Sabina nie mogła sobie przypomnieć, kiedy ją widziała ostatni raz. To było chyba na pogrzebie Wiaruckiej. Próbowała doliczyć się lat, ale wszystko się jej plątało. Nie potrafiła znaleźć żadnego punktu odniesienia. Nie było to w żadnym ważnym roku – roku ślubów, komunii, większych czy mniejszych katastrof globalnych albo lokalnych. Zresztą dowiedziała się o śmierci pani Wandy przypadkiem. Rodzice akurat wyjechali do ciotki matki, do centralnej Polski. Matka bardzo chciała odwiedzić ciocię Manię, ale kiedy zajechali, okazało się, że kobieta miała wylew. Było bardzo kiepsko. Matka uparła się, że z nią zostanie. Nie wierzyła nikomu i postanowiła sama zająć się pielęgnowaniem chorej. Ojciec sarkał, ale nie był w stanie się przeciwstawić. Jak zawsze. Zostali więc w Bieżuniu. Matka obmywała chorą, karmiła ją, zmieniała jej pampersy i modliła się na głos, z nadzieją, że to uzdrowi ciotkę.

Któregoś dnia Sabina podjechała na Kozią podlać kwiaty. Matka dzwoniła kilka razy, by jej o tym przypomnieć. Zdawało się nawet, że zapomniała o tym, że „komórki są drogie", bo dzwoniła. Raz, by Sabina pamiętała o podlewaniu, dwa, by sprawdzić, czy podlała.

Sabina stała na balkonie. Skrzynki z pelargoniami zamocowano nierówno, więc trzeba było nie lada wyczucia, by wlać tyle wody, ile potrzebowały rośliny, żeby nie ulało się poza pojemnik. Adela, jak zwykle, przełożyła pościel przez balustradę. Białą, nakrochmaloną, rażącą oczy. Patrząc na wygładzone połacie, nie można było oprzeć się wrażeniu, że bielizna jest absolutnie nietknięta. Żadnych zagnieceń. Idealnie gładka i sztywna.

Dzbanek się przechylił, woda ciurkiem pociekła, wylewając się na zewnątrz. Kropla po kropli znaczyła ślad na pościeli Wichrowcowej. Sabina nie musiała czekać długo na pomstowanie. Jakby sąsiadka siedziała na balkonie i zaklinała, by ktoś coś zrobił i by mogła powyzywać, powygrażać.

– Cholera! – zaklęła pod nosem Sabina. Piętro niżej zaskrzypiały drzwi balkonowe. – Pani Wichrowcowa! – zawołała potulnie. – Pani Wichrowcowa... Proszę zabrać pościel, bo mi się ulało!

Przechyliła się przez barierkę.

– Ojej!

Krople z drobinami czarnej ziemi kapały na białe pranie.

– Ja to… – Sabina obserwowała zrozpaczona, jak powstają brudne plamy. – Ja wezmę i wypiorę.

Szlag ją trafił. Nienawidziła prać, krochmalić. Przez całe lata kupowała pościel z kory, błogosławiąc niebiosa za ten pomysł. A tu białe, płócienne obleczenia, zapewne tak usztywnione, że szeleściły błogo, nie denerwując, a pozostawiając zapach świeżości.

Sąsiadka zadarła głowę.

Teraz mi da popalić, pomyślała Sabina.

– Sabina? Twoich nie ma, a tu Wiarucka zmarła! Trzeba by na jakiś wieniec się złożyć. Niektórzy dali, a wy? Chyba trzeba by, co nie? Nie wypada inaczej. W końcu każdy z nas… Ja tam nie będę namawiać, ale wstyd by było. Tyle lat pod jednym dachem… Bo to i co z tego, że tyle mieszkań, ale przecież dach jeden, co nie? I co ty, Sabina, na to?

Sabina wycierała ścierką zewnętrzne ścianki skrzynek, próbując złapać wyciekające strużki wody. Na pościeli rzędem ciemniejszych śladów znaczyły się nieopanowane krople, które wydostały się z przechylonego pojemnika.

Adela zdawała się kompletnie nie przejawiać zainteresowania szkodą. Jedna kropla spadła jej na nos. Wytarła ją wierzchem dłoni.

– To jak? Matka wraca czy umarła? – zapytała. W tym pytaniu było tyle pretensji, że Sabina nie wiedziała, czy na nie odpowiedzieć i czy kobieta w ogóle wymaga odpowiedzi. – A swoją drogą, kto to widział, żeby tak zapaść się, jak pod ziemię, i żadnego znaku życia… A tu ludzie umierają. – Wichrowcowa wzruszyła ramionami, jakby na potwierdzenie niepojętej dla niej sytuacji. W jej głosie nadal brzmiała ni to owa pretensja, ni to zwyczajne zagubienie, które w przypadku Adeli zdawało się co najmniej dziwne. Kobieta zawsze była szorstka i nic nie wskazywało, że ktokolwiek jest jej potrzebny do szczęścia. Oprócz ciągłego sarkania, utrudniania ludziom życia niewiele ją satysfakcjonowało.

Sabina słuchała, nieco zdumiona, gdy naraz dotarło do niej, że w istocie mieszkają w jednym bloku, nie żadnym tam kilkunastopiętrowym mrówkowcu, ale w takim czteropiętrowym graniastosłupie, a tak mało o sobie wiedzą. Może kiedyś, kiedy dzieciaki były małe… Ona, Cela, Mira. I jeszcze Danka, i Teresa. Wszystkie zachodziły do siebie, a i matki, szukając to jednej, to drugiej, czasem przysiadały na herbacie czy szybkiej kawie. Dziwne, bo to przecież na starość człowiek czuje się bardziej samotny, a i czasu ma więcej. Jak Wiera, która od zawsze dla nich była stara. Do niej wszyscy zaglądali pytać, czy aby czegoś nie potrzebuje. I chociaż jej dzieci „powyjeżdżane", jak powiadała, były, to kobieta nigdy samotności nie zaznała.

– Powinni już być kilka dni temu… – powiedziała Sabina, spoglądając z góry prosto w oczy sąsiadki. – Ale przyjeżdżają z rana, nocnym z Warszawy.

– No! To i dobrze! – zakończyła Adela i zaraz takie samo skrzypnięcie jak wcześniej oznajmiło, że schowała się w głębi mieszkania.

Spadające krople rozlewały się w coraz większe plamy na pościeli Adeli Wichrowiec. Sabina patrzyła w dół. Nieraz wystawali na tym balkonie razem z ojcem. On patrzył na ulicę, ona obserwowała naprzeciwległe okna w bloku. Nie znała wielu osób stamtąd, niektórych widywała, ale nie umiałaby niczego o nich powiedzieć.

Pomyślała o nim. Współczuła mu. Pewnie nieźle musiał się tam naskładać, by uniknąć ględzenia matki. Taki trochę z niego Dulski. Nie to, co Wiarucki. Ten nikomu nie pozwoliłby, aby coś poszło nie po jego myśli. Nawet mówić wiele nie musiał, wystarczało ledwie spojrzenie. Spod przymrużonych powiek, z których jedna drgała nerwowo, podkreślając poniekąd karcący wzrok. Czasem dokładał znaczące chrząknięcie, ale to już była ostateczność. Po tym to tylko głosy trąb jerychońskich i spełnienie apokalipsy...

***

W umyśle Sabina odszukiwała obrazy, na których znalazłaby się Wiarucka, ona, Mira. Nie było wtedy telefonów z megapikselami ani aparatów na pstryknięcie, idiotenkamer bez jakiegokolwiek ustawiania. Wołały do siebie z balkonów.

Mira mieszkała w drugiej klatce, na trzecim piętrze. W trzech pokojach. Stołowy wychodził na długi balkon, na którym można było i pranie swobodnie porozwieszać, i dość było miejsca na szafkę czy jakiś stolik, co to do żadnego z pokoi już się nie nadawał, a jeszcze żal było go wyrzucić na śmietnik czy do pieca, na rozpałkę.

Kiedy było lato i ojciec Miry wyjeżdżał na poligon, przesiadywały na tym balkonie całe dnie. Kocami poosłaniały się przed wścibskimi oczami sąsiadów z naprzeciwka, a że na czwartym lokatorzy z rzadka otwierali balkon, czuły się bezpieczne. Zresztą czort wiedział, kto tam mieszka! Od lat pojawiali się na klatce różni, z kluczami, ubrani porządnie, niewzbudzający podejrzeń. Nikt nie śmiał pytać, o co chodzi, a że nijakich awantur czy innych kłopotów nie było, mieszkańcy Koziej przestali sobie głowę lokatorami z czwartego piętra zawracać.

A sytuacja sprzyjała dziewczętom. Mogły bez żadnych ograniczeń opalać się na balkonie bez biustonoszy, nie narażając się na niepożądane spojrzenia. Same tylko spoglądały na siebie, mierząc wzrokiem, która nosi większy rozmiar stanika. Było w tym opalaniu coś tak podniecającego, że nawet słońce nie musiało przyprażyć, by rumieniec wypełzał na dziewczęce policzki.

To właśnie Mirce Sabina opowiadała o w s z y s t k i m. Takie przyjaciółki na śmierć i życie. Ale to nie Sabina miała więcej do powiedzenia, o nie! Sabina miała dom zwyczajny. Nic nie nadawało się na historię do powielania. Zwykłe życie. I co z tego, że jej matka byłą, jaka była. Ale w domu był spokój i Sabina lubiła swój dom.

***

Wiaruccy wprowadzili się na Kozią pod koniec sześćdziesiątego dziewiątego albo zaraz na początku siedemdziesiątego roku. Na pewno było to około pierwszej, drugiej klasy, kiedy wszyscy żyli majem i świętą komunią. Matka kilka razy prowadziła Sabinę do przymiarki, do krawcowej, bo choć sama dziewczynka nie bardzo widziała defekty sukienki, matka je dojrzała i oczywiście pani Dalewiczowa wciąż musiała wypruwać jakieś szwy, fastrygować, byleby tylko spełnić oczekiwania. Od wczesnych dni kwietniowych, zaraz po Wielkanocy, zaczynała się komunijna gorączka. Dziewczynki chodziły do kościoła i usadzone w ławkach – one po prawej, chłopcy po lewej – ćwiczyły dzielnie śpiewy i podchodzenie do ołtarza, jakby inaczej Bóg nie przyjął ich do siebie. Siostra Adalberta nierzadko śmigała kogoś po głowie, nie bacząc na płeć. Wszyscy ćwiczyli wychodzenie z ławek na przemian: dziewczynka z prawa, chłopiec z lewa, dziewczynka, chłopiec... I musiało być równo, noga za nogą.

Mira nie szła z nimi, a to ona najpewniej umiałaby chodzić równiutko, jak podczas musztry wojskowej.

Z początku myślano, że nowa, to i się może trochę wstydzi albo do jakiejś małej parafii chodzi, ale czas mijał, a ona nic.

Wtenczas gdy w kościele, w rytm uderzeń linijką siostry Adalberty o kościelną ławkę, równiutko jak pod sznurek, dzieciaki sposobiły się do komunii, Mira siedziała w dużym pokoju i pochyliwszy nisko głowę, dodatkowo zasłaniając się podrośniętą grzywką w kolorze orzecha laskowego, wypełniała całe linijki szlaczków, ćwiczyła kolumny słupków. Byle tylko nie myśleć o tych zrzędach, sunących w białych sukniach do ołtarza, o zegarkach na białych, skórzanych paskach i o rowerach Wigry, które pomalowane na zielono lub niebiesko gęstniały na ulicach zaraz w poniedziałek po komunijnych uroczystościach. Ani o białym tygodniu, kiedy wszystkie koleżanki z koszyczkami pełnymi pachnących płatków majowych kwiatów biegały do kościoła, a po mszy wysiadywały na ławkach w parku, uważając, by nie zabrudzić i nie zniszczyć swoich baśniowych sukni. Potem wracały do domu, unosząc wysoko spódnice i kręcąc w powietrzu kółka sakiewkami wyszywanymi perłowymi koralikami.

Cyfry, jak małe robaczki, skakały przed załzawionymi oczami dziewczynki. Znała już wszystkie słupki na pamięć, ale nie chciała podnosić głowy znad zeszytu i natykać się na wzrok matki, która czuła tę samą gorycz.

– Mira! Dwa dodać czternaście?

– Szesnaście.

– Cztery dodać osiem?

– Dwanaście.

Pytanie. Odpowiedź. Pytanie. Odpowiedź. I nic ponadto. Żadnego słowa ani uśmiechu.

– Czytaj! Od tej linijki! Pierwsze pewnie już przećwiczyłaś.

Mira, nie podnosząc głowy, nie odrzucając lecących na oczy włosów, podsuwała sobie książkę i czytała. Płynnie, z intonacją i... smutkiem.

– Spakuj się porządnie! A potem do mycia! Jak zdążysz, będzie dobranocka! Dzisiaj Miś Uszatek!

Brązowy tornister z grubego skaju stał równo oparty o nogę stołu. Trzasnęła klamra i Mira poszła za rozkazem matki do łazienki. Dopiero tam wybuchała płaczem, wcześniej odkręciwszy kurek, żeby – jakby nagle ktoś wpadł do środka – bez problemu wymieszać wodę z cieknącymi łzami. Zawsze też mydliła dłonie, bo od mydła oczy czerwieniały i nic nie budziło podejrzeń. Dopiero by się ojciec wściekł, gdyby zobaczył, że ona płacze! Nieraz słyszała, jak darł się do matki:

– Czego mi tu ryczysz?! Źle ci, to pakuj manaty i fora ze dwora, do tych swoich bidaków, co to na kupie siedzą i szkłem tyłek skrobią, by się wyżywić!

Siedziała więc cicho, bojąc się, by i jej ojciec nie nakazał pakowania.

Kiedy już dom cichł, przychodziła do niej matka. Lekko trącała ją dłonią i szeptała:

– Córka! Wstawaj!

Czasem na tyle Mirze się przysnęło, że otwierała oczy niechętnie, a zarazem w panice, że to już rano i czas do szkoły wstawać. Spóźnianie się to największa wada ludzka. Wyskakiwała więc Mira, aż trzeszczały wyrobione sprężyny tapczanu.

– Ciii! – Matka kładła palec na ustach. Przytulała córkę do siebie. – Chodź, dziecko! Pomodlimy się do Panienki.

Mira przecierała zaspane oczy. Z czasem wstawała coraz chętniej. Lubiła te przytulania, których matka za dnia jej szczędziła, a poza tym podobało jej się to trzymanie sztamy.

– Zdrowaś Maryjo, łaski pełna…

Ze stołowego dobiegało pochrapywanie ojca. Obok w pokoju spali bracia: Gienek, dziesięć lat starszy, który kończył metalówkę i wybierał się na wojskowego, oraz Marek, który chodził do ósmej klasy i same problemy z nim były. Ten ani do tańca, ani do różańca się nie nadawał.

Na koniec matka dawała Mirze do ucałowania maleńki medalik i wychodziła z pokoju. A Mira długo potem w nocy nie mogła zasnąć, powtarzając w myśli śpiewne modlitwy.

***

Było niedługo po białym tygodniu. Matka Mirki krzątała się po domu nieswoja, ojciec miał wracać lada dzień. Wciąż coś się nie udawało. A to ziemniaki się przypaliły, a to zupa była za słona. Na domiar złego nauczyciel od chemii zawziął się na Marka i oświadczył matce:

– Niech pani mąż będzie i samym generałem, ale ja chłopaka nie puszczę dalej! Nie może tak być, żeby wyszedł ze szkoły taki jeden z drugim, co to by metali szlachetnych od nieszlachetnych odróżniać nie umiał. A przy tym on cham jest, pani kochana! Cham jak mało kto! Od razu widać, że... – Tu się ugryzł w język, bo mu się samo przez się nasuwało, że „syn trepa".

Pani Wanda całymi nocami nie spała, czekając na męża. Nie z tęsknoty, ale z obawy, jak ma mu problemy w domu wszystkie wyłuszczyć. By go nie rozdrażnić, nie pokazać, że ona tak jakoś słabo sobie w życiu radzi. W końcu doceniała, że ma lepiej niż inne. Jak najbardziej doceniała. Od pierwszych dni małżeństwa i potem, kiedy rodziły się dzieci, doceniała. Nie musiała pracować. Starczało od pierwszego do pierwszego i jeszcze było co na kupkę pod pościelą uskładać. Mąż nakazał jej skrupulatne rachunki prowadzić, bo nie pozwalał, by ciężko przez niego zarobione pieniądze gdzieś bokiem uciekały albo by nimi szastać na prawo i lewo.

Myślała o córce. Jak ona sobie w tej małej głowie to wszystko poukłada? Jak to się w niej ulokuje, czym w przyszłości powróci? Dom. Zimny dom, wyznaczany ramami, obwarowany zasadami. Zionący chłodem i strachem. Kiedyś, gdy chłopcy byli mali, umiała korzystać z tych chwil, gdy jego nie było. Miesiąc, czasem dwa...

Jeździła do swoich, śmiała się głośno, aż dzieciaki ze zdziwienia buzie rozwierały. Ale z czasem... Z czasem zmieniła się. Nawet gdy go nie było, wyczuwała jego obecność, jakby siedział za szkłem kredensu i patrzył. Któregoś dnia schowała jego zdjęcie za książkami na półce, bo miała wrażenie, że on wodzi za nią oczami, ale zaraz je wyciągnęła. Pogładziła ręką po epoletach z nadzieją, że wybaczy. I bezgłośne „przepraszam" zawisło na jej ustach. Nie wiedziała, po co to zrobiła. Trochę prześmiewczo, a trochę ze strachu? Bała się go? Trochę tak, choć żeby ją kiedy bił czy szarpał, to nie. Co to, to nie! Ale taki zimny był i niedostępny, a i nierzadko obcesowy i nieokrzesany. Kto to mógł zagadnąć, co mu do głowy przyjdzie? Tyle lat, a z roku na rok znała go mniej. Kiedyś kochała. Kochała jak nic. Ale przeszło. Rozmyło się przez lata. Nie takiej miłości chciała. Wprawdzie dawno już zapomniała, jak miała owa miłość wyglądać, ale na pewno nie tak...

***

Wszystko stało prawie gotowe. Na stole w kuchni poukładane talerze, kubki z kompotem z rabarbaru. Na kuchence podpieczony schab. Tylko go poddusić i zalać zasmażką z przypalonej na jasnobrązowo mąki. Ziemniaki osolone na małym, tlącym się wątło płomieniu gazowej kuchenki. Gorący rosół czekał tylko na podsypanie zieleniną, świeżo usiekaną. Drobniutko, bez żadnych przecinków łodyżek. Samiuteńkie listeczki. Wszystkie w tym samym odcieniu zieleni…

Nerwowo wyglądała przez okno. Ulica była spokojna. Żadnych tu sklepów czy instytucji. Dzieciaki o tej porze w szkołach, to i podwórka świecą pustką. Słychać było każdy podjeżdżający samochód czy motor.

Ogromne skurcze brzucha co raz nakazywały jej przykucać. Dostała okres. Za wcześnie. Czasem jej się przytrafiało, gdy czymś się denerwowała. Lekarz zlecił badania, ale nic nie wyszło.

– Trzeba mniej nerwów, pani Wiarucka – orzekł, i tyle.

Teraz jednak było całkiem inaczej. Stała obolała i słaba. Ból rozrywał ją, ciął wzdłuż krzyża i schodził w dół. Czuła, jak z każdym skurczem leje się z niej strugą, nie nadążała z podkładami. Nie chciała myśleć o mężu. Znała te jego humory, kiedy nie mógł z nią sypiać. Szarpał pierzyną, rzucał wszystkim, co pod ręką. A rano ćwiczył wszystkich. Joby latały po mieszkaniu, każdy uciekał gdzie bądź. Tylko ona zostawała w domu. Wysłuchiwała ich, kuląc się w sobie, i robiła swoje, starając się nie patrzeć w jego stronę.

Że też akurat teraz! W oczach jej ciemniało. Mieszkanie tańczyło, kanty łagodniały, a wszystko zaczęło się zlewać w jedną wielobarwną masę, wić się ślimakiem, przenikać…

Leżała, zwinięta w kłębek, zagryzając nadgarstek, by jęczenia z siebie nie wydobywać na dom. Zdołała jeszcze wyprawić dzieci do szkoły i zaległa na tapczanie w stołowym.

Przez otwarte okna dochodziły przytłumione odgłosy: szum silników, pojedyncze poszczekiwania, jakieś nawoływania. Cała polifonia dnia. Ptaki przelatywały z głośnym świergotem. A ból wypełniał ją całą. Pabialgina zaczynała działać powoli. A może to sen, który ostatnio zaczął morzyć ją po pustych nocach? Podkuliła nogi pod brodę. Potrzebowała jeszcze z pół godziny, by skurcze ustąpiły na tyle, aby wstać i dokończyć przygotowania. Ból się cofał. Miękka poduszka działała kojąco, niczym aksamitna dłoń matki…

Wanda tęskniła do matki. Cóż, wybrała, jak wybrała. Ale jeszcze zanim doświadczyła mężowskiego wojskowego drylu, matka zmarła i nie było już sposobności powiedzieć: „Mamo! Miałaś rację. To nie jest dla mnie człowiek. To nie jest człowiek dla nikogo!".

Chór małych dziewczynek śpiewał jakąś kościelną pieśń o tym, że na ziemi nic nie ma, ale w niebie jest zamek, co złotem lśni… A potem Mirka sypała kwiatki, idąc na przodzie orszaku. Chorągwie, poduszki z wyhaftowanym sercem Panienki, z napisem: „Jezu, ufam Tobie", z którego wychodziły dwa snopy światła, biały i różowy, prowadziły ów orszak do Rynku, na którym stały ustawione kolumnami kwadraty żołnierzy. Bez ideologii. Bez twarzy. Wszyscy kubek w kubek tacy sami. A pośrodku stał on. Wysunięta do przodu ręka z wyciągniętym sztywno palcem wskazującym starczała za rozkazy. Żołnierze poruszali się mechanicznie, równo, w najmniejszym stopniu nie łamiąc szyku. A ona też miała na sobie mundur, wysoko podpięty po szyję. Sztywny kołnierz ranił i nie pozwalał na jakikolwiek ruch. Nie mogła się obrócić. Patrzyła w przód. Z oddali dochodziły do niej głosy dziewczynek śpiewających pieśń maryjną. Najgłośniej śpiewała Mirka. Głos miała czysty i przenikliwy, wybrzmiewał ponad inne. Jasną barwą, cudowną melodyką, niczym anielskie pienia. A ona chciała spojrzeć na córkę, ucieszyć się jej widokiem, białą suknią i wiankiem ze świeżych margerytek, wplecionych w dwa warkocze. Tylko ten ostry kant, co wrzynał się w szyję… Zaczęła krwawić. Czerwona struga spływała po mundurze, a ona stała nieporuszona w kałuży, dziwiąc się, skąd jej tyle…

Wiarucki powrócił z poligonu. Spragniony domu, żony, spokoju i bezwzględnego posłuszeństwa. A tu nic! Jakby się świat sprzysiągł przeciwko niemu! Stał pod drzwiami, łomocząc w nie pięścią i na przemian przyciskał dzwonek, który fałszował od długiego przytrzymywania.

…Plac wypełniał, niosący się pod niebo, dźwięk trąbki. Przeciągły i ostry. Wysokie nuty wibrowały…

Zerwała się. Czerwona plama ciemniała na tapczanie przykrytym puchatą narzutą. Mieszkanie wypełniał stukot tak silny, że szyby w kredensie dzwoniły złowieszczo. Biegła, ręką starając się zakryć mokrą plamę na spódnicy.

Przeleciało. Czuła chlupotanie, a krew znaczyła lepki ślad na udach i coraz niżej, niżej…

– A ty co? Nie zamierzałaś mnie wpuszczać? Może już tu nie mieszkam? – Podniósł z wycieraczki walizkę spiętą wojskowym pasem i przesunął się do środka, odpychając kobietę gniewnie. Zlustrował badawczo mieszkanie, zatrzymując wzrok na poszczególnych drzwiach. – A może przygruchałaś sobie jakiegoś absztyfikanta? – zapytał nieufnie.

Był ogorzały. Oczy przekrwione. Może ze zmęczenia, ale bardziej od wódki. Czuć było przetrawiony alkohol, zmieszany z kwaśną nutą potu. Zaraz zmienił temat.

– Dzieciaki gdzie? W szkole? To pewnie jeszcze trochę czasu, nim wrócą. – Uśmiechnął się z przekąsem i wyciągnął ręce w stronę żony, lubieżnie zaginając palce. – To chodź! Może się dam udobruchać za to czekanie pod własnym domem…

Cofnęła się. W garści trzymała spódnicę. Musi natychmiast iść do ubikacji! Nerw przeciął jego twarz, w oczach pojawił się gniew. Znała to spojrzenie. Gorsze niż słowa. Wwiercało się w nią, dochodziło do serca, które nagle nabierało tempa i waliło jak oszalałe.

– Nie – powiedziała cicho.

Nie lubił tego słowa. Zdumiony uniósł brwi, nie rozumiejąc. Wydawało mu się, że już dawno w y j a ś n i l i sobie, że j e m u się nie odmawia. Nigdy i niczego. To, co mówi – święte!

– Może jednak ktoś tu był przede mną? – Podszedł, nie spuszczając na chwilę oczu, wciąż tkwiących w tym samym punkcie. Nie mógł widzieć zmarnowanej twarzy, umęczonej bólem ani czerwonych pręg na nogach i plamy na spódnicy, która z wolna sztywniała. Chwycił żonę dłonią za podbródek, zmuszając ją, by zmierzyła się z jego wzrokiem. – Kto? Znam gnoja? No? Powiedz! Co, wymykasz mi się?

– Puść – poprosiła. – Muszę do ubikacji.

Strużka krwi łaskotała ją po nogach. Wymknęła się z uchwytu. Wpadła do łazienki. Zawirowało jej w głowie. Zimny pot zlał czoło. Przystanęła przy umywalce i obmyła twarz chłodną wodą. Szybko ściągała z siebie spódnicę, zdejmowała zakrwawioną bieliznę. Urwała watę, zwinęła ją w grubą pakułę, owinęła paskiem ligniny. Sięgnęła po rozwieszone nad wanną pranie. Majtki były wilgotne, ale chłodziły przyjemnie. Namoczyła pobrudzone rzeczy w misce. Kilka razy zmieniała wodę, aż ta pozostała prawie czysta. Ledwie różowawy odcień zlewał się z kolorem plastiku.

Przez ścianę usłyszała odgłosy rzucania przedmiotami, którym towarzyszyły przekleństwa i jego krzyki, szurania i trzaskanie drzwiami. Szalał…

Jeszcze raz obmyła twarz, pozostawiając ją w dłoniach. Oddychała głęboko. W lustrze odbijała się zszarzała twarz, pozbawiona wyrazu. Pocięta siatką zmarszczek. Niewiele po czterdziestce. Szczupła. Jak ktoś patrzył z oddali, widział drobną kobietę o niemal dziewczęcej sylwetce. Poruszała się szybko, wciąż gdzieś się śpiesząc. Nigdy nie przystawała, by pogadać, a zagadnięta znienacka, odpowiadała, odwracając głowę. Lakonicznie i oszczędnie. W jej szafie wisiały skromne rzędy sukienek i spódnic, najczęściej przerabianych lub szytych bez wprawy. Owszem, w foliowych długich workach miała kilka wystrzałowych rzeczy, ale nie nosiła ich. Czasem tylko. Czasem, jak wychodzili.

– Włóż tę kieckę różową, z tego drogiego towaru! – decydował za nią. – Żeby nie było, że mnie nie stać.

Wkładała więc szytą przez Dalewiczową sukienkę z różowej krempliny, odcinaną pod biustem, zasuwaną na długi ekspres. Nie cierpiała jej. Sztuczna tkanina nie przepuszczała powietrza i wystarczyło tylko trochę ją ponosić, a przeszkadzała świadomość, że jest się spoconym. Kobieta trzymała więc ręce sztywno wzdłuż tułowia i ani nimi ruszyła, żeby nie okazało się, że pod pachami pojawiają się ciemniejsze półksiężyce potu. A on i tak już po chwili nie wiedział, gdzie ona jest. Zapominał w ogóle o jej istnieniu. Siedziała więc przy stole, nie tykając niczego, z rękami ułożonymi na kolanach. Najczęściej na imprezach w kasynie. Wszyscy się znali, kobiety mówiły sobie na ty, stukały się kieliszkami, niekoniecznie czekając na toast, mężczyźni upijali się szybko – co jeden chciał wodzić prym w podpijaczonych rozmowach. Hałas. Do północy całe towarzystwo było już nieźle wstawione,

Mieszały się partnerki. Po parkiecie snuły się pary przyklejone do siebie, z rękami osuwającymi się zuchwale po ciałach. Czasem on zachodził do niej, przyprowadzając kolegę: pana porucznika czy kapitana, który plącząc się w tańcu, zaglądał jej w dekolt lub przyciskał do siebie, ziejąc w uszy ochrypłym szeptem jakieś komplementy. Odsuwała się, trzymając sztywno, i zaraz dziękowała, i siadała na swoim miejscu. Kiedy tylko on się pojawiał, nalegała, by wracać. Mierzył ją wtedy pełnym ironii spojrzeniem i syczał pijanym bełkotem:

– Mam prawo się rozerwać! A ty masz mnie pilnować! I czasem nie zrób mi wstydu.

I zaraz wtapiał się w towarzystwo, zapominając o niej na dobre. A Wanda za nic nie odważyłaby się wyjść. Za nic! Do hotelu wojskowego, gdzie zawsze sypiali po takich imprezach, był krok, czekała jednak do rana. On wychodził jako jeden z ostatnich, wspomagany jakimś szeregowym, który spoglądał na nią z litością. Znał go. Wszyscy go znali. Zły porucznik.

W hotelowym pokoju brał ją niezdarnie i byle jak, bełkocząc pod nosem, a potem zasypiał, odwrócony plecami.

***

Z mieszkania nadal dochodziły stukoty i złorzeczenia. Wiarucka, trzymając ręce na chłodnej umywalce, popatrzyła na kobietę, która z równym zainteresowaniem i zdziwieniem utkwiła w niej wzrok. Oczy pozbawione blasku, opadnięte kąciki ust, które nie potrafiły wykrzesać z siebie ruchu w górę.

– Uśmiechnij się, mamo! Nie muszę iść do komunii. Pójdę, jak będę dorosła albo jak on umrze... Już wtedy nie będziemy musiały się bać.

Przypomniała sobie słowa Miry. Padły tak naturalnie. Trudno było się w nich doszukać nienawiści czy bodaj tylko niechęci. Prosto ujmowały stan rzeczy. Z perspektywy dziecka. Ileż razy ona wmawiała dzieciom, że nie mogą tego czy tamtego opowiadać, bo inaczej przyjdą po ojca. Zabiorą. Po nocy wyciągną z łóżka. Zabiją. A wtenczas co się z nimi stanie? Ona gdzieś pójdzie, na ulicę czy do diabła, ale oni? Cóż z nimi? Tylko dom dziecka.

Uderzyła córkę w twarz. Właściwie musnęła ją dłonią, otarła się wierzchem.

– Nie wolno ci tak mówić o ojcu! Zginęlibyśmy bez niego! Ojciec ma ciężką i odpowiedzialną pracę. Szanować trzeba! Dzięki niemu masz wszystko!

Mira nawet nie skrzywiła się w grymasie ani nie zaszkliły się jej oczy. Była harda.

Wiarucka owinęła się ręcznikiem jak pareo. Nabrała oddechu. Musiała się zmierzyć z sytuacją. Drzwi łazienki lekko skrzypnęły. W lustrze zobaczyła pokój. On siedział przy stole. Na wprost stał zakupiony ametyst czy lazuryt, nazwa nie miała znaczenia. Dość, że sąsiedzi z zazdrością patrzyli, jak chłopaki w wojskowych mundurach wnosiły wielki karton na piętro, a zaraz potem dźwięczny głos spikera niemal na całą klatkę opowiedział „historię" kraju. Niekiedy on zapraszał sąsiadów na film, ale bardziej po to, by się pokazać. Zdarzało się, że wołał na nią rozbawiony:

– Wanda! A daj no tu panu Władkowi i mi kieliszeczki i uszykuj jakąś zagrychę. – A potem wypijał jeden, drugi, aż mu się język plątał, a wtedy śpiewał *Niebieską chusteczkę* lub *Wiśniowy sad* po rosyjsku. Na koniec wyciągał tabliczki czekolady z orzechami i rzucał na stół, mówiąc do dzieciaków:

– No! Dla was też coś mam. Widzicie! A narzekacie, że ojciec zły. Prawda, panie Władku?

Ona zachodziła wówczas do dzieci, ponaglając je do snu, bo rano trzeba do szkoły. Mira nie spała. Nasłuchiwała, kiedy trzasną drzwi wyjściowe, a ojciec, bełkocząc głośno, będzie żegnał sąsiada. A potem nie zmrużyła oka. Czujna i zwarta. Dopóki nie zgasną światła w domu i dom nie zaśnie. Czasem do rana. Kiedy jego chrapaniem wypełni się czarna przestrzeń. Bo bywało i inaczej. Przyciszone głosy matki i jego – nakazujące, wulgarne. A za nimi odgłosy tłuczonych naczyń, trzask łamanych krzeseł. I Mira bała się o matkę, rojąc sobie w głowie makabryczne sceny. Rano przypatrywała się jej z uwagą, bezczelnie zaglądając gdziekolwiek, by dojrzeć ślady bicia. Z ulgą oddychała, kiedy widziała ciało matki nietknięte ojca ręką.

Spod pochylonej głowy nie było widać twarzy. Oczu. Ściągnięta do połowy puchata narzuta raziła intensywnością czerwieni. Ból wracał. Czuła to. Rozrastał się powoli, ale jednostajnie, uzbrojony w macki, które dosięgały każdego zakamarka ciała. Pokój stanowił obraz nędzy i rozpaczy. Pobojowisko. Wszystko porozwalane, ale nic się nie zniszczyło, nie pogięło, nie potłukło. Niczym zamierzona scenografia. Na jednorazowy użytek. Spektakl jednego wystawienia. Podniosła leżący pod nogami durszlak, z którego bezwładnie zwieszały się cienkie nitki makaronu.

– Co to za burdel? – Skierował się do niej. – Co to, do kurwy nędzy, jest?! Może ja wyjdę i jeszcze raz wejdę?! Może mi się tylko wydaje?! Może to nie mój dom, na który haruję? Gdzie obiad?

Kobieta objęła rękami podbrzusze. Potężny skurcz zaciskał jej uszy, w których dawało się słyszeć wyłącznie przeciągłe, ciche syczenie. Zdawało jej się, że wszystko to sen. Zaraz dokończy obiad, zaraz pokaże mu, jak świetnie sobie radzi – w domu na glans, parujące na kuchni garnki, dzieciaki w szkole, a ona... Ona gotowa zaspokoić mężowską chuć, jak tylko on sobie tego zażyczy.

Jeszcze chwilkę, niech tylko przestanie łupać po krzyżu i w podbrzuszu... Chwytała oddech, którego nagle zaczęło jej brakować. Oddychała jak ryba wyciągnięta na brzeg, histerycznie. Za wszelką cenę iść! Pokój wydłużył się znienacka, zniekształcił, jak w gabinecie krzywych zwierciadeł.

Schyliła głowę, by uniknąć lecącej w jej kierunku narzuty, która szybowała jak rozłożona w powietrzu czasza spadochronu. Od kręgosłupa zdążała kolejna fala bólu. Chciała leżeć. Zwinąć się w kokon i nie czuć. Światło w oknie przywoływało ją. Firana tańczyła w rytm zawiewającego do mieszkania wiatru, gięła się, wybrzuszała i ginęła we wnęce okna. Nie wiedziała, czy on stoi za firaną, zamglony i niewyraźny, czy nie. Wysunęła ręce do przodu, jakby chciała pomacać, ale odległość zdawała się zwiększać. Wielokrotniały krzyki. Powtarzane z naciskiem nakazy: „Nie podoba się, to won! To won, to won, won...!". W gardle zaschło zupełnie, nawet ślina się nie uchowała, znikła z otwartych ze strachu i zdumienia usta, język stał się kołkowaty i nieposłuszny. Jak miała za pomocą tak kalekiego narzędzia powiedzieć cokolwiek, a już na pewno to, co stanowi treść jej życia? Jak miała dopominać się miłości i ciepła? Skąd jej nagle przyszły do głowy jakieś bzdury o miłości, tkliwych gestach, czułych słowach? Przecież tak wybrała! Nikt jej nie zmuszał, nie nakazywał. Za mundurem panny sznurem. Więc poszła! Dumna, że spośród tylu dziewczyn, wtedy, na potańcówce, wybrał właśnie ją. A potem ślub, dzieci... i zwykłe życie. I ciągły brak. Nie umiała mu powiedzieć, że chce inaczej. A z biegiem czasu... Oduczyli się mówić w ogóle.

Patrzył na nią. Zmiękła, rękami usiłowała chwycić za framugę. Zapadnięte oczy zginęły w oczodołach. Chuda. Jak dziewczynka, a nie kobieta po trzech porodach. Koloryt jej twarzy zlewał się z odcieniem ściany. Twarz wykręcona bólem. Z wąskiej szpary warg wychodziły jakieś słowa, których nie mógł zrozumieć. Wstał z krzesła, podnosząc jednocześnie rzucone przed chwilą przedmioty.

– Wanda! A ty co? Do cholery...! – Ostatnie słowa wypowiedział łagodnie, jakby strach nagle pozbawił go impetu. Dobiegł do żony, chwytając ją w ostatniej chwili. Bezwładne ciało wysunęło się z rąk. Pochylił się nad nią, chcąc ułożyć ją na pomalowanych na jasny orzech deskach. Miliony myśli przebiegały mu przez głowę. Nie rozumiał sytuacji. Wstał, rozglądając się wokół, jakby szukając kogoś, kto byłby w stanie mu wszystko wyjaśnić.

W domu panował okropny rozgardiasz. Ona leżała zgięta, przekrzywiona, jak zepsuta lalka. Taka sama jak przed chwilą, w pionowej pozycji. Jakby ktoś nagle przekręcił obraz i wszystko, poza główną postacią, zmieniło pozycje. Wsunął ręce w zmierzwione włosy. Podbiegł do okna. Musi coś zrobi! Gdzieś odpłynęła zimna krew, z której był znany tam, w koszarach, gdzie wyrzucali mu, że pozbawiony jest uczuć i emocji. Lodowiec.

– Przestań się mazać, chłopie! – krzyczał na Marka, kiedy ten wrócił do domu z łyżew, spływając krwią. Ostry koniec wbił się chłopcu w łydkę na półtora centymetra. Założono mu pięć szwów. Siedmiolatkowi. A bo to nie chłop!?

Na pogrzebie brata, którego rozerwał poniemiecki niewypał, nawet nie sięgnął ręką do oczu. Suche oczodoły, tępy wzrok. Bodaj mikroruch… Gdzie tam! Wyjałowiony. Włożone w mundur ciało.

Wybiegł na klatkę, walił pięściami w kolejne drzwi. Nie czekając, aż się otworzą, zbiegł piętro niżej.

– Co się dzieje? Kto tam? – wrzasnął Rudawski, słysząc łomotanie.

Wiarucki krzyczał zdyszany:

– Panie! Leć pan dzwonić po karetkę! Leć pan szybko! Moja żona… – Chwycił sąsiada za ramiona, trzęsąc nim, aż wystraszony mężczyzna ledwie dał radę ściągnąć z siebie silne dłonie i pobiegł na dół. Telefon był tylko na parterze, w drugiej klatce, u Milera. Nikt nie wiedział, skąd tamten go ma i po co jest mu potrzebny.

Sanitariusze, spoglądając po sobie znacząco, zabrali panią Wandę. Wydawała się absolutnie bez życia. Bezwładna ręka zwisała luźno, majtając się pod wpływem większego ruchu. Wiarucki z roztargnieniem drapał się po czole. Rozchełstany, w rozsznurowanych butach; fajtające się sprzączki dzwoniły przy każdym kroku. Raz po raz spoglądał to na odchodzących sanitariuszy, którzy gestem nakazali mu, by pozostał na miejscu, bo nie zabiorą go do ambulansu, to znów na dom, który wyglądał teraz jak swoisty asamblaż, który miał coś pokazać, przekazać, stać się czymś w jakimś celu. Przedmioty leżały bezładnie, pozbawione pierwotnej funkcji. Jeden z mężczyzn obrzucił Wiaruckiego pogardliwym wzrokiem, ten pochwycił spojrzenie. Zrobiło mu się wstyd za ten bałagan.

Był zły. Jasne! Był bardzo zły. Ale przecież... Nigdy nie zrobiłby jej krzywdy. Ani dzieciakom. Tak wyszło. Zwyczajnie. Nie zamierzał wywracać świata. Schylił się po zakrwawioną narzutę, przytknął ją do twarzy.

– Co jej zrobiłeś? – usłyszał płaczliwy głos córki. Stanęła za nim. Mniejsza od niego. Mała. Całkiem mała. Sięgała mu ledwie ponad pas. Ale było w niej tyle nienawiści, że się wystraszył. Rzucił kapę na tapczan. – Nienawidzę cię! – krzyczała, waląc na oślep w jego brzuch, nogi. Padały dziecięce razy, bezładnie i nietrafnie. – Co jej zrobiłeś? Ty... Ty bandyto!

– Ja... Przestań... Matka zasłabła... Nie krzycz – jąkał się, nie umiejąc znaleźć słów. Złapał Mirę za ręce. Delikatne dłonie dziewczynki znieruchomiały, usztywnione, skrępowane wielką męską łapą. Mała powiodła wzrokiem po pokoju, zatrzymując go kolejno na porozrzucanych rzeczach, aż wreszcie utkwiła oczy w czerwonej plamie. Na twarzy pojawił się wyraz niezrozumienia i ogromnego dziecięcego lęku.

– Zabiłeś ją?! – Nie przestawała krzyczeć, pragnąc jednocześnie, by jej słowa okazały się nieprawdą. Koszmarem, z którego zaraz się obudzi.

– Dziecko... – wyszeptał. Starał się opanować. – Co ty wygadujesz? Mama jest chora...

Przykucnął, aby zmniejszyć dystans. Zawsze bronił się przed bliskością. Nie chciał zaglądać w niczyje oczy, a chyba jeszcze bardziej chował siebie, by nikt go nie podpatrzył, nie przejrzał, nie dostrzegł, że gdzieś na dnie jest tkliwy i nieuzbrojony. Za to na wierzchu miał cały arsenał przekleństw, ignorancję i butę.

***

To było dawno temu. Na tyle dawno, że nie chciało mu się policzyć lat, poszukać w pamięci tamtego dnia…

Na lekcji polskiego w wiejskiej szkole siedział pod oknem. Na zewnątrz wiało. Sypało śniegiem. Wszyscy chuchali w dłonie, by palce nie zesztywniały i pozwoliły obsadce z żółconą stalówką prowadzić się po wilgotnym od zimna kajecie.

Nauczycielka, przechadzając się po klasie, by odegnać ziąb, opowiadała modulowanym głosem o powstaniu. Nie pamiętał jakim. Może nawet nie w Polsce. Dość, że kiedy skończyła, cała klasa nie patrzyła na nią, ale na niego. A on… On leżał na ławce, zalany łzami, i rękawem ocierał wilgotny nos, coraz to nim pociągając. Tak go pochłonęła historia młodego powstańca. Jak tamta, opowiadana przez dziadka. Jak wtedy, gdy babka Hela umarła nocą w swoim pokoju na strychu albo gdy Zenek Manicki wbiegł do klasy i oznajmił, że jego matka urodziła potworka, co to żył tylko dwa dni i tak się światu nie podobał, że musiał wracać, skąd przyszedł. Płakał tak często, że matka załamywała ręce i powiadała, że niczego poza ciągłym bekiem nie potrafi. Aż do dnia, kiedy Ruskie ojca powiesiły, a matkę kilku zgwałciło. On leżał cicho po łóżkiem, które uginało się złowrogo i rytmicznie, strzelając sprężynami, i ani słowa nie rzekł, ani łzy nie wylał, ani jednego oddechu z siebie nie dobył. A kiedy wyszedł już, pewny, że tamci odeszli, i zobaczył matkę sponiewieraną, rzuconą na materac jak ścierwo, z zaschniętymi w kącikach oczu łzami, coś się w nim skończyło. Chciał płakać, krzyczeć, ale miał w sobie tylko nienawiść. To wtenczas zhardział, zgubił łzy i stracił całą łagodność i wrażliwość. I tak żył. A kiedy, wyrwawszy się z najgłębszych zakamarków, pojawiała się niejaka czułość, zalewał ją wódką, zakrzykiwał. Nieraz chciał z siebie wycisnąć choćby jej kroplę, pewien, że przegoniłaby to duszenie w piersiach, że ulżyłaby mu, pomogła spuścić powietrze, pozbawiła pulsowania w każdej żyłce, drgania w oczach. Ale nie mógł.

– Ty serca nie masz – mówiła do niego.

„On nie ma serca", myśleli inni.

***

– On ją zabił! Zabił! – wykrzykiwała Mira, szukając ratunku u mężczyzn. W oczach sanitariuszy pojawiła się litość, ale tylko przez chwilę zatrzymali na małej wzrok i poszli.

A ona przywarła plecami do ściany, chowając głowę w rozczapierzonych dłoniach. Wyglądała żałośnie. Wydawała się młodsza. Jemu przyszło mu do głowy, by zapytać, ile ma lat, ale odsunął od siebie tę myśl. Była niedorzeczna. Kompletnie bez sensu. Stał więc onieśmielony widokiem dziecięcej rozpaczy, ale i zdumiony faktem, że to dziecko na wprost niego, lżące go najgorszymi słowami, wyciągające na niego wiotkie ręce, wygląda tak, jak wygląda. Długie włosy sczesane w dwa warkocze, szare oczy... A może raczej w kolorze wyblakłego błękitu. Pozbawionego blasku. Podobne do matki. Jego matki. Ten sam rysunek ust, układ kości policzkowych i małe uszy. Matka nosiła w uszach kolczyki. Drobne rubiny w złotym koszyczku. Kupi Mirce takie kolczyki! Kupi od Dargiełowicza, który często handluje złotem od Ruskich. Na komunię jej kupi. I pojadą w wakacje na Kaszuby. Tak. Tam Mira pójdzie do komunii świętej. A i chłopaki też mogą. Jak sobie chcą.

– Córka! Przestań! Umyj buzię i chodź, zrobię jedzenie. – Dotknął jej ramienia. Chciał, żeby jego słowa zabrzmiały miękko i ciepło, ale córka wymknęła się z uchwytu z odrazą.

Wycofał się, powoli i niechętnie. Zapiął mundur, zaciągnął pas, który bezładnie zwisał wzdłuż tułowia. Zdjął buty i zwijając w kłębek onuce, włożył je głęboko w cholewki, a następnie wyniósł obuwie do przedpokoju i ustawił równo pod ścianą. Wrócił do stołowego, podnosząc wszystko z podłogi. Niektóre przedmioty trzymał długo, obracając je i przypatrując się im ze zdumieniem, że tu było ich miejsce. Ba! Dziwne było już to, że one są. Jakieś bukiety plastikowych bzów, jakieś figurki z wypalonej gliny, pomalowanej na brązowo i polakierowanej, sztywne od krochmalu serwetki w kształtach zbliżonych do ptaków... Cóż to za świat?! Pełen drobiazgów, bibelotów. Kolorowy, różnorodny i kruchy.

Była sobota. Mira przyniosła świadectwo. Mirosława Wiarucka, urodzona tu i tu, córka takiego to i siakiej, otrzymała świadectwo z samymi piątkami: z czytania, pisania, rachowania, przyrody i fikołków, posiadła wiedzę na wyrost we wszystkich dziedzinach życia i może być – jak najbardziej – dumą swoich rodziców.

Matka dyskretnie osuszyła oczy. Leżała, jeszcze słaba, ale dochodziła do siebie. Wyczyścili jej wszystko. Już nie zagrożą jej krwotoki i dzieci też nie. Straciła dużo krwi, choć i tak niewiele jej miała. Anemiczna była i słaba. Nie wiedzieć z czego. Przecież nie narobiła się w życiu.

Niebieskawy papier pachniał farbą drukarską. Wszystko było jak trzeba: na niebieskim giloszu nazwisko, imię i inne rzeczy, a po drugiej stronie same piąteczki. Z góry na dół. Dłonie drgnęły, zamierzając unieść się i powędrować do córki, ale opadły zrezygnowane na tapczan. Palce zwinęły się w pięść, zaciskając tak, że Wiarucka poczuła wpijające się w poduszeczki dłoni paznokcie. Nagle myśl o tym, co chciała zrobić – uścisnąć, przytulić, pogłaskać – wydała się jej głupia i niedorzeczna.

Zamiast tego powiedziała sucho:

– Dobrze, dziecko. – Słowa zaskrzypiały. – W końcu nic poza nauką nie masz do roboty. – Podała Mirce kartkę. – Połóż za szkło, żeby nie ubabrać. Jak wstanę, uporządkuję – dodała rzeczowo i bez emocji. Schowała ręce pod koc.

Palce same zaciskały się i rozprostowywały. Wołały o gest, chciały zatopić się we włosach dziewczynki, błąkać się po jej twarzy, przytulać do piersi.

Od czasu kiedy pani Wanda zobaczyła idące gromadką dziewczęta z wiankami ze sztucznych kwiatów, które już zdążyły się zdeformować i zżółknąć od ciągłego wpinania w nie wsuwek, nie mogła przestać myśleć, że Mirka do komunii nie poszła. Jakoś z chłopakami było lżej. Chłopak to chłopak. Ani wielkie strojenie, ani fryzury, ani wianuszki czy inne. Zresztą Gienek od samego początku, jak tylko w głowie mu się poukładało, powiadał, że on do żadnego sakramentu przystępować nie musi, żadnemu Bogu kłaniać się nie będzie. Markowi było to obojętne. Trochę się boczył, bo mimo wszystko marzył sobie, że dostanie rower, a choćby i zegarek z sekundnikiem, którego nafosforyzowane wskazówki świecą w ciemności. Ale Mirka…

Wiarucka zobaczyła dziewczynki z balkonu trzeciego piętra, jak szły na ukos wydeptaną ścieżką na trawniku, i dalej, przez ulicę. Wskakiwały na murek przy księgarni, unosząc sztywne spódnice, spod których widać było białe podkolanówki w ażurowe wzorki. Na chwilę znikały za rogiem, by pooglądać wystawę, a potem przystawały przy gablocie kinowej, namawiając się na niedzielny poranek. Zaraz przebiegały przez ulicę i parkowymi uliczkami śpieszyły do kościoła. Kobieta przypomniała sobie swoją komunię. Sukienka nie całkiem biała, przerobiona z jakiejś wyciągniętej ze skrzyni, ale najpiękniejsza pod słońcem. I spanie przez całą noc na papilotach ukręconych z papierów. I zapach letnich kwiatów, szczególnie dzikiej róży, która rosła pod domem, oplatając się wokół podniszczonego płotu. Podobały się jej śpiewy majowe, w których Najświętsza Panienka była najczystsza, dziewicza, przedziwna, roztropna i nienaruszona. Tajemniczo i pięknie, niczym zaklęcia, brzmiały dla niej słowa: „Wieżo Dawidowa, Bramo Niebieska, Gwiazdo Zaranna…". Śpiewała litanię z półprzymkniętymi oczami, marząc o tym, by to trwało i trwało. A kiedy w małym wiejskim kościółku ksiądz intonował *Pod Twoją obronę*, zaciskała drobne ręce na różańcu, przytykając go mocno do serca. A potem… Potem wyrzekła się i tej litanii, i tego różańca. Tak wyszło. Wróciło po latach wyrzutem i toczyło mózg. Dzień w dzień, nie dając o sobie zapomnieć.

Mira położyła świadectwo do pudełka po bombonierce, błyszczącego i dużego. Nie pamiętała, by kiedyś jadła z niego czekoladki, nawet nie bardzo zależało jej na tym, by to pamiętać. Zresztą nie lubiła żadnych pralin nadziewanych, w których intensywny smak kawy bądź pikantna nuta jakiegoś wykwintnego alkoholu zupełnie nie licowały z jej ulubionym smakiem mlecznej czekolady, którą ojciec przywoził z kantyny.

Ojciec siedział teraz na balkonie. Dym papierosowy przedostawał się przez rzadką firanę do mieszkania. Siedział, odwrócony plecami, ale Mira wiedziała, że widzi ją, ze zwiniętym w rulon świadectwem. Nie podeszła do niego. Nie pokazała mu swoich niebieskich piątek. Wygładziła ręką kartkę, by ta równo ułożyła się na stosiku innych świadectw, i zamknęła wieczko pudełka. Drzwi kredensu ciężko przesunęły się w prowadnicy. Dosunęła je, jakby ostatecznie zamykając ojcu drogę do siebie.

Zaraz w pierwszym tygodniu wakacji okazało się, że Sabina, Danka, Jolka i Teresa wyjeżdżają. Jedne na kolonie, inne do rodziny. A Teresa to nawet z rodzicami na wczasy. Takie prawdziwe. Do Ustki. Będą mieszkać w hotelu i schodzić na śniadania, które kelnerki w białych fartuszkach, przewiązanych na krótkich, czarnych spódniczkach, będą podawać na tacach, za każdym razem pytając: „Czy mogę jeszcze czymś państwu służyć?". I było tak, że państwo sobie życzyło, a panienki uśmiechem odpowiadały i zaraz przynosiły to i owo.

Początek wakacji zaskoczył paskudną pogodą. Lało, wiało i ziębiło. A one siedziały na klatce albo w piwnicy, w tej jej części, gdzie mieściły się pralnia i suszarnia. Nikt jednak z sąsiadów z nich nie korzystał, robiąc tam sobie składzik starych mebli, nieużywanych sprzętów. Szwarc, mydło i powidło! W części suszarnianej ktoś pozostawił tapczan, który był jeszcze całkiem, całkiem i można było na nim siedzieć. Przynajmniej tamtego lata, bo przez jesień myszy się zadomowiły i choć potem rozrzucono trutkę, to żadna z dziewczynek nie usiadłaby, bojąc się, że szczęk pordzewiałych od zimna i wilgoci sprężyn wskrzesi jakąś gryzonicę. Kilka razy wybrały się razem na Golgotę, by tam w zagłębieniu murów obronnych, które chroniły przed wiatrem i deszczem, rozprawiać się ze światem dorosłych – każda z nich użalała się na swój los, złorzecząc ojcu, matce, a nade wszystko rodzeństwu. Tylko Mirka nie mówiła nic. Zawsze znalazła jakiś temat zastępczy. A to historię o zboczeńcu czającym się u wejścia do piwnicy, to znowu, szeptem zdradzającym niewiarygodny strach, o czarnej wołdze i porywaczach dzieci, których pobierane narządy miały być źródłem niebotycznego bogactwa. Fantazjowała, konfabulowała, ale o sobie ani mru-mru.

Wracała z tym spotkań smutna. Nie miała żadnego pomysłu na dwa miesiące swobody. Od lat nie wyjeżdżali. Ojca rodzina skurczona po wojnie okrutnym sposobem, matki – zakazana i niechętna. Dlatego Mira lubiła szkołę. Szkoła organizowała jej życie, nie pozostawiając zbyt wiele czasu na zagospodarowanie. A tu dwa miesiące. Chciała być z matką, ale była zbyt mała i niedorosła, by umieć znosić milczenie i wilgotne oczy. I jeszcze on... Wodził za nią wzrokiem, mierzył i lustrował.

Nie pozwalała mu na żadne gesty spoufalenia. Nie wchodziła z nim w kontakt. Był powietrzem. Ale nie tym niezbędnym do życia, bez którego niczego się nie da. Był powietrzem niezauważalnym, bezcielesnym, pozbawionym tożsamości. Mijała go, z góry wymierzając odległość, by się z nim nie zetknąć, nie otrzeć.

***

Którejś soboty matka oznajmiła, by Mira wróciła wcześniej z podwórka, bo nazajutrz wyjeżdżają. Długo w nocy paliło się światło niemal w całym mieszkaniu. W przedpokoju stały popakowane torby, na drzwiach wisiał garnitur ojca. Zakryty długim, foliowym workiem, szeleścił przy byle ruchu. Mira nigdy nie widziała ojca w takim garniturze. Nawet nie wiedziała, że taki ma. Kiedy zza firanki oglądała koleżanki, które w tamtą komunijną niedzielę szły, trzymając odświętnych rodziców za ręce, zazdrościła im, ale jednocześnie nijak nie umiała sobie siebie wyobrazić pośrodku. Zresztą oni nigdy tak rodzinnie nie paradowali, ani w niedzielę, ani kiedy indziej. Niekiedy matka zabierała ją na spacer nad jezioro, do łabędzi i kaczek, ale gdy szybko powrzucały pousychane skibki chleba, bułek, wracały do domu, nie zatrzymując się ani na żadne pogaduszki, ani nie przysiadały w parku. Mirka chciała nazrywać stokrotek i nauczyć się pleść wianki, jak dziewczyny z klasy, które potrafiły wić nawet podwójne rzędy kwiatów, a potem zbierały ogonki, związywały je nitką i wplatały we wianek tak, że nie było widać, gdzie początek, a gdzie koniec, ale matkę gnało. Nie umiała tak zwyczajnie siedzieć, jak inne kobiety opowiadające o swoich mężach pijakach i trudnych szefach. Nie miała koleżanek, nie pijała z nimi co rano herbaty.

Mira leżała, nie mogąc zasnąć, a dziwne podniecenie, które niemal drżało w powietrzu, nakazywało jej słuchać. Późną nocą ruch zdawał się ustawać. Niebieskie światło telewizora sączyło się, kładąc się na znajomych kształtach, ścianach, migając raz jaśniej, raz ciemniej. Z ciszy dawało się wyłonić posapywania i postękiwania. Nie znosiła tych dźwięków, ale intuicyjnie czuła, że za ścianą dzieje się coś, czego ona zobaczyć nie może. Pani Wanda była tak wdzięczna mężowi za ten wyjazd, że mimo absolutnego chłodu emocjonalnego i bólu po zabiegu nie wzbraniała się. Przyjmowała pieszczoty, unosiła biodra, pozwalając mu wchodzić gwałtownie, wciskać ją w łóżko, a następnie całym ciężarem opadać na nią i znowu dźwigać się na łokciach, i rozpoczynać cały rytuał... Aż w końcu poczuła w sobie nerwowe szarpnięcie i zaraz potem lepka ciecz wylała się z niej, mocząc prześcieradło i koszulę nocną.

Noc potęgowała odgłosy, a zaraz potem cień matki przesunął się korytarzem w kierunku łazienki.

Samochód podskakiwał na nierównych drogach. Przez uchylone okno powiewało przyjemnie. Mira siedziała, odgarniając z oczu niesforne kosmyki, które wydostały się z zaplecionych w warkocze włosów.

Siedziała za fotelem kierowcy. Matka na miejscu dla pasażera. Dziewczynka obserwowała jej sztywne plecy, tkwiące nieruchomo przed jej oczami. O ile jego wystawały poza siedzenie, o tyle jej ginęły za wąskim oparciem. Matka była szczupła, bardzo szczupła, a po chorobie jeszcze zmalała, skurczyła się w sobie. Z każdym wybojem podskakiwała, jakby pozbawiona przyczepności, zawieszona na niewidzialnym sznurku jak piesek z ruszającą się głową, który dumnie przysiadł na tylnej półce niebieskiego fiata. Od czasu do czasu Mira przesuwała się na środek, by popatrzeć na drogę. Nie wiedziała, dokąd jadą, nie chciała pytać ojca, a matka odpowiadała lakonicznie:

– Dokąd jedziemy, to jedziemy. Zobaczysz.

Marek też jechał z nimi, choć wcale nie chciał, nikt jednak nie pytał go, czego chce. Tak miało być. Gienek został w domu.

– Nie będę brał udziału w żadnej maskaradzie. Zresztą co by na to mój sekretarz powiedział? Jestem kandydatem do partii, nie zamierzam psuć sobie kariery już na początku.

Matka nie powiedziała nic. Spojrzała tylko na syna z wyrzutem. Tak sobie wychowałam, pomyślała.

Droga była nudna. Zielone pola upstrzone czerwienią maków, czasem pasące się na ugorach bydło. Ożywiała się, gdy przejeżdżali przez jakieś miejscowości. Tam pojawiali się ludzie, toczący zwykłe życie, które i tak zdawało się spowolniałe. Może ze względu na porę dnia, a może na porę roku? Niekiedy ojciec krążył po wąskich uliczkach, szukając właściwej drogi, ale raczej rzadko, bo znał ją dobrze. Od czasu do czasu pogwizdywał swoje ulubione piosenki z filmu *Doktor Żywago*, na który wybrali się kiedyś z matką do kina. Było niedaleko domu. Duży budynek z przeszklonym hallem, z którego dwoje drzwi zawieszonych ciężkimi kotarami prowadziło do sali. Pani Wanda siedziała w fotelu, ze splecionymi na kolanach dłońmi, byleby nie dotykać siedzącego obok. Ale w którymś momencie poczuła jego ręce wślizgujące się bezceremonialnie pod jej spódnicę. Nie zapamiętała niczego z fabuły, tylko strach, żeby ktoś nie zobaczył tych buszujących rąk. Nie chciała ich, ale były stanowcze i silne…

Przystanęli na leśnym parkingu. W pobliżu musiało być jakieś jezioro czy dzika plaża, bo obok stało już kilka samochodów, jakieś rowery poprzywiązywane do drzew byle czym. Ściółka była w tym miejscu wydeptana. Pozostawione papiery, walające się puszki świadczyły o częstej obecności człowieka. Wysiedli. Istotnie, między drzewami błękitniała tafla niewielkiego jeziora. Nieopodal, na brzegu, porozkładano koce. Plusk wody, krzyki, piski. Na piasku leżały porozkładane w krzyż postacie. Było gorąco. Po kilku deszczowych dniach pogoda się wyklarowała i słońce prażyło nieustannie. Na podwórku z dziewczynami, a w zasadzie ostatnio tylko z Sabiną, Mira siedziała na pierwszych schodach na klatce, bo na zewnątrz patelnia, a trzepak tak się nagrzewał, że trudno było uchwycić go ręką, a co dopiero usiąść gołymi nogami na palącej rurze.

Ojciec otworzył bagażnik. Zapach gotowanych jaj uderzył w nozdrza. Matka wyciągnęła torbę z poowijanymi w szary papier kanapkami, duży enerdowski termos, w słoiku pokrojone w paski ogórki. Osobno w torebce były obrane jajka i pomidory. Nawet o soli pamiętała – w zakręconej kartce z zeszytu była wymieszana z pieprzem. Każdy dostał swoją porcję do ręki. Racja żywnościowa. Tylko na herbatę trzeba było czekać, bo gorąca, i trzeba było ją pić małymi łyczkami, siorbiąc i chuchając, żeby przestygła. Nikt nic nie mówił. Ojciec coraz to wyglądał na jezdnię, podenerwowany, chociaż powściągał oznaki rozdrażnienia. Co chwila oglądał się, znienacka odwracając głowę, jakby chciał przyłapać kogoś, kto go śledzi. Wyglądał śmiesznie, pozbawiony munduru, w zwykłych spodniach i bistorowym polo. Palił papierosa, nie wyciągając go z ust. Szara chmura dymu przesuwała się razem z nim.

– Koniec tego popasu – powiedział. Miało to zabrzmieć łagodnie, ale matka aż drgnęła i zaczęła zwijać wszystko. Wylała resztkę parującej herbaty, ostatnią kroplę wychyliła, i zaraz przetarła biały, plastikowy kubek, będący częścią termosu.

– Dokończ tę bułkę, żebyś czasem do auta z nią nie wsiadła! – rzuciła do Miry.

To wtedy, podając matce resztki prowiantu, Mira dojrzała ułożoną równo białą komunijną sukienkę. Leżała rozłożona pod przezroczystą folią. Dziewczynka widziała okrągłą hostię, wyhaftowaną złotymi nićmi, niewielką stójkę obszytą delikatną koronką. Westchnęła głośno, zdumiona. Spojrzenia jej i matki się spotkały. Matka uśmiechnęła się nieznacznie i zaraz zakryła suknię prześcieradłem.

– Siadaj do auta! – rozkazała oschle. Słowa ostre, ale Mirka domyśliła się, że to tylko gra. Gdzieś w głębi wyczuwała, że matka nie może inaczej. Musi trwać w tej pozie, bo inaczej popłynie. A wtedy już rozsypie się całkiem i nigdy się nie pozbiera. Trzeba był silnym, a nie miękkim. Mira przypomniała sobie wieczorne modlitwy i dotyk matczynych dłoni. Miękkich i delikatnych, które wystarczały za wszystkie nieusłyszane słowa.

Jechali dalej. Duchota panowała niemożliwa. Nie można było otworzyć szerzej okna, bo robił się ogromny szum, mimo że nikt się nie odzywał. Marek spał. Matka siedziała nieruchomo, wpatrując się w drogę, a on – ojciec – od czasu do czasu pogwizdywał. Mira myślała o sukience. Białej i pięknej. Zamykała powieki, usiłując sobie wyobrazić w niej siebie. Chciała, by widziały ją koleżanki, by porównywały swoje spódnice, umarszczenia i odcień hostii na piersiach. Policzki paliły z podniecenia. Ach, przysnąć i obudzić się dopiero wówczas, gdy już będzie wiadomo, że są u celu... A co jest celem? Mira nie umiała wszystkiego ogarnąć. Otwierała oczy, ale mijane krajobrazy ją rozpraszały, więc na powrót przymykała powieki i wyobrażała sobie, jak idzie w tej sukience, przytrzymując ją ponad ziemią, by się nie zakurzyła, śliski materiał przylega do ciała. Nie zauważyła rękawów, ale pewnie były bufki zebrane tuż nad łokciem. Albo może umarszczone i podniesione w ramionach? Nie miała pojęcia, dlaczego sukienka leży w bagażniku i jaki to ma związek z podróżą, czuła jednak, że zapewne ma.

Matka odwróciła się w jej stronę i Mirce wydało się, że mrugnęła porozumiewawczo, choć w twarzy Wiaruckiej nic się nie zmieniło. Trwała kamienna, blada jeszcze i bez wyrazu. Nie mogła się zdradzić, nie mogła wyjawić prawdy, dopiero tam, na miejscu, gdy już wszystko będzie pewne i gotowe, uszykuje córkę, powtórzy z nią nauczone modlitwy, zawinie jej włosy na papiloty, by pociągłe francuskie loki kaskadą spływały spod wianuszka. Przecież ze wszelkimi szczegółami przygotowała wszystko, by Mirka wyglądała tak, jak sobie umyśliła. Nawet torebeczkę z białej satyny z naszytym na niej „IHS", co to było skrótem od greckiego „Ihsous", kupiła po kryjomu w sklepie z dewocjonaliami na Szewskiej. I potem schowała głęboko w szafie z pościelą. Jeszcze wtedy nie wiedziała, że tak wyjdzie i że będą jechali w sobotę wakacyjną na Kaszuby, do zapomnianej przez Boga i ludzi wsi, by tam, w wiejskim kościółku, jej córka pokazała się Panu Bogu i jej w pełnym rynsztunku, z tą torebką sakiewką, w burzy sztucznych loków i z wiankiem z tak samo sztucznymi kwiatami poprzeplatanymi żywym mirtem. Bywało, że pani Wanda wyciągała spod sterty pościeli tę torebeczkę i gładziła z czułością, strzepując z niej niewidoczne pyłki, i zaraz chowała, wcześniej zawijając w biały papier.

***

Było późne popołudnie, kiedy auto wjechało do wsi, której nazwy Mira nie zdążyła przeczytać. Ledwie przejechali kilkadziesiąt metrów, a z chałup zaczęli wychodzić mieszkańcy, przystając przy płotach i wieszając się na nich całym ciężarem, zupełnie jakby ktoś uprzedził ich o przyjezdnych i tylko czekali na znak, by wylec przed dom. Co poniektórzy przystawali na drodze, przysłaniając oczy, bo słońce schodziło coraz niżej, rozpościerając rozproszone promienie. Auto minęło kilka zagród, a po chwili wjechało na zapuszczone podwórze. Najpierw jakieś zabudowania gospodarskie. Podniszczone mury, zapadnięte dachy, drzwi pozbijane z desek, z zardzewiałymi kłódkami. Kury, kaczki, bez porządku, leniwie i sennie, pałętały się po ubłoconym placu, raz po raz podchodząc do podziurawionych misek, w których pozostawiono byle jaką karmę. Silnik zamilkł, ale cisza nie powstrzymała uwiązanego przy budzie kundla od głośnego ujadania, które niekiedy przechodziło w taki jazgot, że od razu odzywały się inne w sąsiedztwie, zagłuszając wszystko.

Wysiedli z samochodu. Przed nimi, jak spod ziemi, wyrosła kobieta. Na pierwszy rzut oka była stara. Bardzo stara. Trudno było ocenić jej wiek. Mogła być równie dobrze po osiemdziesiątce, co – z bliższej odległości – po sześćdziesiątce. Miała coś w spojrzeniu, co myliło. Jakąś butę i żywotność. Oczy jej błyszczały jak zza szkieł albo jak zapłakane, ale cała jej postać mówiła, że takie jak ona nie płaczą i nawet nie z głupich powodów, ale i w trudnych sytuacjach. Już prędzej chwycą za cokolwiek, ukrzywdzą, niż same pokażą słabość i łzy. Spojrzenie miała przenikliwe i nieufne. Wytarła rąbkiem brudnego fartucha twarz, otrzepała ręce i pociągnęła głośno nosem.

– Do budy! – krzyknęła na psa, który podkulił ogon i potulnie schował się w rozsypującej się budzie, skleconej nierówno z desek, zmurszałych i ledwie trzymających się jedna drugiej.

– Witajcie! – Wiarucki podszedł. Ugiął kolano, jakby zamierzał przyklęknąć. Podniósł rękę kobiety do ust i ucałował ją, długo, przeciągle. Z szacunkiem i skruchą, których nigdy się u niego nie widziało.

– Patrzcie! – zaciągnęła tamta z kaszubska. – A tego co tu przywiało? – dorzuciła bezosobowo. W jej głosie zabrzmiały niechęć i pretensja.

Rozejrzał się, sięgając oczami poza kobietę, sądząc, że ta mówi do kogoś innego. Był zdumiony, nie spodziewał się nikogo. Pamiętał, że mieszkała sama. Od tamtego dnia, kiedy powiesili jego ojca, a jej zastrzelili męża, była sama. Dzieci nie miała. Opiekowała się nim i jego matką, którą znalazła sponiewieraną. Obmyła ją, przebrała i przez kilka dni nie spuszczała z oczu, przywołując do życia, błagając, by zechciała żyć dla dzieci. Ale matka nie miała już sił żyć i umarła którejś nocy, słowa żadnego z siebie nie dobywając. Był u tej kobiety i jego brat też. Brata pochowała, kiedy porozrywane szczątki przyniesiono do domu. A potem dbała o niego, do szkoły puszczała, zeszyty sprawdzała, pozalewane kleksami, z nierównymi literami, atramentowymi plamami na każdej stronie. Prała zmoczone prześcieradła, kiedy w nocy ze strachu nie mógł się obudzić. Nie dawało jej spać to, że inni chłopcy rosną, a on wciąż w miejscu stoi. A potem wyjechał. Z początku przyjeżdżał. Rzadko, bo rzadko, ale jednak. Potem jak kamień w wodę. Zdarzało się, że pisała, prosiła, by wrócił. Pomógł przy gospodarstwie. Zaopiekował się nią. Dom na niego przepisała i ziemię. I napominała, i zaklinała, na pamięć ojca, brata... Nie wrócił. Na żadne święta nie przyjeżdżał. Nawet na Wszystkich Świętych. Kartek też nie pisał. Jakby się zapadł pod ziemię. Jak kamień w wodę. Jakby stracił pamięć. Jakby był bez serca...

Jakieś dwa czy trzy tygodnie temu napisał. Kulawe litery skakały jej przed oczami. Nie mogła rozczytać, bo i nie bardzo umiała. Myliły jej się litery, gubiła sylaby, traciła ciągłość i nijak nie mogła poskładać słów w logiczną całość. Ale czuła, że to od niego. Czekała, nocami modliła się do figurki Matki Boskiej, która trzyma Dzieciątko stojące na jej kolanach. Czekała, aż Panienka poruszy prawą ręką, już uniesioną do błogosławieństwa, to i niewiele będzie musiała nadłożyć w swej wspaniałomyślnej działalności. Sprawi cud takim tknięciem palca i odda mu jego. Już dawno mu przebaczyła i poza tęsknotą, i jeszcze wstydem ludzkim, niczego w sercu nie czuła. Wiedzieli, a jakże! wiedzieli na wsi, że od Boga się odwrócił, pamięć przodków wykpił. Za to dobro, które mu dała! Żołdak! Tfu! Za to wszystko, co mu zrobili, oddał się im jak jaka dziwka! Bez honoru i godności!

Co dnia nagrzewała piec chlebowy, wcześniej uszykowawszy zakwas. W dużym słoju łączyła mąkę i wodę ze szczyptą soli. I mieszała, mieszała, krążąc ze słojem po chałupie, niczym wiedźma odprawiająca zakazane rytuały. A potem doglądała zakwasu jak dziecka czy tamtej jego matki, sponiewieranej i niemrawej. I tak co rano, aż się we wnętrzu słoja rodziło nowe życie. Pączkowało, wpierw nieśmiało i nieporadnie, a w niej rodziła się radość i nadzieja, że życie jest wszędzie. Pomimo wszystko. I ma sens. Pomimo wszystko. Że wystarczy zaledwie mąka, woda, by ożywić materię...

A po siedmiu dniach, kiedy nie przyjeżdżał i znaku żadnego nie dawał, oddawała zakwas mieszkańcom wsi, którzy nachwalić się nie mogli. A ona rozpoczynała cykl po raz kolejny, z nadzieją, że utrafi na dzień jego przybycia.

Pies uspokoił się, wyzierając z budy z dziwnym wyrazem zainteresowania na pysku. Ptactwo domowe z absolutną obojętnością wędrowało bez celu po podwórzu, niekiedy tocząc spór o dostęp do jadła. W powietrzu unosił się zapach kiszonki i obornika z pobliskich obór i chlewów. Przed budynkami stały uszykowane wiadra z wodą i żarciem.

– A to kto? – zapytała gospodyni, wskazując palcem na Wandę. – Chuda! – rzuciła po oszacowaniu. Do głowy jej nawet nie przyszło, by krygować się z lustrowaniem. Wręcz przeciwnie, podparłszy się pod boki, przesuwała wzrokiem po Wiaruckiej, zatrzymując oczy kolejno na twarzy, piersiach, nogach…

– Niech idą do chałupy! Niech nie ślęczą tu!

Zaraz też powróciła do swoich zajęć. Odszedłszy kilka kroków, rzuciła od niechcenia:

– Wiesz, gdzie co jest. To przeca twoje…

– Taś, taś, taś – zawołała, nachylając się nad stadkiem małych, żółtych kaczątek, które niezgrabnie tuptały w jej kierunku, jakby rozumiały jej język.

Nocą Mira nasłuchiwała, co się dzieje w domu. Wszystko tu było obce, nieprzyjemne, a zarazem tajemnicze. Spała z Markiem w jednym łóżku, w nogach, owijając się tak, by nie dotykać brata choćby najmniejszą cząstką ciała. Nie lubiła żadnych dotyków, poza matczynymi, a już szczególnie wzdrygał ją widok owłosionych nóg, rąk czy torsu. Pod oknem, przy naprzeciwległej ścianie stała wielka szafa. W drugim pokoju, do którego prowadziły pomalowane białą olejnicą brzydkie drzwi, stół i poobijane krzesła, wyglądające, jakby zakupiono je niedawno – pozakrywane folią, powiązaną na dole przy nogach. Była tam i wersalka w kolorowy wytłaczany deseń, też okryta błyszczącą przezroczystą folią, i było łóżko. Drugie – dla matki i ojca. Piętrzyła się na nim pierzyna, niczym puchata góra. Zupełnie nie pasowało do tego wnętrza i wyglądało, jakby wniesiono je na chwilę. Dalej była kuchnia, przez którą wchodziło się jednymi drzwiami do sieni, drugimi do zachowanka – niewielkiego pomieszczenia ze starym kredensem, wypełnionym różnymi naczyniami oraz wiadrami. Jedno z czystą wodą i kwartą do jej nabierania obok, drugie czuć było moczem. Tam kobieta nakazała załatwiać się, jakby ich potrzeba naszła. W nocy. Bo w dzień trzeba było do wychodka za budynkiem, który stał na początku pola rozciągającego się hen, pod las. Pomiędzy nagromadzonymi sprzętami, porzucanymi byle jak nieużytecznymi już rzeczami – starymi szmatami, pordzewiałymi dzbanami, misami i słojami – pomiędzy suszonymi wiechami jakichś ziół roztaczających ostry zapach i powiązanymi w warkocze cebulami i czosnkiem było okienko z uwieszoną podniszczoną firaną, za która rozciągał się zupełnie inny świat. Piękny w kontekście wszechobecnego brzydactwa. Jak okiem sięgnąć zieloną

komary, które przysiadały, tnąc niemiłosiernie. Po chwili Mirce wydawało jej się, że jest cała w bąblach.

Ojciec krzyczał. Ale nie było w nim tej hardości, tej obcesowości, co w domu. Mirka nie rozumiała słów, ale miała wrażenie, że w jego słowach było tyle samo ataku, co obrony. Może histerii, a może nawet pokory. Niekiedy głos mu się załamywał, jakby chciał zapłakać, a tego to już Mirka zupełnie sobie wyobrazić nie umiała. Za to tamta mówiła prawie cicho, bez żadnej intonacji, bez emocji. Nie można było w jej mowie rozpoznać żadnych uczuć. Żadnych. Jakby już uczuć nie miała.

Noc zapadała coraz głębsza, bardziej tajemnicza. Mirka szturchała brata, bo w śpiku dotykał jej szorstkimi goleniami. Zza okna dochodziła cisza. Cisza, która brzmiała. Dziewczynka nadziwić się nie mogła owemu fenomenowi ciszy, której przypisuje się brzmienie szumu zbóż, świergotu ptaków albo też pojedyncze dźwięki niosące się z uśpionych zagród.

Przysypiała już na dobre, kiedy drzwi zaskrzypiały, zatrzeszczała podłoga. Cień ojca przesunął się powoli. Na chwilę przystanął. Czuła, że on patrzy na nią, i składała ręce w błaganiu, by nie podszedł. Nie podszedł.

Była zmęczona. Jeszcze próbowała wyłowić jakieś strzępy słów matki i ojca, ale wszystko zaczęło się plątać. Myliły się jej skaczące kształty, traciła poczucie rzeczywistości. Za ścianą nieustannie trwała feeria nocy:

jego westchnienia i jej postękiwania. A chleb pachniał, roztaczając magiczną woń.

Ranek powitał Mirę rześkim powietrzem, niosącym się od otwartych na oścież okien po jednej stronie. Z niedosuniętych zasłon przemycał snop jaśniejących promieni, które kładły się ukosem po pokoju. Musiało był jeszcze bardzo wcześnie, bo z izby obok dochodziło chrapanie ojca. Marek również spał jak zabity, z podkulonymi pod brodę kolanami. Mirka leżała od ściany, nie mając pojęcia, jak przedostała się tu przez owłosione nogi brata. Wyciągnęła rękę i pogładziła zimną płaszczyznę. Pod palcami czuła wybrzuszone szlaczki. Nałożona wałkiem rdzawa farba prowokowała, by zetrzeć ją, wyrównując powierzchnię. Mirka przez moment skrobała paznokciami łodyżkę kiści winogron, ale opamiętała się szybko. Brak elementu szlaczka będzie widoczny, jak miałaby to wytłumaczyć?

Przesunęła dłoń niżej, natrafiając na otwór pomiędzy ścianą a łóżkiem. Sięgnęła odważnie w dół, gdy nagle wyobraźnia podpowiedziała jej, jakie rzeczy może tam spotkać. Choćby plątaninę pajęczych sieci, pełną uśmierconych much i innych pomniejszych owadów. Wszak kobieta, w której domu spała Mirka, nie wyglądała na pedantyczną gospodynię, wymiatającą co tydzień, a już na pewno nie co dzień, kurz spod starych komód, łóżek i czort wie skąd jeszcze. Dziewczynka otrzepała dłoń o dłoń z wyraźnym obrzydzeniem, ale jakby tego było mało, wytarła ją w obleczenie ciężkiej pierzyny. Wiedziała, że już nie zaśnie. Sprężyny nagle zaczęły uwierać i przeszkadzać, trzeszcząc przy byle ruchu. Postanowiła wstać. Okrakiem przedostała się na zewnętrzną krawędź łóżka. Przysiadła na jego brzegu, szukając kolejnego punktu w pokoju, gdzie mogłaby przetrwać, a zarazem pozostać niezauważona, zanim matka wstanie, a jednocześnie ogarnąć wszystko, co się wokół dzieje. Znalazła. Ni fotel, ni krzesło. Zastanawiała się, czy może tam usiąść. Mebel sprawiał dziwne wrażenie. Nie dość, że z wygiętymi w es kabriolowymi nogami, zakończonymi ślimacznicą, z bordowym obiciem, z lekka poszarzałym i wyblakłym, to jeszcze stojący obok wielkiego pieca z pięknymi zielonymi kaflami. Wyglądał elegancko i dystyngowanie. Mirka z oczywistych powodów nie znała się na sztuce, ale i ten fotel, i piec, stanowiący jego tło, nie pasowały do domu, tej chałupy, w której wszystko było stare, zmurszałe i zionące stęchlizną. A tu? Rzeczy jak wyrwane z innej ilustracji, pełnej przepychu i bogactwa i dziwnym zrządzeniem wklejone byle jak do innego świata. Absolutnie innego...

Siedziała bez ruchu. Na ścianach wisiały pożółkłe portrety w tandetnych ramach pomalowanych złotolem; osoby na nich były tak samo tandetne. Para młoda: ona w białej sukni z wysoką kryzą, jak u królowej, ale nieprawdziwa. Zupełnie jak narysowana niewprawną ręką początkującego rysownika. W rzeczywistości kiepski retusz. Mężczyzna miał zielony mundur, tak samo przerysowany jak suknia panny młodej. Oboje sztuczni, jak z teatralnych afiszy. W tym samym szeregu portret chłopca. Krótkie spodnie na szelkach odznaczające się od postaci całej na biało – biała koszula, białe podkolanówki, świeca, twarz, tło. Dziwne, że cokolwiek było widać. Uświęcona biel! Brakowało tylko aureoli, co by tę biel rozbiła, a jednocześnie utwierdziłaby patrzącego w przekonaniu, że oto nastąpił moment muśnięcia świętości. Twarz chłopca wyglądała znajomo. Mirka pomyślała, że podobnie patrzy na nią Gienek – jej starszy brat. Nie lubiła tych spojrzeń, choć Gienek był fajny. Ale zbyt wiele ich dzieliło, żeby Mirka mogła cokolwiek czuć. On zamykał się w pokoju, w którym przygotowywał się do pełnienia ważnych funkcji w szeregach LWP. Nie zajmowały go sprawy domu, ludzkie sprawy, sprawy uczuć, odczuć, doznań. Miał wytyczony cel – karierę wojskową.

Ale ze zdjęcia patrzył na nią Gienek. W krótkich spodenkach i gromnicą w rękach…

Oparła dłonie na drewnianych poręczach obitych tym samym suknem, co siedzisko mebla. Rozpostarła się w tym fotelu-krześle. Promienie słońca ogrzewały i dawały uczucie ciepła, a mimo to pożałowała, że wyszła łóżka. Zatęskniła za ciepłem pierzyny.

– A ona już nie śpi? – usłyszała w momencie, kiedy jej powieki sklejały się powoli, gotowe do snu.

Wzdrygnęła się nerwowo. Podsunęła się i usiadła jak w szkole, proste plecy, ręce wzdłuż tułowia. Przetarła oczy, które w końcu nie wiedziały, czy spać, czy też nie.

– Ciasno?

Ta sama kobieta, która wczoraj witała ich zdziwiona na podwórku i bezbarwnym głosem rozmawiała z jej ojcem długo w noc, stała jak mara w progu.

– Może pójdzie ze mną obrządzić? Ha?

Mira jak zamurowana patrzyła na kobietę. Chciała wstać i nawet zrobiła taki ruch, ale nagle usłyszała:

– A może nie? Gdzież to w taki dzień do gnoju? Przecie trza się przygotować... Komunia święta to nie jakieś tam dyrdymały. Trza pomyśleć i nabrać pewności, że człowiek chce całe życie tak wytrwać. W tej wierze, w postanowieniach, na całe życie. Że to ino nie żadna fanaberia albo jaka moda, a rzecz ważna niesłychanie i zobowiązanie. Nie zaś puste słowa. Ja ci ino takie znam. Takie cierniem w sercu tkwią. I nic. I nie da rady ich wyjąć. Jako ten cierń, jako ową zadrę w oku...

Mira zerwała się z fotela i ukłoniła, jak ją uczono.

– Dzień dobry.

– Niech siedzi! Toż nie musi wstawać. A sukienkę ma?

Nie wiedziała, co odpowiedzieć, ale kobieta nie czekała. Pomamrotała jeszcze coś pod nosem i wyszła.

***

Kościół mieścił się na samym końcu wsi. Było już dobrze około południa, kiedy ojciec nakazał wszystkim wsiadać do samochodu i zapuścił silnik. Wieś świeciła pustkami, ale swoją drogą godzina była taka, że większość ludzi siedziała po domach, szykując się do niedzielnego obiadu. Dzieciaki tylko wylegały między opłotki i uganiały się po polach, wymyślając coraz to inne zabawy: a to w chowanego, a to chłopcy grali w palanta, dziewczyny natomiast rysowały pomarańczową cegłówką panolka. Odbitym kawałkiem kamienia lub skrawkiem stłuczonego szkła suwały potem po krzywo wyrysowanych kwadratach, z których składał się chłopek, a potem skakały to na jednej, to znów na dwóch nogach, uważając, by w linię nie wdepnąć, bo to oznaczało skuchę i trzeba było wracać. Grały w klasy.

Zatrzymali się na poboczu. Tuż za bramą wiodącą na plac kościelny była wielka drewniana dzwonnica, kryta gontem, o wiele wyższa niż sam kościół. Sczerniałe deski prześwitywały nieco, przepuszczając promienie słońca, które stało wysoko i prażyło mocno.

Wokół kościoła rozciągał się wiejski cmentarz z wybudowaną dawno kostnicą o zrębowej konstrukcji, która wyglądała jak zwykła kapliczka, choć zaryglowane drzwi budziły pewien niepokój. Cmentarz porastały wiekowe lipy, które kwitły, wabiąc roje pszczół szemrzących ponad głowami.

Ojciec poszedł przodem. Z impetem szarpnął za klamkę, spodziewając się, że łatwo nie ustąpi, ale drzwi rozwarły się bez trudu. Wewnątrz panował półmrok. Czuć było zastały w powietrzu mdławy zapach kadzidła, który mieszał się z dziwną wonią butwiejącego drewna. Może to po ostatnich ulewach, co to nawiedziły wieś i nabrzmiałe deski jeszcze nie zdążyły całkiem wyschnąć? W niewielkiej kruchcie stała kamienna chrzcielnica w kształcie wielkiego kielicha, ozdobiona wizerunkiem Jana Chrzciciela udzielającego chrztu Panu Jezusowi, do której ojciec włożył całą dłoń, kreśląc później niedbale znak krzyża w powietrzu. Kilka kropli spadło na Mirę, więc strzepnęła je delikatnie, obawiając się, by nie pozostawiły śladu na sukni. Obrzuciła ojca karcącym spojrzeniem. Matka trzymała ją mocno. Mirka czuła spotniałe ręce, przebierające nerwowo palce w zagłębieniu swojej dłoni. Starała się uciec od tego uścisku, nie pobrudzić białych atłasowych rękawiczek, wykończonych niewielką falbanką. Bo rękawiczki podobały jej się najbardziej z całego stroju. Pasowały idealnie. Kolejne palce wślizgiwały się do środka, a dłoń obciągnięta błyszczącą tkaniną wyglądała na idealnie gładką. Mirka co chwila spoglądała na niewielkie pęknięcie, spod którego wystawał zegarek, zapięty tuż przed wyjściem na jej nadgarstku przez kobietę z domu, gdzie spali.

– Niech ci odmierza czas – powiedziała z namaszczeniem. – I patrz na niego, by starczyło ci czasu na wszystko. A ino wybieraj dobrze, kiedy trza będzie wybierać, by nie spóźnić się na to, co ważne. Co jak co, ale czasu cofnąć się nie da. Nie wróci, co minęło. Oj, nie wróci… Pamiętaj, dziecino. Pamiętaj.

Zza filara wynurzyła się sylwetka księdza. Był młody. Tak młody, że Mirka cofnęła się nieco, bo przyszło jej do głowy, że to jakieś przedstawienie i że na pewno nie będzie możliwe, że oto za chwilę przyjmie do serca Pana Jezusa, jak jej koleżanki przyjęły. Młody ksiądz, o twarzy amanta filmowego, odciągnął ojca na stronę. Krótka wymiana zdań upewniła Mirkę w przekonaniu, że oto odbywa się jakaś maskarada, przebieranka czy też falsyfikacja. Rzuciła okiem w stronę matki, ale ta trwała niewzruszona, a może właśnie wzruszona? bo za chwilę podniosła do oczu rękę, w której trzymała zmiętą chusteczkę. Tylko Marek zachowywał się normalnie, jakby nic nadzwyczajnego się nie działo. Odziany w stalowe ubranko, krótkie spodenki, białą koszulę, na której odznaczał się kremowy krawat na gumce, z naszytą hostią – podobną do tej na sukience – wyglądał śmiesznie. Trochę był już za duży na takie przebranie i przypominał postać z teatrzyku dla dzieci. Zresztą wszystko wokół było sztuczne i teatralne. Tylko czekać, aż uderzą w gong, rozsunie się kurtyna, reflektory rzucą snopy świateł i rozpocznie się spektakl.

Tymczasem ksiądz zniknął w zakrystii i po chwili powrócił w sutannie, by przy ołtarzu rozpocząć Eucharystię. Siedzieli w pierwszej ławce. Sami w kościele, wprawdzie niedużym, ale kiedy Mirka odwróciła głowę i ujrzała całe rzędy pustych ławek, miała wrażenie, że świątynia jest ogromna. Nad nimi, wysoko, zwieszały się żyrandole, wychodzące z rozet, przez które prześwitywało dzienne światło. Ksiądz zaintonował: „Pan Jezus już się zbliża, już puka do mych drzwi", a Mirka poczuła, jak jej nogi miękną i oczy podchodzą łzami. Ksiądz mówił do niej i do Marka:

– Dzień Pierwszej Komunii Świętej jest jednym z najpiękniejszych dni w waszym życiu! Dzisiaj spotykacie się z Jezusem, którego miłujecie z całego swego serca, całym swym umysłem i ze wszystkich sił swoich. On w Świętym Chlebie, czyli w Komunii Świętej, przyjdzie do waszego serca…

Mirka wpatrywała się w tabernakulum, w którym schowana była hostia, co to miała się przemienić w najprawdziwsze ciało Chrystusa.

– Pamiętajcie, że konsekracja chleba i wina, jako ciała i krwi Chrystusa, spożywanie ich, pozostaje symbolem Waszego uczestnictwa w Jego drodze ku zbawieniu ludzkości – męce, śmierci i zmartwychwstaniu… – prawił duchowny, trzymając dużą hostię w dwóch palcach. Pod nią lśniła złota monstrancja, od której trudno było oderwać wzrok. Lśniła, rozpuszczając koronę promieni jak najszczersze złoto. A ksiądz mówił. Tak głośno, jakby miał przed sobą tłum ludzi, którzy siedzieli lub stali z pochylonymi w szacunku i skrusze głowami.

Ojciec tkwił w ławce niespokojny. Ocierał czoło, skroplone potem, choć wewnątrz kościoła panował chłód, raz po raz oglądał się za siebie, a kilka razy wyszedł nawet z ławki pod pretekstem wydmuchania nosa. Mirka dostrzegła, jak węszy za filarami, zaglą-da w budkę konfesjonału, a potem wraca, spłoszony, nie rozłączając rąk, tylko zaciskając kurczowo palce. Wodził oczami po figurkach świętych, ustawionych na serwetkach haftowanych w tulipany, owoce granatu, margerytki, róże i serca w kratę. Święci, jak na zawoła-nie, patrzyli na nich, zdumieni na swoich postumentach. Z uchylonych lufcików powiewało i niosło zapach pól, który mieszał się ze słodkawą wonią dobywającą się z potrząsanej przez księdza kadzielnicy, z lekka poru-szały się zatknięte w specjalnej podstawie sztandary, zapewne takie same jak te, które w białym tygodniu noszono w procesji, a dziewczynki sypały przed nimi przywiędłe już, ale jeszcze wydające słodką woń, płatki kwiatów. Mira nieraz przyglądała się z zazdrością kolo-rowemu korowodowi, który chórem zawodził: „Bądźże pozdrowiona hostyjo żywa..." i tak rozmodlony, i roz-śpiewany przetaczał się ulicami Barlinka, zatrzymując się przy ołtarzach oplecionych gałązkami brzózek, które potem niesiono do domu. Bóg wie po co, bo zaraz więdły i do niczego nie były zdatne.

Ciało Jezusa okazało się zupełnie bez smaku, na do-datek przykleiło się Mirze do podniebienia i dziewczynka przez resztę mszy próbowała je odkleić. Na koniec ksiądz pobłogosławił wszystkich i szybko wyszedł, ponaglając, by wyszli i oni, bo trzeba zamknąć kościół.

Przed chwilą komunikowana Mirka poczuła, jak łzy podchodzą jej do gardła. Z tego żalu i wielkiego rozczarowania. Nie dość, że nikt nie czekał na nią na kościelnym dziedzińcu, to jeszcze przypomniała sobie, że kiedy ksiądz kładł hostię na jej języku, a potem wykonał taki ruch, jakby chciał podać ciało Jezusa i innym, okazało się, że poza Mirką, Markiem i kobietą z domu, w którym spali, komunii nie przyjęło żadne z rodziców. Nie oczekiwali odpuszczenia grzechów. Zwłaszcza on, ojciec. A tego Mirka nie mogła znieść. Że nie wyznał grzechów, nie oczekiwał pokuty, nie chciał zbawienia. Dla siebie i dla niej. Żeby choć pożałował tego, co zrobił... Dziewczynce stanęły przed oczami nosze z matką, twarze sanitariuszy pełne litości i oburzenia i on – rozjuszony niczym wściekły zwierz. Próbowała odsunąć od siebie te obrazy, żeby dotrzymać słowa danego Panu Jezusowi, którego ciało tak bezrefleksyjnie przyjęła.

Wracali w milczeniu, wąskimi drogami wśród wzgórz, pozostawiając za sobą bukoliczne widoki poskrywanych w oddali wsi i błękitnych oczek jezior migających pomiędzy lasami.

Za szybą kredensu stanęły portrety Mirki i Marka. Obok zdjęcia ojca w wojskowym mundurze.

– Pochowaj to! – powiedział do matki. – Po co mają kłuć w oczy!

***

Dwa miesiące temu ojciec zadzwonił do Mirki. Głos mu się trząsł. Ze starości i ze zdenerwowania. Radził sobie. Trudno było na początku, kiedy okazało się, że nogi odmówiły mu posłuszeństwa, ale silny był i twardy. Nie poddawał się. O nie! To nie w jego stylu! Na kolanach po schodach się wskrabywał. Specjalne łaty ze starych mundurów naszył sobie na spodnie i dawał radę. Nie było dnia, żeby Marek czy jego dzieciaki nie zajrzeli i nie zapytali, czy czego nie trzeba, ale on twardo – nie i nie. Tak było od samej śmierci matki. Nie potrzebował niczego ani nikogo. Chciał tylko doczekać dnia, kiedy zbierze się na odwagę i opowie córce o tamtym dniu. Ile to już razy w nocy, w samotności zaczynał? Że nigdy miodem nie był, niejedno miał za pazuchą, ale ręki na jej matkę nie podniósł. Nieraz go złość brała, nosiło go i miejsca sobie znaleźć nie umiał, ale żonę kochał nad życie, a już Mirka to dla niego całkiem cudem jest absolutnym. Tyle że przez pamięć matki nie umiał się do niej zbliżyć, bo tak mu ją przypomina w każdym ruchu, słowie. I czuł, że gdyby tylko jeden krok ku niej poczynił, to te wszystkie łzy, wstrzymywane latami, wylałyby niczym wielka woda przerywająca tamę i zniszczyłyby go doszczętnie. Lepiej mu było w skorupie siedzieć, opancerzyć się, pozakrywać wszystkie czułe miejsca. Przecież nie może być słaby. On, oficer, zły porucznik!

Przyjechała. Najpierw na trochę. Mijali się w mieszkaniu, spoglądając na siebie ukradkiem. Dla niej to było też jakieś rozwiązanie, kiedy mąż ją zostawił, a Małgosia poszła na swoje. Więc przyjechała do niego. Raz na trochę, drugi raz na trochę. Oswajali się wzajemnie. Bez słów, nie stykając się. A potem wynajęta firma przewiozła wszystko na Kozią.

– Chodź – powiedziała któregoś dnia. – Pojedziemy do niej. Ucieszy się, jak nas zobaczy razem. Tylko włóż na siebie mundur. Nie pozna cię w tych łachach.

Alejki cmentarne były szerokie i równe. Porastające pobocza drzewa tworzyły nad głowami niezwykłe sklepienie, przysłaniając niebo, chociaż o tej porze prześwity były już tak duże, że dawało się zobaczyć przesuwające się po niebie chmury. Latem, kiedy korony drzew gęste od listowia, trudno było dojrzeć choćby skrawek nieba i dlatego wciąż panował tu przyjemny półmrok. Wózek toczył się lekko. Wiarucki trzymał na kolanach wielką donicę z chryzantemami. Teraz był ich taki wybór, że trudno było się zdecydować. Wszystkie piękne, nostalgiczne. Mirka nie wiedziała nawet, czy matka lubiła kwiaty. W domu, oprócz plastikowych, nigdy ich nie było. Wzięli żółte, z języczkowatymi kwiatami, niektóre jeszcze ze ścisłymi pąkami.

– To dobrze! Postoją trochę. Trzeba pamiętać, żeby podlać, bo zmarnieją – powiedział.

Wiera

Jechała prosto Niepodległości, pozostawiając w tyle Rynek i skwer przy kościele. Kątem oka dostrzegła, że na niektórych ławkach siedzieli ludzie, choć było już nieco chłodno, a od kilku minut mżył drobny deszczyk, w połączeniu ze wzmagającym się wiatrem coraz bardziej dokuczliwy. Włączyła wycieraczki, bo szyba pokryła się mikroskopijnymi kropelkami i obraz drogi stawał się niewyraźny. Sabina otrząsnęła się na myśl o panującym na zewnątrz chłodzie. Że też im nie zimno! – pomyślała, włączając dmuchawę w samochodzie. Nawiew pracował głośno, ale za chwilę podmuch ciepłego powietrza zrekompensował hałas. Na drodze zrobił się korek. Była pora dnia, kiedy wielu wylegało na ulice, by jak najszybciej dotrzeć do swych domów, więc siłą rzeczy ruch na drogach spowalniał. Sprzęgło, gaz, hamulec, sprzęgło, sekwencja ruchów całkiem automatyczna. Włączyła radio, ale przy tym szumie było to bez sensu. Wyłączyła. Przez chwilę wydawało się jej, że widzi ojca, ale zaraz porzuciła tę niedorzeczną myśl. Ojciec nigdy nie należał do tych, co to z lubością sadowili się na parkowych ławkach i kontemplowali, kręcąc z dezaprobatą głowami, miejskie życie. On lubił chodzić czasem do lasu, ale najchętniej na cmentarz. Matka nigdy z nim nie chodziła, tylko na Wszystkich Świętych, a i tak zawsze przy tym sarkała:

– Jeszcze się nachodzę tam i pewnie nasiedzę przy grobach – mawiała i na pewno była święcie przekonana, że to ona jego będzie odwiedzać i zapalać mu znicze zakupione w przycmentarnym sklepie. A tu? Ot! Całkiem inaczej. Jak w powiedzeniu o tym, które drzewo skrzypi, a które pada. Bo oto ona i zaskrzypiała, i padła... Czasem Sabina miewała wyrzuty sumienia, że nie dość poważnie brała sobie do serca matczyne narzekania.

– Coś mnie ciśnie w dołku. Jakby mi kto cegłówkę położył...

Latami ktoś jej kładł te cegłówki, wszyscy się przyzwyczaili. A ta... Zawał. I żadnego ratunku, reanimacji czy spektakularnych działań lekarzy. Chwila i po człowieku. Jak bańka mydlana. I tylko durny wyraz twarzy z zastygłym zdumieniem. I koniec.

***

Przy końcu jednej z alejek Sabinie mignęła znajoma postać. Drobna, drepcząca noga za nogą, jak Mała Mi albo Oszin, którą ojciec za worek ryżu oddał na służbę. Z jakiegoś japońskiego serialu, który Sabina kiedyś oglądała w telewizji i strasznie się na nim spłakała. Wiera Strokowa. Ostatnimi czasy bywała wszędzie. Można by pomyśleć, że całymi dniami nie robi nic, tylko krąży po ulicach. Jakby czegoś szukała, jakby zabłąkała się i nie umiała odnaleźć drogi. Pojawiała się i znikała po to, by niespodzianie wytoczyć się z gracją z jakiejś uliczki. Czasami przystawała, prowadząc z powagą rezolutne dysputy. Dopiero całkiem przypadkiem okazało się, że wszystkim zatrzymanym rzucała taki sam tekst:

– Ale piękna pani jest! Jaka przystojna! Aż miło popatrzeć!

Nieważny był dziwnie przestawny szyk. Dopóki człowiek nie poznał, kto zacz, nie orientował się, że Wiera powiada wszystkim to samo, żył w przekonaniu o własnej wyjątkowości. Ileż dobra czyniła ta chora i stara Wiera!

Wiele lat musiało upłynąć, zanim ją ludzie rozpoznawali i nazywali po imieniu. Mówili o niej: Wiera to, Wiera tamto. Lata całe żyła incognito. Mogła się nazywać Nowakowa albo Kowalska. Mijano ją. Nikt nie zajmował się jej historią. Ot, jedna z tysiąca.

Niekiedy zaczepiała kogoś. Oczywiście kulturalnie i z wszelkimi manierami. Pytała:

– A pani zna pana Wiaczesława? Tego, co mieszka nad jeziorem? Tego dyrektora – dodawała, dumna z takich bliskich koneksji z Romaniczem. – My obydwoje z tamtych stron. – Wskazywała ręką gdzieś za siebie, a potem nachylała się i szeptem kończyła: – My z Marcelówki, z powiatu Włodzimierz Wołyński. My tam razem mieszkali. Znaczy pan Wiaczesław dalej, ale my razem z Piotrem i jego Lubą do kościoła do Włodzimierza chodzili. Oj! Pani kochana, jak tam pięknie!

Czasem Wiera klepała familiarnie po ramieniu, choć była malutka i wymagało to od niej wzniesienia się na palce. Mówiła protekcjonalnie:

– A ja właśnie o pani myślałam. Chcę panią zabrać do siebie. Tam daleko… Ja już słyszałam, że tam czekają na mnie. Wszystko nam chcą oddać, żeby my tylko tam przybyli.

Na Koziej wszyscy jej przytakiwali i razem z nią snuli plany powrotu, bo i po co mieli ją tej nadziei pozbawiać? Dobra była i nieszkodliwa…

Sabina zerkała w boczne lusterko, jakby zależało jej na tym, by zobaczyć, dokąd Wiera poszła, ale tamta zniknęła w ułamku sekundy. Pewnie te szybkie, małe kroczki sprawiły, że pokonywała odcinki błyskawicznie, przepadając w krętych osiedlowych uliczkach.

Sznur samochodów ciągnął przez miasto. Co chwila deptanie: hamulec, gaz, hamulec, gaz. W samochodzie przed nią facet rozmawiał przez telefon, zapominając, że tamuje ruch na drodze.

– Jedźże, gamoniu! Przestań pieprzyć przez ten zakichany telefon! – wyzywała głośno Sabina, pewnie nie ona jedna wściekła, bo z tyłu odezwały się klaksony, łącząc się w dysonansowy chór. Jak przed chwilą na Koziej. Ulica wypełniła się przenikliwymi dźwiękami i gdyby nie fakt, że był środek tygodnia, można by przypuszczać, że to kawalkada samochodów eskortujących wesele. Swoją drogą dziwny to zwyczaj się zrobił. Kiedy oni – ona i Karol – pobierali się, nikomu do głowy nie przyszło, by tak obwieszczać rzecz światu. A zresztą, kto wtedy miał samochód? No, tacy Wiaruccy. I Nowakowie, którzy mieli rodzinę w Kanadzie. I jacyś tam jeszcze…

Facet z samochodu nie przejął się ani jej klątwami, ani tym bardziej symfonią dźwięków, tylko wystawił środkowy palec, zaśmiał się ironicznie, a potem z dystynkcją prezesa ruszył dalej. Cham! Burak! – pomyślała Sabina. Wjechała na rondo, klnąc w żywe wszystkich kierowców, i dopiero kiedy minęła jeden i drugi bank i właśnie zamierzała wrzucić kierunkowskaz, przypomniała sobie, że Karol kazał jej wpaść do banku, żeby podpisać jakiś tam kolejny idiotyczny wniosek.

Ona się zżymała, że znowu zrobił coś bez jej wiedzy, on złościł się i krzyczał:

– Dla siebie tego nie robię! A co ty myślisz, że ja biorę kredyty i rozdaję biednym? A skąd to wszystko? – Zataczał ręką okrąg, obejmujący dom, ogród. A ona milkła. Chociaż dom nie był jej pomysłem, ale lubiła tę swoją enklawę spokoju i ciszy. To Karol przekonywał ją, że to żaden wysiłek. Tyle co duże mieszkanie w nowym bloku, a jednak inne możliwości. I każdy będzie miał dla siebie miejsce... Dopiero później budowa zaczęła im bokiem wychodzić, i nadal wychodzi, choć już kilka lat minęło. A swoją drogą, jak ten czas leci... Wiera była całkiem sprawna, kiedy matkę chowali. Potem parę razy spotkały się na cmentarzu. Sabina lubiła słuchać jej historii, choć spłakały się przy nich obie zawsze tak, że wracała potem z rozmazanym makijażem. Karol podchodził, zagarniał ją do siebie i uspokajał:

– Nic nie poradzisz. Tak bywa w życiu. Przyjdzie czas, że pogodzisz się z jej śmiercią. Wszystkich to czeka.

W duchu drwiła z tych jego mądrości, ale też nie chciało jej się tłumaczyć, że nie za matką płakała. Nie na cmentarzu. Od tego były noce...

Zatoczyła jeszcze jedno koło i skręciła na parking przed bankiem. Tu, jak zwykle, trzeba było albo cudu rodem z niebieskiego nieba, albo szczęścia niesamowitego, o które Sabina siebie nie podejrzewała, aby znaleźć wolne miejsce. Objechała wysepkę ze dwa razy, ale widząc, że nic się nie zwalnia, pojechała na sam koniec, pod topole. Na tyle daleko, że rzadko kto tam parkował. Jeśli nie znalazł nic bliżej, zazwyczaj jechał pod supersam albo na parking drugiego banku. I choć każdy z banków oświadczał, że miejsca ma „tylko dla klientów", komu chciałoby się sprawdzać! Tamte na szarym końcu parkingowiska przeznaczone były na sto procent dla desperatów, takich jak ona. Szkoda, bo było tam całkiem ładnie i wystarczyło przejść kilka metrów, by rozkoszować się widokiem rozległego zieleńca z wkomponowanymi weń rozetami klombów, siatkami uliczek parkowych z ławkami, a nade wszystko błękitem jeziora migoczącym między porastającymi alejki wierzbami ze zwieszonymi smętnie wiciami. A tak zrobiła się tam menelnia, gdzie człowiek nie miał prawa czuć się bezpiecznie, a już na zachwycanie się ciszą i spokojem absolutnie nie mógł liczyć.

Wysiadła z samochodu. Szarpała się z torebką, która złośliwie zaczepiła się o dźwignię biegów, gdy poczuła wibrowanie i zaraz niewielką przestrzeń jej samochodu wypełnił dźwięk telefonu. Drzwi napierały, uchylone niedostatecznie, a pchane wiatrem uciskały jej nogi. Usiłowała wyłowić komórkę, śpieszyła się, by zdążyć, zanim dzwonek umilknie. Nie nauczyła się podchodzić do telefonów z dystansem. Za każdym razem wydawało jej się, że oto od refleksu, by odebrała na czas, a najlepiej w tej samej minucie, w której zacznie dzwonić, wibrować, cholera wie co jeszcze, zależą losy ludzkości, cudowne wybawienie od niechybnej zagłady. Szarpała się więc z torebką, przerzucając chaotycznie całą jej zawartość. W ostatniej sekundzie przycisnęła zieloną słuchawkę i od razu tego pożałowała.

– A co ty nie odbierasz? Dzwonię i dzwonię! Julka ma rację, że tobie niepotrzebny telefon, bo nie wiesz, co z nim zrobić! Szkoda pieniędzy na abonament!

Karol wyrzucał z siebie zdanie za zdaniem, a Sabina czuła, że jak zaraz nie powie jej, po co właściwie dzwoni, to sypnie mu taką wiązankę, że mąż się nie pozbiera. Widocznie potrzebował nabrać powietrza, bo w telefonie zapadła chwilowa cisza, co dało jej sposobność zadania podstawowego pytania:

– Czego chcesz?

– Musisz zajechać do banku, żeby...

– Jestem.

– Jak wejdziesz, to pójdziesz do pani Uli, która...

– Wiem. Mówiłeś mi.

– To jest bardzo ważne, bo...

– Karol! Jestem przed bankiem i jest cholernie zimno...

– Tylko pamiętaj...

– Będę pamiętać. Bateria mi się kończy. Halo! Karol! Karol!

Udawała. Nie chciała go słuchać. Dokładnie widziała, co chce powiedzieć. Od dawna Karol był przewidywalny. Nie oczekiwała niespodzianek. Otworzyła klapkę telefonu, za którą była bateria. Wyświetlacz zrobił się grafitowoszary. Zniknęły wszelkie wskazania: sieci, zasięgu...

Z poczuciem zwycięstwa i jednocześnie wielkiej satysfakcji schowała telefon do torby. Wstała. Przekręciła kluczyk. Zapaliła papierosa. To lubiła. To uczucie odprężenia.

Wdech – powolny, głęboki. Z rozkoszy przymrużyła oczy. Napawała się dymem oparta o samochód. Tego potrzebowała.

Otworzyła oczy i wtedy zobaczyła ją ponownie. Tak. To była ona. Ta, która zniknęła w lusterku na głównej Niepodległości. Mała. Drobna.

***

Po drugiej stronie rzeczki, pod rozłożystą płaczącą wierzbą stała grupka wyrostków. Ogolone głowy, z pasmem autostrady prowadzącej do szyi. Przystanęła przy nich. W kapeluszu z nonszalancko rozpościerającym się wielkim rondem nad czołem.

– Panowie już po obradach? – zapytała z pełnią atencji w głosie.

Grupa chłopaków spojrzała na nią i zaraz na siebie. Buchnęli śmiechem. Z początku nie doszło do nich, że mają do czynienia z wariatką czy dziwaczką. W ogóle wyrosła przed nimi jak gnom. Oprócz kapelusza miała na sobie długą, falbaniastą spódnicę, spod której wystawała gipiura, a na grzbiecie kubraczek ze sztucznego futra imitującego norki, przewiązany czymś w rodzaju krajki. Na jej ramionach rozpościerała się wielka, szydełkowa chusta. Była egzotyczna i kolorowa.

– Ja nie śmiem przeszkadzać... – zagaiła, kołysząc parasolką, równie dziwną jak ona sama. W zagięciu ręki kobiety wisiała torebka, z której wystawał jakiś pakunek, owinięty w kolorową reklamówkę. Był tak duży, że ledwie się mieścił, wystając na zewnątrz.

Chłopaki otoczyły ją półokręgiem. Jeden z nich przyjął pozę, jakby wczuł się w rolę.

– W trakcie... – oświadczył, teatralnie zmieniając głos na bardziej męski i stanowczy. Pociągnął papierosa. Wyprostował się, wciągając pokaźny brzuch, a następnie podparł się pod boki, niczym enkawudowski dysydent. Wypuścił dym w twarz Wiery. Pomachała śmiesznie ręką pod nosem, odganiając szary kłąb, kaszlnęła raz i drugi. Dym wtargnął w nią, dusząc i łaskocząc nieprzyjemnie. Wiera nigdy nie paliła, chociaż w milczeniu przez lata całe znosiła siwe od papierosów mieszkanie, w którym Piotr palił jak smok. I chociaż zawsze dusiła się i łzy jej potokiem leciały, nigdy, ale to nigdy nie wzbraniała mu. Zwłaszcza gdy siedział zadumany i nieobecny. Wiedziała, że tam wraca. I żeby nie wiadomo jak bardzo chciał uciec od tamtych wspomnień, nie udawało się. Odkąd wrócili, życia nie miał. Córki, piękne i dobre, ani żona, wierna i silna, nie dawały mu radości nijakiej. Siedział tylko i palił. Jednego za drugim. I tylko to jedno miał zmartwienie, żeby mu nie zbrakło. Dziwne to było, bo tam, w syberyjskiej tajdze, w posiołku, do którego trafili w czterdziestym roku po ponadmiesięcznej podróży, brakowało wszystkiego: soli, mydła, nafty, nici, zapałek. Cokolwiek człowiek by wymyślił... Tylko bólu, nędzy i wszelkiego poniżenia było dość. Tyle że człowiek nadziwić się nie mógł, jak sam silny jest i co jest w stanie wytrzymać.

Wiera odsunęła się trochę w obawie, by wyrostek znów nie odymił, i zakrywając nieco nos rąbkiem chusty, ciągnęła:

– To zapewne pan uczestniczył w tych męskich sporach. – Podeszła bliżej do dryblasa, mrużąc oczy i przyglądając mu się z uwagą. Na jej twarzy malował się gniew. Ściągnęła brwi, parasolkę, niczym długą klingę, skierowała wprost na chłopaka. Tamten wykonał ruch, jakby chciał się obronić, ale kobieta opuściła swój oręż, opierając się na nim. Była stara i z widocznym trudem przychodziło jej stać w jednym miejscu. – Tak... Znam pana – powiedziała. A było tyle pewności w jej głosie, że zdawało się niemożliwe, aby to była pomyłka.

– Jeee! No, Długi! Toś się chłopie nawet nie pochwalił, że masz takie znajomości. – Grupa rżała, wijąc się ze śmiechu.

Kobieta nie zważała absolutnie na ten ryk. Było głośno. Jeden przez drugiego coraz to dorzucał jakiś głupi tekst. Padały przekleństwa i wydrwienia.

– Pan zniszczył naszą kapliczkę... Tam, w Wogwazdinie. Tak. Ja wiem. Pan musiał. Kamandir nakazywał. Swołocz! To on skazał mojego Piotra. Nie! – powiedziała naraz, po krótkiej pauzie, tonem pełnym zgrozy. Nie przestawała gładzić się po czole, jakby to pomagało jej przypomnieć sobie poukrywane w pamięci fakty. Po krótkim namyśle Wiera pstryknęła dwoma palcami, jakby przywołując kelnera, i wykrzyknęła: – Pomyliłam się. Tyle lat... Tyle lat minęło! – Wskazujący palec kiwał się to lewo, to w prawo, na znak pogróżki. – Ale pana to ja nigdy nie zapomnę...

Przypatrzyła mu się jeszcze raz uważnie, aby nie dopuścić do pomyłki. I naraz cofnęła się przestraszona, zapadła w sobie, wsunęła głowę tak, że wydawało się, że ta wyrasta wprost z tułowia.

– Taaak... – cedziła. – Ja... Ja pana pamiętam. Taaak... – wydłużała to „tak", żeby się, nie daj Bóg, nie omylić, bo w życiu trzeba mieć pewność w sprawach oczywistych, nie wolno dopuszczać się błędów. Bo te pokutują. Lata całe. Rzucić słowo. Ot tak. Zmienić bieg życia. Zamknąć to życie. Słowo. Musi być wyważone. Sprawdzone. Wiera zrobiła krok do przodu, nie spuszczając Długiego z oka. I tak jakby oglądała eksponat, co to budzi i ciekawość, i trwogę, jakby zamierzała dotknąć, wepchnąć palec, uszczypnąć, dowieść prawdziwości, zachodziła raz z jednej, raz z drugiej strony. Bała się, że to nie sen, który dręczy ją od pół wieku, zrywa w nocy i rozwiera szeroko powieki, ale z krwi i ciała on – Władysław Paruski – sąsiad, do wojny przyjaciel rodziny, co to nieraz przychodził pod płot, zagajając i spod oka popatrując, jak ona krząta się w obejściu. Nie widziała jego liżących spojrzeń, nie słyszała, jak szeptał mimochodem: „Oj, już ja bym ci szczęście dał! Oj! Zaznałabyś ty, co znaczy krew w sobie obudzić". Ale nawet jeśli cokolwiek pomyślał złego uczynić względem niej, przypominało mu się, jak kiedyś podparty rozmawiał ze Strokowem, który zerkając z miłością na młodą żonkę, zarzekał się:

– Ręka boska niech czuwa nad tym, co by mi ją choć drasnął, a nawet i jeden włos z jej głowy zdjął. Zabiłbym, jak mi Bóg miły. Zabiłbym jak nic.

I było tak, że człowiek wierzył mu i cierpł na te słowa. Bo kochał ją Piotr na zabój. Jak w jakim romansie czy melodramacie.

Niebieskie żyły pulsowały na jej wiotkim i niemal przezroczystym ciele, na dłoniach jak krepina, z piegami starczych plam, na twarzy pociętej pajęczyną zmarszczek.

W grupie zagotowało się z ożywienia. Jeden z drugim szturchali się znacząco.

– Ooo! Długi! Aleś się, chłopie, musiał lasce przysłużyć! – Towarzystwo aż trzęsło się z rozbawienia. Byli wulgarni i głośni. Co poniektóry spluwał pod nogi, jakiś nadymał się, kolebiąc w miejscu. Na pewno nie byli trzeźwi. Puszki po piwie pałętały się pod ich nogami, z kieszeni obszernych bluz wyglądały kolejne. Pewnie wszyscy wcześniej wzięli coś odurzającego. Jeden trzymał skręta, wymiętego i zażółconego, wciągał, unosząc głowę, i delektując się, bełkotał do siebie. Byli odrażający i nikt przy zdrowych zmysłach nie wdałby się z nimi w dyskusję. Zwłaszcza w tym miejscu, które o tej porze nie należało do uczęszczanych. Późnymi popołudniami, wczesnymi południami czy też w porze niedzielnych letnich spacerów to owszem, ludzie krążyli po alejkach, ale tak normalnie to szli na ukos przez duży skwer albo główną drogą na Sportową, bo tak było krócej. Tam jednak, w otoczeniu rozłożystych wierzb, pomiędzy porastającymi brzeg krzewami, bywało najczęściej pusto. A poza tym to właśnie te miejsca pokrywały niedopałki, puste puszki, butelki po tanich winach oraz złotka po chipsach, a służby miejskie nie bardzo sobie dawały z tym radę. Swoją drogą mało która kobieta z pegieku odważyłaby się przejść tamtędy, a już na pewno zwrócić uwagę, by nie posypały się wulgarne wyzwiska. A kto wie, co jeszcze w tych zrytych prochami głowach mogło się ulęgnąć.

Wiera wzniosła oczy do nieba, złożyła dłonie na amen i wyszeptała cicho, ale tak dobitnie, że każde słowo raziło jak ukłucie igły:

– To pan sprzedał mojego Piotra za dwadzieścia rubli enkawudzistom. I mnie też! – Głos rósł, potężniał i choć nie był to krzyk, docierał do każdej komórki, dźwięczał rozgoryczeniem i gniewem. – Ty... Ty... sobako! – syczała. – Na kolanach błagałam, szto byś nie zełgał, ale... Tfu! – Splunęła Długiemu pod nogi. – Ale ty łgał jak pies! Wszystkich nas pobrali! Ty czieławiek? Ty swiniej i pałacz! Gorszy jak tamci... Ja bieriemiennaja, krosziecznaja docz... Ty... Ty... – Szukała słów.

Nienawiść zagościła na pomarszczonej twarzy, Wierze zabrakło tchu. Chłopak stał skonsternowany, ale zupełnie nieoczekiwanie w jego spojrzeniu pojawiła się łagodność. Jeszcze trzymał się tej swojej impertynenckiej pozy, ale już tracił impet, schodziło z niego napięcie jak powietrze z balonu. Dogasił papierosa na krawędzi metalowego kosza.

– No, no, paniusiu! Chyba dosyć tej pogawędki. Ja rozumiem, że w główce się poprzestawiało, ale co za dużo, to i świnie nie zeżrą. Pani już sobie idzie w swoją stronę. – Widać było, że odechciało mu się być obiektem drwin. A może bardziej chciał ją uchronić przed tym cyrkiem? Gromada wyrostków zabrzmiała na nowo gromkim śmiechem. Zwijali się, trzymając niedopałki w ustach…

– Ty swiniej! Coś ty zrobił babince, że cię tak nie lubi? – dopytywał najmłodszy. Po oczach było widać, że naćpany jak helikopter. Zbliżył się do Wiery i objął ją ramieniem. – Chodź, babciu, od tego złego komandira!

A ona jakby oprzytomniała. Zdecydowanie strząsnęła jego rękę z ramienia. Spojrzała mu głęboko w oczy, aż go ciarki przeszyły. Przypomniało mu się, jak mu kiedyś matka opowiadała, że stara babka rzuciła na niego urok i darł się przez kilka tygodni. Zrobił krok do tyłu, jakby zamierzał uciec jak najprędzej z pola wiedźmowego rażenia.

– Ty się, młody człowieku, nie śmiej, bo ty pojęcia nie masz… – odezwała się. I nie było już w niej ani krzty wariactwa czy niedorzeczności. Kobieta obrzuciła pozostałych karcącym wzrokiem, jak surowy nauczyciel, któremu do posłuchu nie trzeba ani kija, ani sylwetki

Goliata. Większość grupy zbaraniała. Wariatka! A może nie? Przecież o uszy obiło się co nieco. Sybir, wojna... Ale skąd im o tym wiedzieć?

– Dobra, babciu! O co chodzi? – zagaił z pobłażaniem kolejny, jakby nie zrozumiał i chciał jeszcze sobie poużywać.

– A ty milcz! – zwrócił się do niego Długi. Jakby na chwilę zapomniał o kobiecie, rzucił stek wyzwisk w kierunku wyrostków. – Ona pewnie swoje przeszła! Ups! Przepraszam szanowną panią – dodał, zwracając się do Wiery. – W czymś pomóc? – Nawet papierosa wyjął z ust i wyprostował się jak na dywaniku u dyrektora.

– Pan taki przystojny! Ja tylko chcę... Tam, tego... – mówiła, sięgając ręką do torebki. – Coś tam... Takie tam... A, nieważne. To ja już pójdę, proszę pana komendanta... – Popatrzyła ze skruchą. Już nie widziała w Długim Władysława Paruskiego, który wieczorem z enkawudzistami wtargnął do ich chałupy, tam, na Wołyniu, a potem straszył karabinem i ponaglał, by chałupę szybko opuszczali. Nie pozwolił zabrać niczego, ani pościeli, ani więcej odzieży, a tylko wygnał, jak stali, z małą walizką, co to ją szybko spakowała byle jak. Piotr próbował bronić się i tłumaczyć, ale Paruski smagnął go bronią przez plecy, że zgiął się z bólu w kabłąk i zasyczał. Wiera podniosła lament, uspokajając męża, bo co by ona zrobiła w tej podróży katorżnej z małą Elżunią i tym dzieckiem w brzuchu, które im się tak jakoś przytrafiło?

– Dobrze jest! Ziemia urodzajna, chałupa jak Bóg przykazał. Nie ma co czekać – pocieszał Piotr, kiedy się okazało, że okresu nie ma co się spodziewać. Zresztą może to i była prawda. Ona młoda, sam kwiat! Ledwie osiemnaście jej wchodziło. Gorzej z nim. Ojcem jej mógł być. Z początku ręce załamywała, kiedy go do chałupy przywiedli i jako przyszłego męża przedstawili. Ale zaraz okazało się, że dobry dla niej jest, a im dłużej ona na niego patrzy, to jej się całkiem różnica lat zaciera. Jakby nie po czterdziestce był, a mało co dwudziestki sięgnął.

***

– A pani to właściwie dlaczego tak sama chodzi? – zapytał Długi, bo przecież na gołe oko było widać, że z kobietą jest coś nie tak. Takie jak ona narażone są na takich jak on. Nagle poczuł litość do niej, dla jej naiwności. Takim jak ona to chyba dobrze. Zanim zaczną się czymś martwić, to mija, zmienia się, przetwarza, traci moc. Może to tak fajnie? Mieć wciąż inne problemy, a nie jak on. Matka... To ona jedyna jest ważna. Czy ją kocha? Nie wie. Cóż to za słowa? Jakieś banialuki z seriali, których namnożyło się jak głupim dzieci. A ojciec? Pies go trącał! Pijak i nierób! I jeszcze babka, która załamywała nad nim ręce i biadoliła:

– Bartuś! Uważaj na matkę! Jak ja odejdę, ona zginie. Bartuś! Ty przecież dobre dziecko jesteś. Błagam cię... Ja ją jedną miałam. Jak ona ciebie. O mnie nie miał kto zadbać...– ględziła mu za uszami płaczliwym głosem, coraz to podchodząc i desperacko chwytając za łokieć. Teraz przypomniał sobie, że była równie filigranowa i krucha, jak ta tutaj w parku.

Babka umarła, a on nawet łzy nie uronił, ale teraz by zapłakał... Przez nią. Przez tę staruszkę, której świat utracił realne kontury.

Wiera spojrzała zdumiona. Nie rozumiała, dlaczego ma nie chodzić sama. Ona ma przecież doskonałą świadomość wszystkiego! No też! Wygładziła nierówności na odzieniu, sprawdziła stan guzików i dziurek w przedziwnym surducie, zacisnęła węzeł kolorowej krajki i zapytała tonem, w którym dawało się wyczuć hardość i rezon:

– Sama? A cóż ty, młody człowieku, sobie myślisz? Sama, bo mój mąż zmarł. To już pół wieku prawie! W sześćdziesiątym szóstym. To i z kim mam chodzić? O nie, nie! Mnie tam przez te lata do głowy nie przyszło, by się z kimś wiązać. Złocieńki! Ja czterdzieści lat ledwie skończyła, kiedy go pochowała. Dla jego dobra i wygody. On i tak od powrotu stamtąd był miortwyj!

Przerwała. I znów jakby ktoś ją przeniósł do innego świata. Jej twarz złagodniała. Podniosła głowę, bo na niebie zrobił się rwetes. Stado łabędzi poderwało się do lotu. Leciały pod wiatr, kilkadziesiąt metrów nad ziemią, tuż ponad ich głowami nabierając prędkości, intensywnie, lecz majestatycznie machając skrzydłami i wyciągając do przodu długie szyje. Wydawały głośny świst. To był ich moment, chwila zaznaczenia ich nieobecności. Nieme łabędzie! Nie tak krzykliwe jak żurawie, tam, na Syberii, które klangorem przypominającym głos trąbki słyszane były w promieniu kilku kilometrów. Odlatywały wolne, niezależne od ludzkich kaprysów. A Wiera wiele razy patrzyła, żałując, że nie jest jednym z nich. Tyle że dawno przestała wierzyć w cuda... Rzeczywistość nie pozwalała na ckliwe fantasmagorie i imaginacje. Trzeba było żyć. Trywialnie i prosto. Jeść, spać, pić i nawet rodzić dzieci. Jak natura wymyśliła, a ta umiała płatać figle. Oj, umiała!

– Ale dzieci to przecież pani ma? – W tym pytaniu była i troska, i niepokój zarazem, bo nie sposób było sobie wyobrazić, by kobieta mieszkała sama. Nawet Długiemu.

Grymas bólu wykręcił jej twarz. Była jak nieobecna. Niczym aktorka dramatyczna. Doskonała. Gotowa w każdej chwili wejść w określoną rolę, bez nadmiernych przygotowań, rekwizytów, bez wyuczonych tekstów. Wystarczyło spojrzenie, mimika, uniesione w zdumieniu brwi. Ekspresja oblicza.

– Wozmitie to, szto wam nużno, no ostawtie moich dietiej. Ja praszu! – Kobieta złożyła dłonie jak do modlitwy i zamierzała przyklęknąć. Widać było, że ruch przychodzi jej z trudnością. Zesztywniałe, porażone reumatyzmem stawy nie słuchały. A był czas, że pracowały ponad normę, przekraczając granice wytrzymałości bez skrzypnięcia. Tam, na torach, w kołchozie, kiedy trzeba było w tłustej ziemi po kolana brodzić, a potem na podmokłych brzegach Jeniseju. Zbuntowały się wreszcie. Miały prawo. Starość.

Parasolka poślizgnęła się na betonowym bruku. Patrzyli na nią, wpierw rozbawieni, ale ubaw szybko zastąpiło zdumienie. Zmiana nastroju jak w kalejdoskopie. Wystarczyło ledwie drgnięcie ręki, by obraz zmienił się i przeinaczył nie do poznania.

– Hej! Pani babciu! Spoko! Ja nie jestem żaden komandir! Jest okej!

Długi chwycił Wierę za łokieć, nie pozwalając klęknąć.

– To już Polska! Wolny kraj! Tu Wałęsa! Helooo!

Patrzyła nań mętnymi oczami, jakby mówił w innym języku. Skrzywiła się, podnosząc z niewygodnej pozycji. Chłopak podtrzymywał ją tak długo, aż poczuł, że stanęła stabilnie.

– Odprowadzę panią do domu – powiedział.

– Nielzia! – zaprotestowała. – Oni tolko i żdut...

Nie miał pojęcia, co mówi, ale z miny i z gestów zrozumiał.

Łabędzie łopotały nad nimi jak wielkie parasole. Chłopaki patrzyły na rozmawiających z zainteresowaniem. Co poniektórzy zgasili niedopałki i wyjęli ręce z dresowych szarych spodni.

Ona stała między nimi. Mała i bezbronna.

– Ja tylko... A zaraz muszę wracać. Na obiad. Oni będą czekać... Córki moje. Córki. Będą się zamartwiać.

A potem wyciągnęła do Długiego rękę.

– Żegnam pana, poruczniku. I niech pan ma baczenie na swoich żołnierzy. Bo tacy nieokrzesani są. Wojną, drogi poruczniku, nie wolno tłumaczyć chamstwa i prostactwa.

Chłopak zasalutował, unosząc do ust dłoń obleczoną w koronkową rękawiczkę. Nie drwił. Ta mała kobieta, która pojawiła się wśród nich bez żadnego strachu, całkiem bezbronna, nagle wzbudziła w nim czułość, której nie umiał zatuszować. On, Długi – znany z różnych incydentów, nie nazbyt przejmujący się kimkolwiek, a choćby i matką, która użerała się z ojcem pijakiem i kryminalistą i jeszcze, na domiar złego, z nim: żadnej szkoły, pracy, wyrok w zawiasach – stał przed tą filigranową staruszką na baczność.

***

Wiera minęła grupę zdumionych wyrostków i poszła dalej, wzdłuż brzegu, aż dotarła do mostka. Tam zagadnęła kogoś, ale widać temu komuś musiało się śpieszyć, bo nawet na moment nie przystanął, by nie tracić tempa. Kobieta, nie zwracając niczyjej uwagi, poszła do ujścia rzeczki, skąd rozciągał się widok na jezioro. Na przeciwnym brzegu tło iglastego lasu porastającego niewielkie wzgórze oddzielało się zdecydowanie od niebieskiej tafli wody, na której wysuniętymi w jezioro pomostami znaczyła swoją obecność przystań żeglarska z ogołoconymi o tej porze z żagli masztami niewielkich łodzi oraz z kręcącymi się w pobliżu postaciami stałych bywalców.

Przystanęła na spadzistym brzegu rzeczki, jedną ręką przytrzymując się graniczącego z tą częścią parku płotu należącego do koła wędkarskiego. Wyciągnęła z torebki pakunek, okutany w bordowo-brązową chustę, wielkości arbuza. Przez chwilę potrzymała to w dłoniach. Ktoś, kto to widział, miał prawo mniemać, że owo szeptanie i obracanie w dłoniach nosi znamiona szamanienia, ceremoniału czy zaklinania. A potem... Potem Wiera rzuciła to coś w wodę, tak jak się rzuca wianki w noc świętojańską dla przywołania miłości. Nie do jeziora, które przecież było tuż obok, ale do rzeczki. Właśnie do rzeczki. Zwykłej smródki o wolnym, anemicznym nurcie, która zapewne nie mogła gwarantować spełnienia się wróżby, bo zepchnęła pakunek zaraz za niewielkim stopniem obok domu towarowego, nazywanym szumnie przez dzieciaki „wodospadem". I tam tobołek utkwił, spławiony przypadkiem na lewą stronę, na mieliznę. To pewnie stamtąd, z tych uwięzionych w owym miejscu różnych rzeczy, szedł czasem smród na Niepodległości, który powodował, że ludzie przechodzili tamtędy, przyśpieszając. Nawet dzieci nie chciały przystawać przy ceglastym murku z prześwitami, aby obserwować „wodospad", tylko zatykały nosy palcami, krzywiąc się: „Fuj, fuj".

Ale Wierę nieszczególnie interesowało to, co się stało z jej tobołkiem. Poprawiła kapelusz, zmięła reklamówkę i schowała ją w głąb torebki, zasuwając dokładnie, i poszła chodnikiem na ukos, w stronę miasta.

Długi przez cały ten czas nie spuszczał kobiety z oka. Dogasił papierosa, kazał wszystkim odejść, a sam ruszył za Wierą. Przysiadł na ławce opodal. Patrzył za nią. Jej zachowanie dziwiło go. Chyba po raz pierwszy w życiu spotkał tak dziwną osobę. Nigdy nie zajmował się ludźmi, których mijał w życiu, Kto zacz, jaki jest? Miał swój świat, swoich kumpli, za których też duszy by nie sprzedał.

– Dzień dobry panu! – powiedziała, kiedy go mijała. Siedział na ławce, udając, że skończył rozmawiać przez telefon. Podniósł głowę, tandetnie markując zaskoczenie. Wstał i rzucił, niby od niechcenia:

– A! To pani! Co? Już na obiadek? – Poderwał się, kiepsko odgrywając scenkę. Liczył, że go nie pozna, choć nie miało to najmniejszego znaczenia.

Przez chwilę popatrzyła na niego, nie rozumiejąc, ale zaraz stuknęła się w czoło i rzekła:

– Ojej! Panie Henryku! Nie poznałam pana. – W jej głosie zabrzmiał ton zaskoczenia. – Pan coraz to przystojniejszy. I młodszy – dodała kokieteryjnie, zakrywając usta, na których zagościł powściągliwy uśmiech.

Chłopak wiedział już, że dla niej każdy jest za każdym razem kimś innym. Nie zamierzał dociekać, kim byli mężczyźni, o których mówiła, intrygowała go ona, Wiera Strokowa. Może jest w wieku babki? A może i nie. Właściwie to nie miał pojęcia, ile babka mogła mieć. Była stara, tak po prostu. Jak Wiera. Tę tutaj mógł ograbić z pieniędzy, z jakichś kosztowności. Mógł jej zrobić krzywdę. Mógł. Wszak nie było mu to obce. A tymczasem ona budziła w nim litość i niewypowiedzianą czułość. Może z powodu tej jej naiwności, nieograniczonych możliwości manipulowania, a może zdał sobie sprawę, że jest wobec niej tak potężny, ona zaś tak bezsilna? A mimo to stawała przed nim, zaczepiała, upominała bez cienia obawy, z wyższością? Przecież czuł, głupi nie był, że wystarczy kilka słów, miękkich zagajeń, aby poprowadziła go do domu. A potem… Nawet nie musiałby się wysilać „na wnuczka", wziąłby, co warte. Jak brał. Nie raz i nie dwa.

– Obiad – odezwał się Długi bez związku. – Obiad! Mówiła pani, że będą czekać. Proszę spojrzeć na zegarek. – Podsunął jej pod oczy wyświetlacz komórki. – Piętnasta już dawno minęła. Po obiedzie! Pozamiatane!

Złapała się za głowę.

– Matko jedyna! A oni tam czekają! Moje córki. Elżunia i Krysia.

Nagle wyprostowała się, uniosła głowę. Trochę do przodu i trochę w bok, jak Napoleon po zwycięstwie.

– Dwadzieścia lat między nimi! – dodała. – Jedna siedemdziesiąt by miała, druga pięćdziesiąt… Mój ty panie, aż strach wymieniać takie liczby! I żadnej nie ma… Był między nimi i Tadeusz… Był. – Zamyśliła się. Po chwili powiedziała: – Tak go zdążyłam nazwać. Urodził się tam. W spiecposiołku, jako syn spiecpieriesieleńców. Mało kto zachodził, by gratulować, wspólnie się cieszyć. Po kątach załamywali ręce, że kolejny do tej budy się wyrwał.

Nie patrzyła na niego. Wydawało się, że nigdzie nie patrzy, bo choć wzrok skierowany był prosto, ale sięgał gdzieś daleko, nie zatrzymując się na niczym, a przeszywał całą przestrzeń. I biegł hen, hen.

– Komuż to zależało, by zadbać o jeszcze jedną gębę do żywienia?! Ale... Godzinę żył. To była ta godzina, która przysporzyła tyle radości i tyle bólu... Nie mnie. – Kobieta skierowała oczy na rozmówcę, sprawdzając jego uwagę i czujność. Przekonała się, że ten nadal słucha, i ciągnęła: – Mały był i kruchy. Pocięty cały rozgałęzieniami sinoniebieskich żył, które odbijały się na wątłym ciałku, ledwo, ledwo tłocząc krew. No i nie dał rady... On w ogóle, ja ledwo, ledwo. Głodny człowiek sił nie miał w sobie, aby nosić ciążę ani aby rodzić. Ja wtenczas i chciała, i nie chciała umrzeć. Gorączka mnie trawiła tygodniami. Mąż wszy ode mnie odpędzał, bo się rozbisurmaniły i jak po swoim chodziły, kąsając i spijając resztki słabo krążącej w ciele krwi... – przerwała, zamyślając się chwilę. – Bóg jednak zdecydował. Spiecpieriesieleńcy pomogli. Solidarnie. Oddawali mnie swoje palta, porcje. Głód, złoty mój, panował wszędzie. I to tak okropny, że trudno wyrazić. Człowiek zjadłby wszystko, bo gorycz pustego żołądka była nie do zniesienia. Nawet ślina toczyła się sztywna, trudna do przełknięcia... – Przez moment zdawało się, że w oczach kobiety błysnęły łzy, ale Wiera zamrugała energicznie, pociągnęła nosem, udając katar, i powróciła do wątku. Nagle skurczyła się w sobie, zwinęła, przysiadła na ławce i przytrzymując przed sobą torebkę, zapłakała. Mała, krucha, bez świadomości:

– Ja to wtedy tak bardzo Panu Bogu dziękowała i przepraszała. W ten sam czas. I jedno, i drugie. I dziękowała Jemu za syna, a zaraz też i za to, że go do siebie wziął – mówiła, kuląc się z bólu i zimna. – A przepraszała za to, że to nie ja... Nie mnie chciał do siebie, a to nowe życie... – Splotła ręce, wznosząc je ku górze, i przeszła niemal do krzyku: – Dziękuję Ci, Panie, żeś ochronił mojego syna przed tak podłym życiem!

Długi położył palec na ustach, drugą ręką zamachał nerwowo, chcąc ją uciszyć. Peszyły go jej teatralne gesty i bał się, by go ktoś nie zobaczył.

– Cicho, babciu! Po co ludzie mają brać panią za wariatkę?

Mimo że w parku nie było nikogo. Wprawdzie przy wejściu ze Sportowej, od strony kawiarenki, pojawiła się jakaś grupka ludzi, ale byli tak zaabsorbowani sobą, że na pewno nie słyszeli rozdzierającego aktu dziękczynienia. Kobieta uspokoiła się natychmiast i dokończyła:

– On, drogi panie, powinien zabrać mnie, a dać szansę młodemu życiu... Ale widać On jedyny wiedział, że powinnam żyć. Po coś! Dla kogoś. A pewnie dlatego też i Bogiem jest, bo wie, co dobre i lepsze. A może co złe i gorsze? Nie wiem, doprawdy, nie wiem... – rzekła, rozkładając w niemocy ręce.

Długi milczał. Chciało mu się palić, ale teraz, przy niej, wydawało mu się to niestosowne. Był zły na siebie za ten sentymentalizm, w kieszeniach miął nerwowo paczkę. Folia szeleściła.

– Ależ piękna pogoda Nieprawdaż? Tam... nigdy nie było pięknie, a tylko zimno. I bardziej zimno. Człowiekowi się w głowie nie chciało pomieścić, że tak być może. Ja miała z soboj kilka sukienek. Piotr towaru zakupił na targu, poszyły my z sąsiadką... Jeszcze tam, w Marcelówce. Napatrzeć się na mnie nie mógł, a ja wstydziła się, choć nie powiem, cieszyło się serce, cieszyło... Miała ja i palto... Może i dwa? Ale swołocz nie dał zabrać. To, co pod ręką. I to tuż blisko... Sam pewnie ograbił i sprzedał na targu. A my pojechali na poniewierkę taką, że jeszcze się nie narodził taki, co by to wszystko opisać zdołał... – Zamyśliła się, okręciła wokół własnej osi. – Jaki ten świat jest piękny! – westchnęła. – Tam też byłoby pięknie, gdyby tylko po ludzku... Córkę okutałam, aby noc przeżyła. Tamtejsza Rosjanka raz dała pierzynę. To ja już potem mogła na siebie palto zarzucić, by zimno choć trochę postraszyć. A wokół nic, tylko góry, lasy i baraki...

Otrząsnęła się. Na pomarszczonym ciele pojawiła się gęsia skórka.

Wiatr zakręcił podniesionymi z trawników zawieruszonymi liśćmi. Było ich już coraz więcej, ale jeszcze nie ścieliły się dywanem, a tylko gdzieniegdzie pstrzyły zielony skwer. A i to tylko na skraju, bo tylko tam przysiadły kępiaste wierzby z czupryną wici porośniętych długimi, wąskimi listkami, co to zaraz po opadnięciu zwijają się w bure przecinki. W tej części parku było niewiele drzew liściastych. Za to po drugiej stronie rzeczki rosły stare – klony, lipy, niektóre oplecione bluszczem, inne omszałe, z licznymi dziuplami. Stawały się schroniskiem dla przyzwyczajonych do ludzkiej obecności ptaków. Ale i tu, mimo środka jesieni, drzewa jakby zaprzestały produkcji owych specyficznych hormonów odpowiedzialnych za opadanie liści i za sprawą wszystkich karotenów i innych ksantofili błyskały mozaiką barw, które trudno ogarnąć słowami. Czego tu nie było? Bajecznie kolorowe odcienie czerwieni, brązu, żółci... Jeśli nawet któryś liść się zerwał desperacko, to – o ile nie wbił się i nie wplątał w niekoszoną trawę – najpewniej wpadał do wody i płynął. Nikt nie śledził jego losów.

– Czas do domu! Odprowadzę panią! Różnych tu takich podejrzanych się kręci – zdecydował stanowczo Długi.

Stanął obok niej. Sięgała mu do piersi. Musiał się schylić, by podtrzymać ją za łokieć.

– Pójdziemy już.

Wiera z dumą poddała się chłopkowi. Przełożyła torebkę na drugą rękę. Lewą uniosła nienaturalnie wysoko, by nie musiał się garbić.

– Dziś już na palcach policzyć takich dżentelmenów jak pan. Tam był Polak, choć z obca brzmiał. Markus, pisał się przez „c". Też był skazany, jak ja, na trzy miesiące. Pracowałam wtedy przy młócce. Mój poszedł do Andersa, zawsze mu walka bliska była... Ukradłam ziarna z młócki i prużyłam w ukryciu, żeby jakoś siebie i Elżunię poratować. Ona maleńka, ja sił do pracy po porodzie nie miałam. Z początku cieszyłam się, bo piersi przybierały i podstawiałam je córeczce, ale w zimnie i z głodu... Pokarm wyginął.

Przerwała. Widać było, że chodzenie sprawia jej trudność i choć dreptała szybko, odcinki, które przemierzała, były krótkie. Przystawała, oddychała głęboko, ale szła dalej, trzymając swoje tempo.

Chłopak przystawał z nią. Była tak mała, że bez trudu mógłby ją wziąć na ręce i nieść.

– A! I ten Markus... Jan mu było. On mi pomógł. W czterdziestym trzecim, a może to i czwartym, ja już wolna była. U Rosjan pracowała za wikt jeno. A jak mnie tęsknota za rodziną brała! Serce żywym ogniem paliło dzień i noc. I on, ten Jan, dowiedział się skądś, że ja Polka jestem. Bo nikt nie wiedział... – w głosie kobiety pobrzmiewał rodzaj dumy – ...że ja Polka. Ja wszystko po rosyjsku. Tylko modliła się po naszemu:

Pod Twoją obronę
uciekamy się,
święta Boża Rodzicielko,
naszymi prośbami

racz nie gardzić
w potrzebach naszych,
ale od wszelakich złych przygód
racz nas zawsze wybawiać...

Tę modlitwę Długi słyszał już kiedyś. Babka wieczorami, przerzucając paciorki w ręku, kłapała po domu i szemrała pod nosem. Pojedyncze dźwięki i całe frazy cisnęły się do głowy.

– I on chciał mnie zabrać do Polski. A u mienia niczego. Nijakich dokumientów...

– A córka? – zainteresował się Długi.

– Elżunia? – Na twarzy Wiery pojawiło się skupienie; szukała w pamięci, wstrząsana nerwowym dreszczem. – Wiele ja depesz nawysyłałam... Nie wierzyłam, że kiedyś jeszcze będziemy razem. Piotr, Elżunia i ja. Rasija bolszaja, ogromnaja...

Nie rozumiał. Domyślał się nieszczęścia, ale to, co mówiła, od samego początku było tak pozbawione sensu, że dalszą opowieść mogło stanowić wszystko.

Oczy – zszarzałe, naturalnie pozbawione blasku – zaszkliły się. Nieruchomo utkwione na wprost źrenice zdawały się rozszerzać.

– Ja to już byłam pewna, że do końca życia tam zostanę, choć potem już wolna była. Był tam jeden taki delegat polski w okolicy Norylska, co to upominał się o Polaków zesłanych w głąb. Ale Ruskie wszystko ukrywały i łgały jak psy, że tam już nijakich Poljaków niet. W nos nam się śmiali. Straciłam nadzieję. To jak umrzeć… Ale on się uparł. Może i chciał się żenić, może i zakochał się we mnie? Ja tłumaczyła: ja mężatka, u mnie córka. Odpuścił, choć pewnie niełatwo mu było… Ale nie zostawił mnie. Udawaliśmy, że jesteśmy parą i w Polsce zamierzamy się pobrać. Puścili nas w czterdziestym szóstym. Wtedy już świat trochę wiedział o Syberii. Wyjechałam jako żona Jana. On wysiadł na Śląsku, a ja… Długa droga jeszcze pozostała…

Wyciągnęła z torebki ni to portfel, ni notes. Pogładziła go z lubością, przytknęła do policzka, a potem ostrożnie otworzyła i pokazała.

– To Jan! Zmarł. Będzie ze dwa lata.

Z fotografii patrzył stary człowiek o łagodnym spojrzeniu. Wprawdzie rysy miał nieco wyostrzone, zniekształcone czasem, ale była to twarz kiedyś przystojnego mężczyzny. Był w niej spokój, ale i smutek.

– Piotra też mam. I dziewczynki. – Wiera pokazywała dalej, ale zaraz zamknęła portfel i schowała go do torby. – Piotr nie lubił, aby go ludzie obcy oglądali. On samotnik…

***

Szli pod murami. Ona – przystając co kilka kroków, by odpocząć, Długi – trzymając ją mocno za łokieć, żeby się nie potknęła. Choć od tylu lat samiuteńka przemierzała ulice miasta i włos jej z głowy nie spadł. A ludzie to nawet szukali kolorowej Wiery na ulicach, wciąż śpieszącej gdzieś, znającej wszystkich.

Było pusto. Przed nimi dwie dziewczyny pchały nowoczesne gondole na szerokich oponach, obie tak zajęte rozmową, że żadna nie patrzyła na dzieci pozakrywane plandekami w kolorze wózków, uśpione monotonnym trajkotaniem matek. Zza zakrętu wyłaniał się półokrąg promenady, na której poustawiano ławki, tak aby można było spoglądać na jezioro. Tu nigdy nie zdarzało się, by ławki stały wolno. Prawie na każdej przysiadali emeryci, matki z dziećmi albo turyści. Tych wprawdzie o tej porze roku kręciło się jakby mniej, ale niemal zawsze można było spotkać kogoś obcego. I choć od czasu powstania nowych hoteli przy brzegu zwiększył się ruch samochodów, ludzie, odwróceni do jezdni plecami, zdawali się zupełnie nie zwracać na nie uwagi. Zresztą stały tu znaki ograniczające prędkość, więc niewielka ulica przy promenadzie nie była uciążliwa dla spacerowiczów.

Wiera kroczyła dumnie, wspomagana przez chłopaka. Już z daleka próbowała pochwycić spojrzenia odpoczywających.

– Przysiądziemy? – zapytała.

Długi popatrzył zdumiony. Ta babcia chyba nie wyobraża sobie, że będzie z nią siedział na ławeczce? Może będą sobie opowiadać, co ich boli, albo wspominać stare, dobre czasy. Jakież one dobre? Rosła w nim złość, ale tłumił ją w sobie. Coś go przy Wierze trzymało.

– Nie, nie, nie! – zareagował, zanim podeszli do pierwszej wolnej ławki. – Córki czekają.

– No tak… – powiedziała. – No tak. Oj! Ja zabyła, szto zawtra budiet jego dien' rażdienia…

– Że co? – Wiera znowu mówiła dziwnie, a chłopak nie miał pojęcia, o co idzie. Z tonu wnioskował jednak, że to żadna z traumatycznych opowieści.

Na twarzy kobiety pojawił się uśmiech. Młody, pełny, z wysoko uniesionymi kącikami ust. Nawet nie przysporzył jej wielu zmarszczek, tylko rozjaśnił twarz radością. Wiera szarpnęła delikatnie Długiego za łokieć, by się zniżył tyle, ile potrzeba było, by zdołała szepnąć mu do ucha:

– Oni wszyscy stamtąd! Znają mojego Piotra – oznajmiła z dumą, wskazując palcem na ludzi. – Wszyscy go szanują. Pewnie zaraz poprzychodzą z prezentami, kwiatami, butelkami francuskich koniaków…

Nagle przystanęła, delikatnie wysuwając się z jego ręki, i ustawiła do chłopaka bokiem. W jej oczach pojawiło się zdumienie.

– A co ja z tym wszystkim zrobię? – zapytała. – Toż mieszkanie niewielkie… Nie ma miejsca. – Wyglądała na prawdziwie strapioną. – Wiem! Elżunia zawiezie ich do Wogwazdiny! Oni tam wszyscy czekają! A to się nie będą mogli nadziwić! Tam nędza przestraszna…Latem zupy z pokrzyw nagotowali, a Elżunię to my gałuszkami karmili… A nóżki miała krzywe! Ale tak poza tym, to ślicznìutka była. Aniołek! Mój ty Boże, cud, że przeżyła! Dobrze, że choć tam, w sierocińcu, w dobre ręce trafiła. Ileż to ja łez wylała, ile bólu w sercu... Szesnaście lat ja dziecka swojego nie widziała, ani o jej istnieniu, ani nic. Tylko ból...

Brzmiała niedorzecznie, trudno było oddzielić fakty od zmyśleń, mieszały się czasy, zdarzenia, ludzie... Porwane wątki, luki w pamięci, wypełnione jak bądź.

Niektórzy na ławkach patrzyli w ich kierunku. Większość znała Wierę. Nie było dnia, by nie przebywała tej trasy, swojej rundy po mieście. Szła na cmentarz, potem nad jeziorem, przez park, i wracała na Kozią miastem lub miastem z cmentarza i potem parkiem. Jak teraz. Czasem robiła kilka okrążeń, zatrzymując przypadkowych ludzi. I zawsze uśmiechała się, kłaniając z wdziękiem, machając ręką w geście poufałego pozdrowienia.

Siedzący mężczyźni podnosili się z ławek, uchylając kapeluszy, kobiety kłaniały się, chyląc głowy. Szeptano między sobą:

– Patrz pani, jak się postarzała! Już od dawna tak chodzi! A taka to mądra kobieta była!

– I ładna! – dodawał ktoś kolejny.

– A co ona przeżyła! Boże chroń!

– Panie kochany! Ja też wojnę przeżyłem i wiele przeszedłem, ale tam... W tej Syberii to ona dosięgła dna. Znałem jej męża. Nie chciał mówić. Czasem coś rzucił, ale zaraz zapadał się w sobie...

– Ja pamiętam, jak zmarł. Sąsiad mój, z drugiego bloku. Dobrze, że starsza córka jakoś kilka lat wcześniej odnalazła się przez Czerwony Krzyż. Ponoć z sierocińcem dopłynęła aż do Tanzanii. I tam została. Jakieś kilka lat przed jego śmiercią się odnalazła. A oni już mieli młodszą... – Szepty przybierały plotkarski ton. – Córką jej mogła być... Nawet ktoś tam coś poszeptywał... Głupoty! Choć jego nigdy z dzieckiem nie widziano. W ogóle jakiś odludek był i samotnik. Trudny człowiek...

– Panie! Swoje przeżył. Jakoś zaraz przed jego śmiercią ta starsza pochorowała się. Mówili, że jakieś dziadostwo od tych czarnych przywiozła...

– A ta młodsza?

– Może i dwa będzie, a może i dalej, jak w wypadku zginęła.

– Mój ty Boże! – załamała ręce kobieta, która pomimo siwizny zdawała się najmłodsza z ławkowego towarzystwa. – Ileż to człowiek może przeżyć! – Wszyscy z litością spoglądali na tę dziwną parę, Wierę i Długiego, która przystanęła, drocząc się ze sobą. Jak babcia z wnuczkiem.

– To ponoć od tamtej pory w głowie jej się pomieszało. Teraz chodzi i wszystkim opowiada o swoich córkach. A jakie to one mądre, a jakie dobre...

– To może i lepiej tak. Przynajmniej nie cierpi.

– Oni tam, panie, w tym wypadku, wszyscy poginęli. I zięć, i wnuk...

– Matko jedyna! Co za tragedia!

– Pani kochana! Toż to niemożliwością jest, by jeden człowiek mógł tyle znieść!

Długi kątem oka patrzył na rozmawiających. Wiedział, że mówią o niej. Miał już dość obecności Wiery, ale nie bardzo wiedział, jak odejść. Szlag go trafiał na myśl, że dał się tak wkręcić. Zachciało mu się grać rycerza! Zielonego pojęcia nie miał, co zrobić z tym fantem. Postanowił podprowadzić ją pod dom, gdziekolwiek to jest, pewien, że jak się tylko uda, on odzyska swoją wolność. Znów stanie się Długim, twardzielem bez skrupułów i sentymentów. Wyobrażał sobie miny jej domowników – pełne podejrzeń i pogardy. Nieraz widywał, jak ludzie w jego obecności dyskretnie zasuwają kieszenie, chowają portfele i komórki. I już szykował tekst na okoliczność, kiedy przypomniał sobie pakunek, który Wiera wrzuciła do wody, i pomyślał, że to nie było normalne. Kto wie, co tej starej, chorej kobiecie przyszło do głowy? Co wyniosła z domu? Co chciała spławić w pozbawionej wartkiego nurtu rzeczce? Podprowadził Wierę ku ławkom, przewidując, że ta zatrzyma się przed ludźmi i jak zwykle rozpocznie jakąś historię.

– A, dzień dobry, pani Wiero! – Po wymianie informacji przywitano ją z większą życzliwością, nie próbując nawet ukryć brzmienia pełnego litości i współczucia.

Wiera nie zwracała uwagi na niuanse. Szczęśliwa, już sposobiła się do opowieści.

***

Długi zawrócił nad rzeczkę. Owinięty w bordowy materiał pakunek utkwił tuż przy brzegu. Chłopak poszukał wzrokiem sztywnego badyla, ale poza wiotkimi gałęziami nie było niczego, czym mógłby przyciągnąć zawieszony w wodzie tobołek. Rozejrzał się i przyklęknął, podciągając nieco nogawki szarych, grubych dresów, by się nie wypchały ani nie ubrudziły. Lubił być czysty. Żadnych plam, wszystko pachnące i świeże.

Delikatnie badał miejsce. Nie chciałby, żeby ktoś zobaczył go nad tym brzegiem, a już na pewno nie jego koledzy. Dopiero byłby śmiech, gdyby widzieli, że Długi poświęca swój czas, swoje dresy, aby przekonać się, co jakaś wariatka przyniosła nad smródkę. A jeszcze gdyby... Gdyby okazało się, że to coś kosztownego – za nic nie udałoby mu się wywinąć. Musiałby coś z tym zrobić. Kupić flaszkę, szlugi. A on... On zwyczajnie martwił się, że zawartość dziwnego pakunku mogą stanowić kosztowności albo pamiątki. Że mogą być ważne. Że jak wyjdzie na jaw ich brak, ona będzie miała nieprzyjemności. Że... Powody mnożyły się. Już nawet nie liczyły się spodnie ani ewentualność spotkania któregoś kumpla. Wyobraźnia podsuwała Długiemu obraz Wiery osaczonej przez ludzi domagających się zwrotu zawłaszczonych przedmiotów. Słyszał ostre, naglące upomnienia, przy których kobieta kurczyła się i chowała w sobie, przepełniona poczuciem winy i gotowa na karę. Obraz stawał się coraz wyraźniejszy. Długi znał go, widywał go nieraz w domu. Pomyślał, jak by to przebiegało u nich. Tam to dopiero joby padałyby jak deszcz! Babka życia by nie miała. Wystarczało, by byle co ruszyła, a odzywały się głosy trąb. Ojciec darł się i lżył, a matka udawała, że nie słyszy. Bała się. Wszyscy się bali. I tak się dobrze złożyło, że za kolejnym razem, kiedy stary znęcał się nad wszystkimi, zwinęli ojca i przymknęli. Matka, z granatową twarzą, zakrywała oczy tandetnymi okularami i płakała bezgłośnie, bo „nie będzie tu taka i owaka jęczeć w domu, skoro sama się prosiła, psia mać!", wycierając podsiniałe oczy. W końcu nie wytrzymała. Jeszcze w strachu, ale już umiejąca wydusić z siebie w sądzie całą prawdę, tłumioną przez lata, popartą stertą obdukcji robionych po kryjomu, za babki namową i za babki rentę. Ciężko było zeznawać przeciwko niemu. Tak czy siak, to w końcu ojciec jej dzieci. Jakkolwiek by patrzeć. I mąż, przy ołtarzu poślubiony.

Na dobrą sprawę Długi nie umiał sobie odpowiedzieć na pytanie, po co to robi, ale klęczał teraz nad brzegiem, próbując wyłowić tłumok na porosły trawą brzeg. Zawiniątko było nieprzyjemne w dotyku, przesiąknięte zgniłym zapachem rzeczki. Zasupłane rogi nie chciały się rozwiązać bez pomocy rąk. Długi próbował, ale go obrzydziło. I nagle przyszło mu do głowy, że kobieta ma kota i potopiła kocięta. Wszyscy wiedzą, jaki problem jest z oddaniem kotów w dobre ręce, a przecież nie sposób chować wszystkich. Babka lubiła koty, choć w domu nie było mowy o tym, by trzymać jakiekolwiek zwierzę, choćby i nieme rybki. Ojciec ręki nie żałował na ludzi, to taki kot... Za to babka, co tylko na talerzu zostało, zsuwała do kieszeni stylonowego fartucha, a potem wynosiła na zewnątrz dla błąkających się bezpańsko kotów. Te już na sam jej widok prężyły grzbiety, ocierały się o łydki i mruczały przymilnie. A potem było już tak, że całe kocie rodziny przychodziły pod dom, gdzie czekając cierpliwie, urządzały niesamowite koncerty kociej muzyki. Nie raz i nie dwa jeden z drugim ciskał kamieniami, ale zwierzaki rozpierzchały się gdzie bądź, a po chwili znów gromadziły się pod oknami, patrząc, kiedy te się otworzą. I albo smakowite kąski będą jak manna z nieba spadać, albo kobieta wyjdzie przed dom, wabiąc zapachem mięsa i obiadowych resztek. Aż któregoś razu okno nie zaskrzypiało. Koty jeszcze jakiś czas przychodziły, miauczeniem domagając się co ich. Aż znikły...

Nie! Niepodobna, by ta delikatna kobieta, co tyle krzywdy doznała, zdolna była potopić kocięta! Ta myśl dodała poniekąd Długiemu odwagi, bo od razu wziął w ręce tobołek, usiłując wyczuć jego zawartość. Woda kapała na spodnie. Nieregularne kształty, różna struktura... Obłe toto i nieprzyjemnie. Chłopak nie potrafił sobie wyobrazić zawartości wnętrza. To było jak zabawa w ciuciubabkę. Supeł trzymał, zaciśnięty mocno, a wilgoć nie pomagała. Koniec! Ślizgało się i trzymało na amen! Długi macał z przymkniętymi oczami, jakby niepatrzenie pomagało mu zidentyfikować tajemnicę. A może to wyniesione z mieszkania ukradkiem kosztowności? Albo rodzinne pamiątki? Co on ma wówczas zrobić? Zanieść do jej domu? Oddać jej? Wziąć? Gdyby jej nie spotkał, wiedziałby na pewno. Minuty nie strawiłby na wątpliwościach. Gdyby jej nie spotkał... Długi klął w duchu, że dał się tak omamić. Po cholerę lazł za nią?! Co jego obchodzi jakaś stara, zdziwaczała Sybiraczka? On, którego zna pół miasta, a drugie pół się boi, spaceruje pod murami z wariatką snującą coraz to nowe historie, a potem klęczy na pofajdanej przez psy trawie i obmacuje czort wie co!

Udało mu się w końcu rozplątać węzeł, ale okazało się, że babka była bardziej zmyślna, bo pod pierwszą warstwą szmat ukazała się druga – też zaplątana i pomotana tak, że nie było mowy, aby cokolwiek zobaczyć. Długi osuszył ręce o bluzę i zabrał się i do tego supła, ten jednak był tak zaciągnięty na końcach, że nie szło. Sięgnął do kieszeni z nadzieją, że znajdzie tam scyzoryk, lecz zaraz przypomniał sobie, że zostawił nóż w drugich spodniach. Widać pakunkowi przeznaczony był nurt rzeczki, a tajemniczej zawartości nieujrzenie dziennego światła...

Chłopak zaklął pod nosem, a potem podniósł się i wrzucił tobołek z powrotem. Woda plusnęła, rozbryzgując się na wszystkie strony, a Długi gwałtownie odsunął się od brzegu. Chwilę patrzył, czy cherlawy prąd nie zniesie zawiniątka na bok, ale płynęło prosto.

Wstał. Rozejrzał się i poszukał wzrokiem Wiery. Pewnie tkwiła tam, gdzie ją zostawił, perorując czy snując te swoje opowieści. Wyciągnął paczkę westów. Pomięta, ale papierosy niepołamane; ostrożnie rozprostował jednego w palcach. Musnął czubek płomieniem zapalniczki, zaciągnął się głęboko i zaraz wypuścił wielki, szary obłok dymu, który stopniowo rzedł i rozpraszał się w powietrzu. Długi doszedł do murów i przez chwilę zawahał się, czy iść do niej. Niby po co? Co on ma z wspólnego ze starą wariatką, dla której jest coraz to kimś innym? Właściwie nikim. Nie umiał sobie odpowiedzieć, ale coś go pchało do przodu i kazało mu przyśpieszać. Jakby właśnie od niego miało zależeć dalsze życie Wiery Strokowej. Minął zakręt, zza którego wyłonił się widok na promenadę i ławki.

Ławki były puste, z wyjątkiem jednej, na której siedziały kobiety pchające wcześniej rozkołysane wózki. Żadnego emeryta ani jej… W oddali zamajaczyły Długiemu przygarbione postacie starych ludzi, ale nie było jej wśród nich. Przyśpieszył kroku i skręcił w pierwszą ulicę. Między blokami dostrzegł kolejne osoby, ale nie ją. Jakby się rozmyła, jakby była tylko fantasmagorią. Nigdzie nie mógł znaleźć drobnej Oszin.

Poczuł się nieswojo, a jednocześnie swobodnie. Włożył rękę do kieszeni, wyciągnął paczkę papierosów.

Postał chwilę na Rynku z nadzieją, że spotka kogoś ze swoich. Miał ochotę na piwo albo jointa. Potrzebował się wyluzować. Ta kobieta, kolorowa wariatka, poryła mu mózg. Nie mógł pozbyć się idiotycznych wyrzutów sumienia. Babka z matką pchały się do jego głowy. Nie mógł nawet mrugnąć, bo gdy tylko na chwilę zamykał oczy, pod powiekami zastygał obraz babki, z dnia na dzień coraz mniejszej, przybitej do ziemi zmartwieniami. O niego, o matkę. Przecież on to olewa! A jak! I co z tego, że po jej pogrzebie, skromnym i cichym (kilkanaście osób szło za trumną, wśród nich trzęsąca się z zimna matka, która nie miała za co kupić ciepłych czarnych rzeczy, więc szła w lichym płaszczu. Ale czarny był!) Długi wypadł za kaplicę, gdzie nie mógł pohamować napływających do oczu łez. I nawet oddychać nie mógł. Pomyślał wtedy, że chyba od brania serducho mu siada, i na tyłach kostnicy przyrzekł sobie, że tego gówna do ust nie weźmie. Bo przecież chciał żyć i podobało mu się na świecie. Nie zamierzał umierać.

***

Ulice były pełne przechodniów. Taka godzina. Jedni wychodzili z pracy, inni robili zakupy, a wielu błąkało się bez celu, chwytając ostatnie promienie słońca.

Bo w rzeczy samej jesień tego roku była nad wyraz łaskawa. Złociła się w każdym drzewie, kokietowała kolorami. Rankiem spowijała wszystko mleczną mgłą, stopniowo odsłaniając swoje uroki, ale około południa jawiła się już w pełnej krasie. Zdarzało się, że słońce tak mocno przygrzewało, że nie sposób było nie zdejmować z siebie wierzchnich okryć – i tak lekkich, i mało jesiennych – bo w przeciwnym razie, zanim pokonało się wyznaczoną trasę, człowiek już się spocił i umęczył. Nieśli więc ludzie w zgięciach łokci płaszcze, kurtki i jesienne trencze, które zabierali ze sobą co rano. I ze zdumieniem spoglądali na wyświetlacz umieszczony na wysokim słupie przy rondzie, który obwieszczał, niczego nieświadomy: „18 stopni Celsjusza". Może gdyby ludzie nie zerkali, niby mimochodem, na tę elektroniczną planszę, może gdyby nie przejmowaliby się tą temperaturą, byłoby im najzwyczajniej dobrze?

W parku przy kościele, na ławkach, gromadzili się rozmaici: stała grupa taksówkarzy, dalej licealiści czekający na busik do domu, renciści, co to nie mieli żadnych stałych punktów w planie dnia, i przygodni przechodnie, którym akurat zachciało się przysiąść. Miasto żyło swoim rytmem, który w niczym nie odbiegał od rytmu tysiąca innych miast. Dzień jak co dzień. Zwykłe sprawy zwykłych ludzi...

Wiera, podpierając się wymyślną parasolką, ze staroświecką dystynkcją zbliżała się do jezdni. Po przeciwnej stronie stały zielone barierki. Jeden ich segment był już zdjęty, bo jakiś kierowca zapomniał się i próbując uniknąć czołowej konfrontacji, uderzył w nie z impetem. Wiera stała przy wąskim pasie klombów, czekając na zmiłowanie (a może tylko na wyrozumiałość?) kierujących. Samochody sunęły Niepodległości, ale mało kto za kierownicą zwracał uwagę na stojącą na poboczu postać, zwłaszcza że niedaleko było przejście dla pieszych. Jednak Wiery ono nie obchodziło. Stała cierpliwie, kręcąc głową raz w lewo, raz w prawo, gotowa do skoku przez jezdnię. Wreszcie jeden z kierowców odkręcił okno wielkiego samochodu i krzyknął:

– No idź, babciu!

Posłała mu jeden ze swoich urzekających uśmiechów i podreptała pośpiesznie na drugą stronę. Chwilę później zniknęła w drzwiach sklepu, po to by za chwilę z niego wyjść z małą torebką kruchych ciasteczek z cukrem. Kiedyś sama piekła takie ciasteczka, ale teraz... Próbowała, ale ciągle o czymś zapominała albo zdarzało się, że były niedopieczone. Raz nawet zapomniała wyłączyć kuchenkę i dopiero Celka, łomocząc w drzwi, wpadła do jej mieszkania i klnąc pod nosem, wyciągała zwęglone kwadraty, jednocześnie przeganiając ścierką dym, który gryzł w oczy. To wtedy Cela, Sabina i Teresa zawyrokowały, że albo trzeba Wierę oddać do jakiegoś domu starców, albo załatwić jej opiekę do domu. Same, zwłaszcza Teresa i Cela, do tej pory chętnie do niej zaglądały. W dzień i nocy. Szkoda by było zamknąć ją gdzieś...

Wiera stanęła przed klatką, szarpiąc uporczywie za drzwi. Wpatrywała się w tabliczkę domofonu, ale znów zupełnie zapomniała, co trzeba z nim robić. Wygrzebała pęk kluczy, wkładając każdy kolejno do zamka. W pewnej chwili drzwi się otworzyły. Kobieta popatrzyła na młodego człowieka, który przytrzymał skrzydło, pozwalając, by przeszła pierwsza.

– Dziękuję panu uprzejmie. Już pan wychodzi? A Krysia nie z panem?

Mężczyzna spojrzał z wyrazem zdziwienia w oczach, ale widać bardzo mu się śpieszyło, bo tylko wzruszył ramionami, jakby chciał powiedzieć: „Nie wiem, o co ci chodzi". I zaraz zniknął za rogiem budynku.

Z mieszkania dochodził jednostajny szum odkurzacza. Było chłodno, bo pani Jadzia, pielęgniarka środowiskowa, otworzyła okna na przestrzał, chcąc uwolnić zagnieżdżone w domu zapachy.

Przychodziła od kilku lat. Znała historię Wiery. Nie raz, nie dwa nie mogła zasnąć w nocy, bo poszczególne epizody z życia podopiecznej – wrzucone przypadkiem, często bez związku – kołatały jej po głowie, nie pozwalając zasnąć. Pani Jadwiga lubiła łzawe historie, melodramatyczne. Płakała, ledwie łapiąc oddech, nawet na *Siedemnastu mgnieniach wiosny*, a przy *Tak daleko, jak nogi poniosą* nie dała rady i wyłączyła telewizor. Postać Clemensa przez wiele nocy nie dawała jej spać. A tu była Wiera – cielesna i autentyczna. Namacalna. Pozbawiona telewizyjnego szkła. Jakby wyrwana z filmowej fabuły.

Z powodu Wiery na początku pani Jadzia płakała dzień w dzień. Potem jakby przywykła.

Już dawno chciała rzucić tę pracę. Chodzenie po domach, doglądanie ludzi. Dość miała niańkowania, zapachu moczu, widoku różnych rzeczy w nieoczekiwanych miejscach. Dość miała brzydkiej fizjologii starych ludzi, tego obnażenia się, braku wszelkich hamulców i zasad, kiedy intymność absolutnie zatraciła sens. Ale Wiery zostawić nie umiała. Kobieta rozczulała ją swoją filigranowością, nieświadomą naiwnością. Napominała opiekunkę:

– Drogie dziecko, a ty nie za lekko ubrała się w tę zawieruchę? – I zaraz podchodziła, gotowa zaglądać choćby pod spódnicę, by sprawdzić, czy Jadwiga ma na sobie grube reformy. Albo pełna oburzenia wołała, kiedy Jadwiga wyciągała z drewnianego chlebaka opleśnione, nienaruszone bochenki, by je wyrzucić lub kaczkom przygotować, gdy nad jezioro pójdzie: – Niech cię dobry Bóg ma swojej opiece, jak ty chcesz chleb do wiadra na śmieci wyrzucać! Dziecko drogie! Toż wystarczy tylko nieco oskrobać, zetrzeć wierzchem dłoni! Co tam taki nalot! Lepsze to niźli to, co nam Piotr przynosił za pazuchą do posiołka...

Stawała za Jadwigą, wyrywając jej z rąk suche, powleczone zielonością pleśni pomarszczone kromki, i kończyła poważnie:

– Nie zaznałaś, Bogu dzięki, głodu. Dziecko drogie! Mój to ucierał królicze odchody z kaszą... Jadłam. W gardle rosło, ale jadłam. Inaczej bym umarła. Elżunia była i to dziecko we mnie... – Wyraz ogromnego bólu pojawił się na twarzy Wiery, ale zaraz znikał. Otrząsała się i to był dowód jej mentalnego powrotu do teraźniejszości, w której przeszłość jawiła się jako coś niemożliwego, absurdalnego. – Gorycz okropna! A ślina po tym toczyła się długo, dopóki ten obrzydliwy smak nie zanikł. Pozostało tylko uczucie cokolwiek wypełnionych trzewi...

Jadwidze już rosło w gardle, hamowała torsje, a Wiera niespodzianie zaczynała o czymś innym. Całkiem z innej beczki. Ni z gruszki, ni z pietruszki.

Czasem pielęgniarkę złość brała na starą, która całkiem zatraciła poczucie rzeczywistości, ale przechodziła zaraz. Te same łzy, co na sybirackich filmach, dławiły ją w gardle i ściskały jej serce z żalu wielkiego i współczucia.

Na fotografiach rozłożonych na wszystkich płaskich powierzchniach, większych, mniejszych, widniały twarze: kobiet, które pomimo różnicy wieku były identyczne. Tylko stroje podpowiadały, że należą do innych pokoleń. Na niewielu zdjęciach znajdował się mężczyzna. Bez życia i bez wyrazu. Jakiś taki skurczony, wyglądający jak wypchany ptak, co to niby żywy, a wcale nie. To pewnie ten Piotr, z którym Wiera toczy niekończące się rozmowy. Choć w zasadzie monologi, sprawozdania z każdego przeżytego dnia. Jadwiga powinna je zapisywać. Zarobiłaby na nich więcej niż na tym pielęgniarstwie, pożal się Boże.

Do pokoju niepostrzeżenie weszła Wiera. Pielęgniarka akurat wsuwała giętki wąż pod starą komunistyczną meblościankę na wysoki połysk. Szczotki świszczały, szurając tępo po wyschniętych deskach podłogowych.

Kobieta przez chwilę obserwowała taneczny krok Jadwigi, rytmiczne ruchy tamtej, od czasu do czasu przerywane nerwowym szarpaniem zaplątanego w kabel odkurzacza, niemogącego wdrapać się na wysoki, wełniany dywan w brązowe mazaje, zakupiony ongiś przez młodszą córkę. Nieźle jej się powodziło. Trafiła na męża. Miał i pozycję, i pieniądze...

Staruszka z nieco przekrzywioną głową przyglądała się wszystkiemu, co się dzieje, ale w żaden sposób nie umiała sobie przypomnieć, co ta kobieta z wijącą się rurą robi w jej domu. W końcu, nie znalazłszy odpowiedzi, skuliła się na wersalce. Była zmęczona spacerem po mieście, choć na dobrą sprawę nie wiedziała, jak upłynęły jej godziny. Ostatnio wszystkie wymykały się niepostrzeżenie... Wiera zsunęła z oparcia narzutę i zawinęła się w nią szczelnie. Włochaty miś otulał przyjemnie i miękko. Syczenie odkurzacza usypiało jak transowa kołysanka matki, której obraz to rozmywał się, to znów wyłaniał spośród zwariowanego mirażu strzępków innych obrazów, kojąc wszelkie niepokoje.

Wiera była malutka, dziecko nieledwie zwinięte w kłębek i niewiele różniące się od ułożonych jeden na drugim ozdobnych jaśków obleczonych w haftowane krzyżykami powłoczki, wabiące tandetnymi, baśniowymi krajobrazami, barwnymi kwiatami i ryczącymi jeleniami. Tak precyzyjnie wypełnionych krzyżykami, że tylko gdzieniegdzie wywlekły się pojedyncze nitki.

Jadwiga raz po raz spoglądała na Wierę. A kiedy wydawało się, że ta jest zbyt nieruchoma, podchodziła kilka razy, na palcach, trzymając palec na ustach, na wypadek gdyby te odezwały się bez kontroli, a następnie sprawdzała lusterkiem (bo bez niego trudno było dostrzec choćby najmniejszy ruch), czy gospodyni oddycha. Domknięte powieki nie drgnęły, ale zamglona plamka zdradzała życie. Staruszka wyglądała jak kolejny obrazek z wersalkowych poduszek. Niekiedy jednak budziła się nieoczekiwanie, całkiem przytomna i rześka.

– Pani Jadziuniu, kochana, a czy dzisiaj zrobiła pani te moje pierogi ze słodką kapustą? – W pytaniu było tyle dziecinnego oczekiwania, że ogrom rozczarowania, w razie niepomyślnej odpowiedzi, był trudny do wyobrażenia.

– I żeby tylko kapusta się nie rozciapała, jak ostatnio. Brrr! Taka bałanda... – Usta Wiery wykrzywił grymas obrzydzenia. – Tam my jedli ją ze zgniłych ziemniaków czy innych odpadów. Mój ty Panie, jak ja po tym wymiotowałam! Ale jadłam. – Mlasnęła, przewracając językiem, jakby chciała pozbyć się tamtego smaku, zsunąć go zębami z czubka języka. – Jakoś musiałam żyć. Dla nich. Dla Elżuni i dla niego. A on... On nie dał rady. Umiał walczyć z karabinem, pięści użył, jak trzeba było, ale dla nas... nie umiał się poświęcić. Poddał się i umarł sobie. Umrzeć to najłatwiej. A żyć... Nawet jak człowiek nie wie po co. Może dla samego życia...?

Na twarzy Wiery malowała się zaduma, ale kobieta zaraz ścierała ją, jak zużyty makijaż. Tak oczyszczona ciągnęła:

– Trzeba by zrobić kilka z mięsem, a nie mąkę z ziemniakami mieszać. Toż jedno i drugie mamałyga...

***

Pielęgniarka schyliła się, by podnieść oblepione wysychającym błotem buty. Ostrożnie, bo byle poruszenie spowodowałoby osypanie się brudu na podłogę. A nic tak nie drażniło, jak skrzypiący pod podeszwą piasek.

– Gdzie ty znowu, babciu, krążyłaś? – pytała Bóg wie kogo, mrucząc pod nosem.

Wiedziała, że Wiera całe dnie pałęta się po mieście. Bez celu, bez wiedzy. Tu i ówdzie przystaje i zaczepia przechodniów. I wszyscy ją znają. Mała Mi, podążająca ulicami miasta, wymachująca szarmancko parasolką. I zawsze uśmiechnięta, jakby na każdym kroku spodziewała się paparazzich. A przecież nawet nie zna takiego słowa.

Wiera po prostu kocha życie. Z wszelkimi jego przejawami, z dobrem i złem...

Jadwiga Pawelec zamykała drzwi mieszkania na Koziej. Chwilę przetrzymała klucz w zamku, spodziewając się, że jego szczękniecie wybudzi Małą Mi. Ale nie usłyszała wewnątrz żadnego ruchu, więc zeszła na dół, analizując, czy wszystko w mieszkaniu pozostawiła bezpieczne. Dla niej. Bo z nią trochę tak jak z dzieckiem. Niby człowiek dorosły potrafi przewidzieć, ale fantazja dziecięca zawsze bierze górę.

Wierę powinno się zamknąć w zakładzie, ale... Nie przesadza się starych drzew. A ona, Jadwiga, da radę. I niechby nawet zabrakło w budżecie dla niej samej. Da radę. Wiera...

Pielęgniarka znała znaczenie. Wiera, Nadieżda, Lubow...

Teresa

Sabina pchnęła ramę obrotowych drzwi do banku i po przekątnej napotkała spojrzenie mężczyzny, który przesunął wzrokiem po niej tak, że speszona poprawiła włosy i zapragnęła musnąć usta pomadką schowaną w zewnętrznej kieszeni torby. Wrzuciła ją ostatnio, zapominając, że o s t a t n i o wrzuciła też kilka innych – na wypadek „gdyby nie było żadnej". Nie umiała sobie wyobrazić, że mogłaby pozostać bez pomadki. Owszem, wiedziała, że szminka powinna pasować do stroju, nastroju, okoliczności i innych elementów, ale Sabina najzwyczajniej lubiła swoje usta w kolorze. Niejednokrotnie stawała przed lustrem – w łazience lub w nowej sypialni, obnażającej wszelkie detale za sprawą nowoczesnego oświetlenia – ale dopiero wówczas, kiedy jej wargi nabierały wyrazu, widziała siebie. Szału nie było, choć nie było też tragicznie. Niekiedy sięgała do arsenału pomadek zamkniętych w drewnianej szkatułce i tarła nimi od lewej do prawej, aż usta stawały się wyraziste. Żaden inny element jej ciała nie miał takiego znaczenia...

Drzwi przesunęły się jak w replayu. Sabina wyrównała kolor warg, pocierając jedną o drugą. Przez chwilę jej ciałem szarpnął gorący prąd podniecenia. Dawno nie czuła tej iskry, tego męsko-damskiego jarzenia. Między nią a Karolem wszystko było oczywiste: poniedziałki, wtorki i środy mijały niepostrzeżenie. Czasami pojawiały się trzaski w postaci nierozwiązanych spraw, niedomówień i innych zwykłych rzeczy. A w piątek od rana tak konstruowali swoje plany dzienne, by z powodzeniem zakończyć dzień konspektowym seksem. I tu Sabina sięgała do swoich zasobów kosmetyczno- bieliźnianych, stopniowo uwalniając z siebie demona.

Mężczyzna z obrotowych drzwi znalazł się już na zewnątrz. W hali bankowej był komplet. Każdy boks był zajęty, przy kilku stały kolejki petentów niekryjących zniecierpliwienia. Młody chłopak obok bawił się nowym okazem telefonu albo innego „fonu", przesuwając palcem po ekranie wyświetlacza, za każdym razem uruchamiając denerwujący dźwięk. Panie w jednakowych mundurkach, znudzone, po raz kolejny tego dnia wypowiadały wyuczone kwestie.

I właśnie wówczas Sabina, jeszcze konfabulująca na temat wyrzuconego przez kwadrę automatycznych drzwi mężczyzny, zobaczyła Teresę.

***

Teresa już dawno, podobnie jak inne, zniknęła z pola jej widzenia. Sabina nie potrafiła powiedzieć, kiedy spotkały się po raz ostatni, choćby przelotem. Odkąd wyprowadziła się z Barlinka, coraz to traciła z horyzontu jakieś osoby. Wpadała na zakupy, ale i te chętniej robiła w Gorzowie. Pakowali z Karolem towary do bagażnika, odkreślając z ogromnej listy poszczególne produkty: papier toaletowy, zgrzewki wody mineralnej, gazowanej i niegazowanej, mydło, chleb, dżem, majonez, pakowane hermetycznie wędliny, sery, kartony z mlekiem o różnej zawartości tłuszczu i wszystko inne, czego zabrakło w domu. Karol, oczywiście, sprawdzał wszystko z paragonem, bo przecież nikt nie był w stanie wybić mu z głowy, że w kasach siedzą nieuczciwi ludzie.

– Ja tam głupi nie jestem, a oni w tych kasach też nie! Wiedzą, że pod kopcami towarów na taśmie można schować to i sio. I liczą po kilka razy jedną rzecz! Widzą, że człowiek uwija się, by to wszystko posegregować, popakować. Kto by tam miał głowę śledzić jeszcze sprytne ręce kasjera!

Więc stali na parkingu nieraz i z godzinę, jak mu się coś pomieszało, i dawaj, jeszcze raz przekładanie wszystkiego do wielkiego wózka, z tym samym paragonem, który wił się i podfruwał na wietrze.

– Nie po to jeżdżę aż tu, by zaoszczędzić, żebym pozwolił, aby mnie taki jeden z drugim rąbał!

Z początku przyjeżdżali do Barlinka do kościoła. Sabina lubiła ten duży, chociaż zanim jeszcze się wybudowali, nie należeli do tej parafii, ale siła przyzwyczajenia robiła swoje. Po niedzielnej mszy przystawali na placu obok figury Najświętszej Marii Panny. I zawsze było tak, że ktoś zatrzymał się, zagadnął. To tam najczęściej dowiadywała się, co u kogo słychać, kto, gdzie, z kim…

Karol ponaglał za każdym razem:

– Na co czekamy? Czemu nie idziemy do samochodu?

I zawsze mu było albo za zimno, albo za gorąco, albo wiało.

Sabina rozglądała się więc ostatecznie z nadzieją dostrzeżenia kogoś, ale posłusznie ciągnęła za mężem do samochodu, omiatając wzrokiem przykościelny plac.

Ostatnimi czasy jednak niemal całkowicie zaniechali niedzielnych mszy. A kiedy już nachodziła Sabinę wielka ochota, jechali do najbliższego kościoła na nowym osiedlu. Nie lubiła go, bo bardziej przypominał starą wiejską tancbudę niż świątynię. Dokoła trwała niekończąca się budowa, księżycowy krajobraz jak z czasów wielkiego budowania. W dodatku ksiądz mówił niewyraźnie i nieprzekonująco. I Karol trącał ją co chwila, gdy nie dosłyszał. A Sabinie zdawało się, że wszyscy wierni doskonale się znają, tylko oni są obcy. I przez to poczucie bycia pod nieustanną obserwacją nie mogła się skupić na niczym, myśląc wyłącznie o tym, jak wygląda i czy na pewno przyciasna garsonka zanadto nie opina jej w biodrach. Kiedy więc na koniec ksiądz jeszcze czytał ogłoszenia duszpasterskie i przypominał o chrześcijańskiej powinności budowania Domu Bożego i owej cegiełce jako absolutnie osobistym wkładzie w Wielkie Dzieło, nie czekali już na błogosławieństwo, tylko chyłkiem wymykali się z dusznego drewnianego wnętrza, ledwie maczając czubki palców w mosiężnej kropielnicy. I odjeżdżali spod świątyni, nie oglądając się za siebie...

A potem... Potem przestali w ogóle jeździć do kościoła. Jakiegokolwiek. Czasem Sabina tęskniła. Wyrzucała sobie, że tak odstąpiła od tradycji, że się tak oddaliła, zwłaszcza gdy w rozmowie telefonicznej, dotyczącej absolutnie ważnej sprawy, jaką była rola pora w gołąbkach, matka nagle, ni gruszki, ni z pietruszki, pytała:

– A właściwie, to kiedy ty ostatni raz byłaś na mszy?

Sabina tłumaczyła się jak jakaś smarkata, plącząc się i zmyślając coś na poczekaniu, lecz zanim wymyśliła, słyszała:

– No! Dziecko drogie! Na wszystko macie czas i na wszystko was stać, ale by do kościółka...? Raz w tygodniu? To chyba niewiele? Pamiętaj, kto z Bogiem... Co niedziela widzę Teresę. A jakże, z mężem, z dziećmi. To już nie dzieci zresztą! Dorośli! Tak, jej córka. Jak jej...?

Matka celowo wstrzymywała potok wyrzutów, by sprawdzić, czy Sabina jej słucha.

– Karolina – przypominała więc posłusznie, odstawiając nieco słuchawkę od ucha, bo jak matka się rozkręcała, głos przybierał tak drażniący tembr, że nie sposób było wytrzymać.

– Aaa! Racja! Karolina! Pamiętasz. Chciałam, żebyś tak nazwała córkę, ale ty, oczywiście, nigdy nie brałaś sobie do serca, co mówię. Ze wszystkim tak. Karolina. No tak. Zapomniałam. Ależ to piękna dziewczyna! A jaka podobna do matki! Chociaż ten ich syn też niczego sobie!

A Sabinę skręcało ze złości. Odechciało się jej gołąbków, chciała wyłączyć telefon, ale musiała wysłuchać, jak źle wychowała dzieci i jak niepotrzebnie utopiła się w długach. A przecież, żeby nie było, to niech Sabina sobie przypomni, jak ona, matka, odradzała im tę budowę. Po co im to? Na stare lata na jakimś odludziu, gdzie ani Boga, ani ludzi. A jeszcze żeby choć było ich stać! A tu długów więcej niż włosów na głowie! Co innego Teresa! Mąż z firmą po ojcu. Stać ich na utrzymanie domu i jeszcze na to, by rodzicom wszystko opłacać. A ostatnio to matka widziała, na własne oczy, jak z tego meblowego w domu towarowym wnosili nowiutkie meble do mieszkania. Pukali kilka dni, ale pewnie ładne. Już ona wyobraża sobie te meble! W zasadzie to nawet nie musi sobie wyobrażać, bo widziała takie w reklamie. Wszystko takie piękne, wypucowane. Ale co tam! Ona to już do usranej śmierci będzie mieszkać z tą meblościanką na wysoki połysk. A pewnie! Kiedyś to nie byle co, ale teraz? A co tam!

Jej to już niewiele do życia trzeba. Tam będzie miała łóżko, a jakże. Tylko niech nie położą jej w jakimś badziewiu! Trumna ma być solidna. O matko! Musi być pewna, że byle robactwo nie przelezie zaraz, jak tylko spuszczą ją na sznurach i przysypią ziemią.

Sabinę trafiał szlag. Klęła w myślach gołąbki, których zachciało się Karolowi.

– Wiesz, Sabina? Zadzwoń do swojej matki i zapytaj, czego ona dodaje. Są takie wyostrzone, bardziej wyraźne...

***

Tak... To Teresa realizowała klasyczny schemat idealnej rodziny. Żadnych niespodzianek. Żadnych odstępstw. Patologii. Nudna konsekwencja zamierzeń i życiowych planów.

***

– Słucham panią?

Głos kobiety w eleganckiej bluzce, podwiązanej gustowną apaszką z logo banku, wyrwał Sabinę z zamyślenia. Pogrzebała w przepastnej torbie w poszukiwaniu zawiadomienia o nieterminowej spłacie, które w ostatnich dniach tak zaostrzyło sytuację w ich domu, że wieczorem, leżąc w łóżku, spłakana z rozżalenia czy wściekłości Sabina przyobiecała sobie a b s o l u t n y rozwód. Nie ma co czekać! Dzieci prawie dorosłe, ona ma gdzie mieszkać.

– Dzień dobry! Przysłaliście mi… nam państwo ostateczne wezwanie pod groźbą więzienia, krzesła elektrycznego i czort wie czego jeszcze… – Głos Sabiny przybierał na sile. Ręce zanurzone w torbie wciąż przeszukiwały wnętrze. Ludzie w sąsiednich boksach unosili zaciekawione głowy, zapominając przez chwilę o własnych sprawach, które przywiodły ich w to miejsce. Przez ułamek sekundy wzrok Sabiny spotkał się z jej wzrokiem. I może to spowodowało, że nagle spuściła z tonu. W rękach nagle znalazł się dowód wpłaty, który miał odczynić zły urok rzucony na jej życie.

Teresa uśmiechnęła się porozumiewawczo. Kiedyś pomagało…

***

Znały się od zawsze. Sabina jak dziś pamiętała tamten dzień, kiedy trzymała matkę za rękę, chowając się za nią z płaczem. Bo nagle stało się jasne, że za moment matka zostawi ją w sali pełnej pluszowych, brązowych misiów i drewnianych ciężarówek oraz wozów drabiniastych, w których brakowało a to kół, a to znów szczebelków. Matka poprawiała spódnicę, którą trzymała w garści, i Sabina widziała jej zdenerwowanie.

– Sabinka! Mama musi do pracy! A kto tobie kupi nowe trzewiczki? Albo czekoladkę z orzechami? Lubisz czekoladkę? A widzisz! – dodawała z tryumfem. – Za wszystko trzeba płacić.

Matka była zniecierpliwiona. Wykonywała mnóstwo zbędnych ruchów: okręcała spódniczkę Sabiny wokół talii, podciągała pomarszczone na łydkach rajstopki, które jeszcze nieprane były sztywne i trudno było je uchwycić.

Sabina nie prostowała nóg. Była wiotka jak szmaciana lalka.

Miała pięć lat i wiedziała, że pieniądze są ważne. Za każdym razem, gdy szły do samu, widziała, jak matka wyjmuje z kuferkowej torby harmonijkową portmonetkę i z przegródek wyciąga czerwone stuzłotowe banknoty. Ale to zaraz po pierwszym, bo potem, im dalej w miesiąc, coraz częściej wygrzebywała z kieszonki na zatrzask srebrne, brzęczące pięcio- i dwuzłotówki. I tylko sapała przy tym, jak przy mocno fizycznym wysiłku.

Ale teraz Sabinie nie chciało się ani czekolady, ani dotyku brązowych pluszowych misków ze smutnymi, porcelanowymi oczami, utkwionymi beznamiętnie w przestrzeni. Była gotowa zostać sama w domu i nawet zasypiać przy zgaszonym świetle. Godziła się również na południową drzemkę. Byle tylko matka nie zostawiała jej tutaj. Pani Irenka, z chałką na głowie, już wyciągała ręce i przewracając oczami za sztywną zasłoną z utuszowanych rzęs, szeptała namolnie:

– No chodź do mnie! Chodź! Chodź, chodź! Daj rączki! Daj! Daj!

Sabinę przerażały te dłonie i te oczy, i jeszcze mocniej mięła w rękach matczyną spódnicę.

– Zostaw! – złościła się matka, ostatkiem sił tłumiąc zniecierpliwienie. – Popatrz na dziewczynkę! Zobacz, jaka grzeczna. Nie jak ty!

Matka tamtej uśmiechnęła się i rzekła:

– Nie bój się! Zobacz, Tereska też jest tu dopiero pierwszy raz! Jakby co, pomoże ci. Jesteśmy sąsiadkami. Znasz mnie? Patrz, Tereska się nie boi. Już nie mogła się doczekać, kiedy pójdzie do przedszkola – dokończyła z dumą, muskając lekko czubek głowy córki.

Oczywiście, Sabina widziała je kiedyś na klatce, ale trwało to tak krótko... Matka Sabiny również zwróciła na nie uwagę. Zwłaszcza na kobietę.

Przez chwilę mierzyła spojrzeniem nienaganny strój tamtej, drogie zapewne buty i torebkę, pasującą do całości. Wygładziła zmarszczki na swojej spódnicy, obciągnęła elastyczny sweterek i dokończyła, starając się, by jej głos brzmiał nieco łagodniej. Jakby zależało jej, by ukryć przed tą kobietą zniecierpliwienie i podenerwowanie:

– Nie wstyd ci? Twoja koleżanka taka grzeczna! A ty? No już! Idź z panią! Koleżanka też idzie! Żadnej łzy! Nie jak ty! Beksa! Wstyd!

Sabina, ciągnięta przez panią Irenę, odwracała głowę z nadzieją, że matka jednak zawróci i ją zabierze. I nawet kiedy zaskrzypiały dwuskrzydłowe ciężkie drzwi prowadzące do wyjścia, wciąż miała nadzieję, że zaskrzypią ponownie i matka się rozmyśli. Przedszkolanka tymczasem, załamując rozpaczliwie ręce, popchnęła dziewczynkę delikatnie do środka i pozostawiwszy ją samą sobie, zawróciła do szatni, która była wielogłosowym chórem niestrojonych dźwięków. Dzieciaki piszczały, chlipały, niektóre darły się bez opamiętania, zupełnie nie dopuszczając do żadnych uspokojeń.

Sala przedszkolna była duża i przestronna. W kątach siedziały grupki dzieci. Jedne już zapomniały o rozstaniu z matkami i bawiły się zdezelowanymi zabawkami, inne pochlipywały, tarmosząc przypadkowe pluszaki z oklapniętymi uszami i pozwieszanymi głowami albo zwijając w palcach stylonowe fartuszki.

Teresa podchodziła do wszystkich po kolei. Świergoliła i pocieszała jak stara maleńka. Sabina natomiast stanęła przy drzwiach, siąkając dyskretnie, wycierając wilgotny nos i oczy wierzchem rękawa nowego sweterka, zakupionego przez matkę na długo przed wysłaniem jej do przedszkola. Rękawy były przykrótkie, odkrywały drobne nadgarstki. Wokół panowało zamieszanie, które jednak momentami budziło ciekawość. Pachniało przypalonym mlekiem i farbą olejną, którą namalowano lamperię. Mdły beżowy kolor, z nierównościami i pęcherzami, które aż prosiły się, by je nakłuć ostrym patyczkiem od bierek... Wtedy to Sabina zobaczyła Dankę. A przy niej Teresę. Ta, niczym święta z Kalkuty, wycierała zielone strugi lecące z nosa Danki, która płakała najgłośniej ze wszystkich dzieci. A mimo to, poprzez krzyk, Sabina usłyszała słowa Teresy, pełne łagodności i dziecięcej mądrości:

– Nie płacz! Bo główka będzie bolała. Rodzice muszą pracować, bo jak nie, to nie stać ich na dzieci...

Sens słów nie do końca był zrozumiały, ale spokój, z jakim tamta je wypowiadała, kazał Sabinie wierzyć, że Teresa ma rację i zapewne tak musi być. Zresztą ona kolejno podchodziła do najbardziej wrzeszczących dzieciaków i jak dobra wróżka, a to głaskając po twarzy, a to wycierając mokry nos, przywracała na twarze przedszkolaków uśmiechy. Pani Irena nadziwić się nie mogła, z uznaniem kiwając głową i pokazując Teresę paniom salowym, które też miały pełne ręce – i dzieci, i roboty.

Od tamtego dnia pani Baniewska bardzo chętnie pozwalała dziewczynkom bawić się razem, a kiedy matka Teresy, Anna, wyjeżdżała na dłużej, zawsze mówiła do Wojdata, ojca małej:

– Ależ proszę się o córkę nie martwić. My z Sabinką się nią zajmiemy, weźmiemy z przedszkola. Pan sobie głowy nie zawraca. Krzywda żadna jej się nie stanie, a jak potrzeba, to i przenocować u nas może. Prawda, córuchna? – zwracała się do Sabiny, trącając ją nieznacznie, by odpowiedź padła, zanim ojciec Teresy się zawaha i stwierdzi, że sam sobie poradzi. Sabina kiwała więc gorliwie głową, choć wcale nie lubiła bardzo dni, kiedy Teresa u nich przesiadywała. A przynajmniej na samym początku, bo wówczas matka tak śmiesznie dziubdziała, zdrabniając słowa, poruszając się jak w teatrze, sztywno i dziwnie, i co chwila zagadując koleżankę.

– A mamusia to gdzieś wyjechała? A pewnie w ważnej sprawie? – Zaglądała przy tym Teresie w oczy.

Dziewczynka odpowiadała zdawkowo:

– Wróci za dwa tygodnie.

Pani Baniewska, niepocieszona, drążyła:

– A daleko to, daleko?

Teresa unosiła tylko ramiona i kręciła głową na znak, że niestety, ale tego to ona nie wie. I zaraz siadała grzecznie przy stole, jedząc nałożony w salaterki kisiel, zagadując Sabinę, nastroszoną, że matka nadskakuje tamtej. Potem bawiły się albo w dom, albo Teresa czytała na głos wierszyki z kolorowej książeczki, którą jej ojciec wraz z innymi zabawkami zostawiał u nich w domu. Wszystkie zabawki były porządne, jak prosto ze sklepu – puchate futrzaki, lalki w sztywnych sukienkach. Matka tymczasem przystawała w progu, podparłszy się pod boki w zachwycie.

– Musisz nauczyć Sabinkę czytać – mówiła do Teresy. – Widzisz, córka, jak Tereska pięknie czyta? Jak mała aktorka! Ucz się, ucz! – zwracała się do Sabiny. – Idę coś porobić w domu, a wy się ładnie bawcie. Zostawiam was.

Ale wcale nie wychodziła. Krążyła wokół, to przysiadając na wersalce, to wyglądając przez okno, i zapewniała:

– Tatuś zaraz pewnie wróci. Lada chwila. Tylko patrzeć.

Jak tylko słyszała trzask drzwi na dole, po którym głuche echo ciągnęło po całej klatce, biegła do drzwi, otwierając je, zanim Wojdat zdążył stanąć w progu.

– Nie trzeba było się tak spieszyć! – wołała. – Mała to taka grzeczna, że aż człowiek zamartwia się, czy aby nie chora. A, zjadła kisielu. Niczego innego nie chciała, tylko podziękowała. Jak jakaś pensjonarka, po francusku chyba wychowana. Ależ się państwu córeczka udała! Jak będzie potrzeba…

Wojdat nie słyszał nawet połowy. Pochylał nieco czoło i szedł do siebie.

A po pierwszym matka kupowała Sabinie nową lalkę.

– Patrz, co ci kupiłam! Taką jak u Tereski! Tylko nie ubabraj jej zaraz. A najlepiej to od razu połóż na kredensie! Jak będzie u nas, to się pobawicie.

I zanim Sabina zdążyła się nacieszyć, lalka lądowała pośród innych. Na kredensie wszystkie wyglądały jak kwoki na grzędzie. Już kiedy była starsza, dziewczynka złościła się, że musi każdą wziąć do ręki, wytrzeć kurz na półce, a potem poustawiać je jak wcześniej. Równiutko. Wszystkie prosto, z porozkładanymi spódnicami, tak by nie zagnieść żadnej. Porcelanowe oczy trwały utkwione nieruchomo i obojętne. Nie zważały na nic.

Potem chodziły razem do szkoły. Kiedy okazało się, że dziewczynki trafiły do jednej klasy, pierwszej b, matka Sabiny była szczęśliwa. Mogły przecież osobno, a jakże, ale widać los tak chciał. Bo do klas przydzielano różnie.

W a dzieci partyjne, lekarskie i nauczycielskie. W b urzędnicze i te, których rodzice „wyglądali". A wszystkie inne do oznaczonych kolejnymi literami alfabetu, jak Bóg da. Najwyżej w trakcie się przeniesie. Teresa… Od początku było wiadomo. Z nazwiskiem i pozycją rodziców… A Sabinie to się udało. Jak ślepej kurze ziarno! – powiadała matka.

A później już bardzo często: a Teresa to, a tamto! A ty to tak albo siak…

Ale zawsze gorzej. Zawsze.

Sabina nawet chciała znielubić Teresę, ale się nie dało. Bo tamta już taka była, że gdziekolwiek się zjawiała, zawłaszczała wszystkie serca. Tak zwyczajnie, mimochodem.

***

Gdzieś pod koniec podstawówki któregoś dnia Teresa nie pojawiła się w szkole. Nieobecność Kaśki, Anki czy choćby Sabiny jakoś nie budziła niczyjego zdumienia. Zawsze mogła się przytrafić jakaś angina, grypa albo – po szóstej klasie – bolesne okresy. Choć za skarby żadna nie przyznałaby się do tego, chyba że w największej tajemnicy, takiej „na śmierć i życie", na ucho. Nic dziwnego! Nie było wszak żadnego powodu do dumy, a do wstydu a jakże. Na wuefie pani Regina kazała im ćwiczyć w krótkich spodenkach i nie było zmiłuj. Musiały wkładać szorty, w których odciskały się grube podpaski czy sztywne wkładki z ligniny lub waty. I jak miały biegać? Na oczach chłopaków, którzy zaraz jeden drugiemu palcami pokazywali i śmiali się przy tym, wygadując bzdury o „przyjeździe ciotki w czerwonym ferrari"? Nie dziwota, że brzuchy dziewcząt jak na komendę dostawały skurczów i cięły potężnym bólem od lędźwi aż po pachwiny, nie pozwalając zrobić ani kroku. One zwijały się wtedy w kłębek, jęczały teatralnie, byle tylko wywinąć się z biegania górek. A swoją drogą to niekiedy istotnie cierpiały, skręcając się z bólu. Od kobiet słyszały na pocieszenie:

– Urodzisz, to przejdzie. Zresztą co tam taki ból! Poznasz życie, to zrozumiesz, że to można wytrzymać...

Zostawały więc w domach, ubłagawszy przedtem matki.

Ale tu? Teresa? Nie do wyobrażenia, by tak błahy, a skądinąd tak naturalny powód zdołał zatrzymać ją w domu. Na domiar w dzień, na który pani Halina Madejska zapowiedziała klasówkę z polskiego! Wszystkie, ale nie ona.

Sabina z Danką spoglądały po sobie pytająco, kiedy nauczycielka sprawdzała obecność w dzienniku. Wszyscy wywołani odzywali się raz po raz, do czasu gdy padło „Teresa Wojdat". W klasie na drugim piętrze szkoły przy jeziorze zaległo milczenie.

Pani również zdawała się być zdumiona, bo obsunęła nieco okulary i popatrzyła na klasę. A mimo to nie usłyszała stonowanego głosu Teresy, która zawsze, jako jedyna, wstawała z ławki, dygając, i mówiła: „Obecna". Nauczycielka zawsze potem przewracała stronę dziennika na przedmioty, jakby właśnie owo „obecna" stanowiło znak do rozpoczęcia lekcji. Brała do tablicy według tylko jej znanego klucza, a potem wstawała od sfatygowanego biurka i zaczynała temat, wciąż patrząc na Teresę. Ta siedziała wyprostowana, gotowa odpowiedzieć na każde pytanie.

Ale tego dnia nie było jej w szkole. Ani przez kolejne dni. W pokoju nauczycielskim poszeptywano różne historie, ale nikt niczego pewnego nie umiał powiedzieć. Jedna Stenia Wątor – stara panna, matematyczka, co to mieszkała w bloku obok (to już nie była Kozia, ale Różana) – widziała, całkiem przypadkiem, jak Wojdat wynosił z domu jakieś bagaże. A potem przez okno w kuchni obserwowała uczennicę, która prowadziła matkę, otępiałą i niezborną w ruchach – do samochodu. Początkowo pomyślała sobie, że pijana, ale gdzież tam! Takie jak ona się nie upijają...

***

Teresa trzymała matczyną głowę na kolanach. Spała. Palcami mierzwiła włosy. Były jak jedwab, cienkie, błyszczące. Palce z przyjemnością rozgarniały wąskie pasma. Pojedyncze nitki lekko okręcały się wokół dłoni, łaskotały subtelnie. Dziewczynka tak bardzo pragnęła dla matki spokoju! Od kiedy urosła i zrównała się z nią wzrostem, nie opuszczało jej wrażenie, że matka jej potrzebuje. Że oto nadszedł moment odwrócenia ról, że teraz ona, Teresa, o wszystko zadba, a matka... Niech śpi. Teresa jest odpowiedzialna. Od zawsze znała brzmienie tego słowa. „Musisz być odpowiedzialna!" jak mantra kołatało jej w umyśle. Przez całe życie...

Anna posapywała spokojnie przez sen, najwyraźniej wykończona nocnymi przeprawami. Całe noce chodziła dokoła stołu, szemrząc pod nosem jakieś dźwięki, z których trudno było ułożyć coś sensownego. Jak nakręcona!

Wieczór zapowiadał się spokojnie, chociaż już przy kolacji można było zauważyć oznaki tego, że coś zaczyna się dziać. Nadgryzione kanapki, kilka razy wysuwające się z rąk. Matka podniosła je i ułożyła na krawędzi talerzyka z kwiatowym motywem. Potem spadały następne...

Teresa opowiadała o szkole, ale matka otępiałym wzrokiem patrzyła na rant talerzyka, na którym tworzyła dziwną koronę z nadgryzionych kromek. Memłała w ustach pojedynczy kęs, powoli, beznamiętnie. Potem nagle wstała od stołu i położyła się na wersalce. Ojciec nie spuszczał z niej oczu. Stał się czujny. I jego ruchy spowolniały. Z początku sięgnął po kolejną kromkę, odłożył. Uniósł się lekko na krześle, ale jeszcze nie wstawał, jakby się bał, że najmniejszy ruch sprowokuje nieprzewidywalny bieg wypadków.

– Idź już spać! – powiedział z kiepsko ukrywanym niepokojem. Już wiedział. Znał te automatyczne ruchy, te zatrzymane w jednym punkcie źrenice. Jeszcze wierzył, że to przejściowe, że to ot tak, ale gdzieś w zakamarkach umysłu pojawiła się myśl, że trzeba coś zrobić, że sytuacja nie jest normalna. Zawsze udawało mu się ubiec atak choroby, choć ostatnio zdarzały się coraz częściej i coraz trudniej było nad nimi panować. Lekarz mówił, że to być może załamanie nerwowe. Po nieudanych ciążach. A może to geny? Mówił, że z czasem może być coraz gorzej...

Szpital mieścił się w zabytkowym budynku. Piękna architektura, niczym stary zamek, pałac z bajki. Murowanym z cegły, potynkowanym. Wprawdzie elewacje zachowały resztki klasycystycznych zdobień, fragmenty gzymsów, niemniej już na pierwszy rzut oka widać było, że budowla ulega niszczeniu. Dziury tworzyły nieregularne kształty, ukazując nadtłuczone cegły, które przy baczniejszej obserwacji pozbawiały ją uroku. Centralny ryzalit mieścił główne wejście, poprzedzone gankiem, na który prowadziły dwustronne, zapewne niegdyś reprezentacyjne schody z tralkowymi, marmurowymi barierkami, gdzieniegdzie popękanymi i wyszczerbionymi. Nad drzwiami, które absolutnie nie pasowały do całości, podobnie jak okna, bo wszystkie wykroje otworów okien i innych drzwi wejściowych zostały przebudowane, widniała czerwona tablica z napisem: „Szpital dla nerwowo i psychicznie chorych", a pod spodem: „Oddział psychiatryczny dla kobiet". Półokrągły ryzalit zwieńczono niegdyś tympanonem, w którego polu umieszczono owalny kartusz, jednak całość nadszarpnął ząb czasu, skutecznie kryjąc dawne piękno. Nie było widać ani herbu, ani daty. Całość pokrywał mansardowy dach z lukarnami, które straszyły ciemnymi, zapuszczonymi otworami. Szkoda, bo wyobraźnia podpowiadała grę świateł, którą mogłyby tworzyć promienie zachodzącego słońca... Do skrzydeł budowli przylegały przybudówki, pochodzące z różnych okresów, odbiegające estetyką od głównego gmachu, po których znać było, że nikomu nie zależało na utrzymaniu świetności miejsca.

Dokoła buchała zieleń. Alejki parkowe, zapuszczone podobnie jak szpital, ale i tak pełne uroku, plątały się na kilkuhektarowej przestrzeni, przeciętej zagubioną pomiędzy dróżkami rzeczką.

Naprawdę trudno było sobie wyobrazić, że za ścianą drzew, pośród poplątanych ścieżek, znajduje się szpital. Gdyby nie okratowane okna, poukrywane za wielkimi drzewami, można by przypuszczać, że to jakieś zapomniane przez system miejsce. Jego egzotyczny nieco klimat bardziej przywodził na myśl zamki z uwięzionymi w nich księżniczkami niż zakład psychiatryczny. Być może przez zacienienie, a może przez te poobdrapywane tynki, zniszczone pożółkłe okiennice i siermiężne kraty, od całości wiało smutkiem i grozą. Zza niepodomykanych okien słyszało się jęki, jakieś przeciągłe śpiewy, podobne do magicznych zaklęć. W niektórych pojawiały się poruszające mechaniczne postacie o tępych, nieruchomych oczach, które zapewne nie umiałyby nazwać tego, co przed nimi. Kobiety rozczochrane jak Horpyny, mężczyźni w pasiastych koszulach piżam. Inny świat. Dziwny świat...

– Musimy ją tu zostawić – powiedział ojciec, choć Teresa wcale nie pytała. Trzymała głowę matki na kolanach. Zdrętwiała jej ręka, ale nie zwracała na to uwagi. – Mama jest chora – ciągnął.

Teresa nie podniosła oczu. Nie było potrzeby. Mówił to, o czym ona wiedziała.

– Mamuś! – powiedziała. – Musimy wysiadać.

Kobieta zerwała się gwałtownie, odsunęła z odrazą ręce dziewczynki. Przez chwilę wpatrywała się w nią zdumiona, a potem zapytała, szturchając męża:

– A kto to jest? Co to za dziecko? – Głos brzmiał przytomnie i naturalnie, jak gdyby nigdy nic. – Gdzie my jesteśmy? Co to za miejsce? To jakiś szpital? Co my tu robimy?

Ton stawał się coraz bardziej nerwowy. Matka wodziła dokoła rozbieganymi oczami. Teresa chciała ją przygarnąć, przytulić, ale kobiece ręce natychmiast chwyciły ją za nadgarstki, przytrzymując mocno. Zabolało. Szczupłe palce wpijały się w ciało, znacząc poczerwienionymi śladami skórę.

– Mamo… – Teresa próbowała uspokajać, choć ostre paznokcie raniły. Spod jednego cienką strużką sączyła się krew. Gdyby nie absurdalne pytania matki, można by sądzić, że to przygotowana inscenizacja. Bo matka wyglądała jak zawsze. Może tylko oczy zdradzały niepokój.

– Mamo? Stefan, co ona bredzi?! Kto to jest? Przecież my nie mamy dzieci! Przecież ja nie mogę mieć dzieci!

– Mamo! – Teresa ponowiła prośbę. Matka jednak nie odpuszczała. W jej oczach pojawiło się szaleństwo, niebieska żyłka na czole zadrgała nerwowo i groźnie. Przez moment skrzyżowały spojrzenia. Teresa spróbowała się uwolnić. Bała się. Nigdy nie widziała matki w takim stanie.

Od dawna podejrzewała, że coś się dzieje, ale wiedziała też, że małe tabletki, schowane za szybą w kredensie kuchennym, na pewno pomogą. Matka zresztą sama czuła, że coś jest nie tak. I albo sama szła do kuchni, gdzie spokojnie, z rozmysłem wyłuskiwała małe drażetki ze srebrnego blistra, albo niekiedy, gdy już zacierały się jej obrazy, oddalały głosy, wołała męża, by podał jej leki. A potem powoli, przytrzymując w dłoni małą tabletkę, kładła ją na czubek języka, by następnie odchylić głowę do tyłu jak indyczka. Popiwszy jeszcze wodą, pozwalała, by lekarstwo zaprowadziło porządek w jej głowie.

– Dziecko! Drogie dziecko! Ja nie jestem żadną twoją mamą! – Patrzyła teraz na córkę, jakby ta była nienormalna, jakby to jej pomieszały się światy. Na twarzy kobiety pojawił się sardoniczny uśmiech.

– Anna! Przestań! – Ojciec zaciągnął sprzęgło i odwrócił się do żony. Ale w samochodzie było zbyt mało miejsca, by mógł uczynić jakikolwiek ruch. Musiał wysiąść. Szybko. Natychmiast. Wiedział, że musi to zrobić, zanim żona zacznie mówić. Musi wyciągnąć ją z tego auta i zaprowadzić do smętnego budynku, zanim ona zniszczy życie Teresie. Tak jak jemu. Kochał Annę nad życie, więc pogodził się z myślą, że nie będzie ojcem. Kiedy widział umęczenie żony po kolejnym poronieniu, stosy małych ubranek, gromadzonych z każdą ciążą, tak wielki żal w nim wzbierał, że gotów był zrobić wszystko, byle tylko nie myślała, nie brała tych rzeczy w ręce, nie tuliła do zapłakanej twarzy. Mogli żyć bez dziecka. Nie oni jedyni, nie ostatni. Anna miała pomysły na życie – malowała, lubiła podróżować. A on obiecywał jej podróże na koniec świata. Ale nie! Wzięli Teresę. Była tak mała. Trzy latka, a wyglądała na mniej. Drobna i krucha. Pasowała do Anny. Miała w sobie tę samą delikatność. Proces adopcyjny trwał krótko. Stefan miał koneksje. Zaraz po uprawomocnieniu się wyroku okazało się, że biologiczna matka zmarła. Nie chcieli znać przyczyny, odetchnęli z ulgą, wreszcie pewni, że tamta nie upomni się o dziewczynkę. Ojciec był nieznany. Ileż im się trafiło szczęścia!

Ale Annie było mało! Jeszcze tylko raz, jeszcze kolejny! – prosiła. Lekarz załamywał ręce. Jeździli po Gorzowach, Szczecinach, aż w końcu sytuacja stała się na tyle dramatyczna, że konieczny był zabieg. Ostatecznie wykluczający ciążę. Kiedykolwiek.

Był czas, gdy wydawało się, że Anna pogodziła się z losem. Przestała głaskać brzuch, przestała dopominać się seksu kilka razy w tygodniu, choć bywało, że i jednego dnia łasiła się parokrotnie i prowokowała. Wiedział, że to gra. Znał ją.

Potem zaczęły się ataki. Początkowo łagodne. Jeszcze ich nie zauważał, a już na pewno nie łączył z brakiem i c h dziecka. No i przecież była Teresa.

„Mamusiu! Tatusiu!", świergoliła. Dla niego była cudem. Każdego dnia było tak, jakby im dziękowała, że ją wzięli. Nie chorowała jak inne dzieci, nie płakała nawet, gdy zasypiała sama w ciemnym pokoju, a za oknem czaiły się groźne stwory. Cichutko wtulała się w poduszkę i zaciskała mocno powieki, byle tylko złe zniknęło. I nawet gdy w przedszkolu wybuchała epidemia świnki, ospy czy czegoś innego, Teresa nie łapała niczego, aż wszystkie panie dziwiły się, że dziecko taką odporność ma. Szeptały między sobą, że to pewnie po ojcu, bo matka to taka mizerotka, człowiek boi się przy niej kichnąć głośniej. Żeby się nie rozkruszyła, nie rozsypała na tysiące drobin, jak najcieńsza porcelana...

Jednak kiedyś w nocy przypadek sprawił, że Teresa wymagała natychmiastowej pomocy lekarskiej.

Było już późno, kiedy wstała do ubikacji. W jej pokoju wszystko wirowało i gubiło kształty. Zamknięte okna nie wpuszczały powietrza, które stało ciężkie i gęste. Trudno jej było oddychać. Ciało na przemian przeszywały dreszcze gorąca i chłodu, zapewne od tego, że nie dość starannie ubrała się w szatni przed wyjściem na spacer... Pani Irenka ufała w rozsądek i mądrość małej. Ale Tereska czuła na dworze, jak języki zimna liżą ją po ciele. Nie chciała zawracać pani głowy, choć wolałaby sobie posiedzieć w ciepłej sali, przy oknie wychodzącym na plac.

Ojciec nie spał. Dziewczynki to nie dziwiło, bo tak bywało zawsze, ilekroć zdarzało się jej przebudzić. Nieraz przychodził do jej pokoju. Stawał i patrzył. A ona czuła to spojrzenie i było jej tak dobrze, że nie wiadomo jak i kiedy zasypiała.

Tamtej nocy miała ciężkie nogi. Nie słuchały jej. I w ogóle całe ciało było jakieś obce. Jak nie jej.

Nie chciała nikogo martwić. Ojciec stanął nad nią. Był zły? Zdziwiony?

– Co się dzieje? – usłyszała jego głos i poczuła na czole chłodne ręce. Głos znikał i pojawiał się, i znów się oddalał...

– Tereska! Anna! Dziecko! – Ojciec trzymał ciało, gibkie jak z plasteliny.

Leżała w szpitalu kilkanaście dni. Ale nie potrzebowała niczego. Mimo to ucieszyła się z lalki Krakowianki, choć nie potrzebowała. Nie chciała nikogo martwić. Nie chciała...

***

Wojdat otworzył drzwiczki, wyciągając ręce, by pomóc żonie wydostać się z auta.

– Chodź! – zakomenderował ostro.

Na zewnątrz było rześko. Pachniało żywicą. Teraz obejmie ją ramieniem i przespacerują się. Przestrzeń, zieleń. Zawsze pomagały.

Nie poruszała się, zastygła w miejscu. Palce przytrzymywały jeszcze nadgarstki Teresy, ale już nie naciskały. A Teresa nie wyrywała się. Słuchała. Matka wykrzykiwała coś o marzeniach, o oszustwie, łóżeczkach. Słowa pozbawione sensu. Dziewczynka siedziała jak sparaliżowana; wszystko, co się działo, było jak film. Cała scena budziła emocje, i owszem, ale Teresa w żaden sposób nie łączyła jej z własnym życiem. Kobieta siedząca obok wyglądała jak matka, ale przecież nie była nią, tylko jakąś wariatką, która coś sobie ubzdurała. Dziewczynka przecierała oczy, żeby przepędzić zafałszowany obraz, ale ten nie chciał przeminąć. Na skórze czerwieniały ostre rysy, piekło i szczypało... W samochodzie nagle zrobiło się ciasno i duszno. Teresa nie mogła się poruszyć.

– Anna! Chodź na spacer! I przestań już mówić. Zobacz, jaki piękny dzień…

Nie wiedział, jak przerwać ten potok wymowy, ale musiał wyciągnąć żonę z auta, zabrać od córki, której oczy robiły się coraz większe, coraz bardziej wątpiące. Coraz bardziej błyszczały. Teresa była inteligentna! Zbyt inteligentna! Musi zająć się Anną, która krzyczała:

– Co mam przestać?! Mówili, że jak ją wezmę, to potem urodzę swoje dzieci! A one, jedne po drugim, ściekały do kanalizacji! Jedno po drugim! A ona? Jak gdyby nigdy nic!

Przechodzący opodal ludzie, pewnie pacjenci, podobnie poubierani, spowolnieni i nabrzmiali od leków, zatrzymali się na chwilę, by za moment iść dalej, kołysząc się dziwnie, jak pingwiny.

– Anna! – Głos Stefana Wojdata stał się ostry i nieprzyjemny, ale na jego żonie nie robiło to żadnego wrażenia. Wołała z nienawiścią:

– Przecież obiecywali! A potem mówili, że wszystkie płody męskie umierały…!

– Anna! – niemal błagał, łapiąc kątem oka zdumione spojrzenie Teresy. Córka trzymała się za obolałą rękę.

Z początku nic do niej nie docierało. Przecież matka jest chora. Psychicznie chora. Ale nagle zaczęło coś świtać. To nie były majaki chorej kobiety, raczej jakiś wewnętrzny głos, tłumione przez lata niespełnienia, teraz pozbawione hamulców. Puszczone samopas…

W głowie pojawił się nagle obraz tamtego dnia, kiedy wycięto jej wyrostek. Była mała. Na tyle mała, by nie zajmowały ją rzeczy poza nią samą. Bolało ją w boku, a potem i w plecach, i noga rwała, że Teresa nie mogła zrobić najmniejszego kroku. Na pogotowiu stara lekarka, zmęczona po kilkunastogodzinnym dyżurze, zawyrokowała z przeciągłym ziewnięciem:

– Wyrostek! Trzeba natychmiast ciąć!

Sala była w kolorze metalu, wszystko w niej mieniło się i połyskiwało. Wyglądała jak wyłożona aluminiowymi płytkami. Mama siedziała na wprost pielęgniarki pochylonej nad wielką płachtą papieru z zapisanymi pytaniami i wykropkowanymi miejscami na odpowiedzi, które musiały być prawdziwe i precyzyjne…

– Imiona i nazwisko!

– Adres!

– Data i miejsce urodzin!

– Choroby, przebyte i nieprzebyte!

– Choroby w rodzinie dalszej, bliższej!

Aż wreszcie (choć może to było na samym początku?):

– Rodzice? Opiekunowie?

Teresy zupełnie nie obchodziła ta wymiana zdań. W brzuchu ją rwało, ból panoszył się wszerz i wzdłuż, łzy napływały do oczu, że z trudem dawało się je powstrzymać, mrugając szybko powiekami. Twarz paliła. Teresa chciała tylko, by mama trzymała ją za rękę. Tak jak wówczas, kiedy ona była jeszcze bardzo malutka, a lekarz w Gorzowie na Walczaka usuwał jej trzeci migdał. Mama wyglądała wtedy zupełnie inaczej. Teresa po raz ostatni widziała ją taką, bo potem... Potem mama jakby się zmieniła.

Dziewczynka leżała na kozetce. Sufit był nudny. Biały. Nie było na nim nawet jednej rysy, tylko jarzeniówka błyskała co jakiś czas, jakby zamierzając zgasnąć.

Matka patrzyła i uśmiechała się.

– Rodzice – odpowiedziała cicho i odchrząknęła znacząco, ale widać tępawa pielęgniarka nie zrozumiała, bo zaczęła wpisywać słowo do swoich rubryk. Anna szepnęła, zerkając kątem oka na dziecko: – Opiekunowie...

Pielęgniarka rzuciła jej oburzone spojrzenie, wzruszyła ramionami i zapytała poniesionym głosem:

– To niech się pani w końcu zdecyduje, czy pani ją urodziła ją, czy nie! A może w kapuście znalazła?

Teresa nie miała pojęcia, o co chodzi z tą kapustą. Dość, że matka się zdenerwowała. Jej samej stanęły przed oczami mroczki, odpływała gdzieś daleko, daleko... I z tej dali dobiegł ją głos matki:

– To nie moja córka. Znaczy moja, ale nie ja ją urodziłam...

A potem... Potem była już tylko gorycz w ustach, smarowanie łyżeczką owiniętą w watę i umaczaną w szklance z wodą spierzchniętych warg. A Teresie wydawało się, że matka znów jest jakaś inna...

– Stefan! Gdzie są wszystkie nasze dzieci? Nasi chłopcy? Zobacz! Ona nawet nie jest do nas podobna! Stefan!

Teresa jakby zapomniała, że matka jest chora, że są tu, w tym miejscu, niby pięknym, tajemniczym, przywodzącym na myśl baśniowe wyobrażenia z dzieciństwa. Wyszła na zewnątrz, z trudem łapiąc oddech. Cała sytuacja ją przerosła. W jej głowie kłębiły się pytania. O co chodzi? Dlaczego matka wygaduje te bzdury? A może ona naprawdę nie jest jej córką?

***

Matka leżała w szpitalu w Branicach ponad miesiąc. To długo. Na tyle długo, by wszystko poskładać, odszukać. Teresa nie miała odwagi pytać o cokolwiek ojca, czuła jednak, jak coś się w niej zmienia. Nocami nie mogła zasnąć. Powracały do niej słowa matki, a przede wszystkim oczy, obce i pełne nienawiści. Tak się nie patrzy na jedyną córkę! Teresa od dawna nie była już małą dziewczynką, której można było wmówić wszystko: i powiastkę o Mikołaju, i historię narodzin, i całą ich oprawę. Fakt, że nikt nigdy nie powiedział „wykapany tatuś" lub „cała mamusia", dawał się jakoś ignorować. Teraz tłoczyły się do głowy wątpliwości. Kim jest? Z kim żyje? Dlaczego? Pytania się mnożyły, a żadne nie znajdowało odpowiedzi. Zawsze to matka była wyrocznią, ale teraz? Cały ten wyjazd do Branic zmieniał postać rzeczy.

Poruszali się w domu niemal bezszelestnie, jedno drugiemu nawzajem schodziło z oczu. Teresa widziała, że ojciec cierpi, ale sama musiała się pozbierać. Przypatrywała się sobie, szukając podobieństwa, wspólnych rysów, gestów, koloru oczu. Chciała poznać osobę, która odbija się w lustrze, dowiedzieć się o niej wszystkiego.

W szkole udawało jej się jakoś przetrzymać. Najgorsze były godziny w domu. Przeszukiwała dokumenty ze starych torebek matki, przeglądała setki zdjęć. Nie wiedziała, czego szuka. Nocami wątpliwości kotłowały się pod czaszką, spędzając sen z powiek. Tęskniła za matką. Dotykała miejsc poranionych przez Annę, pragnęła, by znikły. To, co się zdarzyło, było jak zły sen. Próbowała ten sen przegonić, ale za każdym razem okazywało się, że nie można pozbyć się przeszłości.

Kiedy ojciec wracał, ona udawała, że śpi. Nie wchodził do niej. Długo w nocy palił światło w pokoju rodziców. Pewnie pracował. Późną nocą stawał w progu jej sypialni i stał tak przez chwilę. Wstrzymywała oddech, żeby broń Panie Boże nie zakłócił ciszy, która dzwoniła bardziej przeraźliwie niż hałas na górnym korytarzu w szkole. Teresa pamiętała, jak matka kiedyś przyszła do szkoły i trafiła akurat na długą przerwę. Stojąc przy oknie górnej sali rekreacyjnej, patrzyła na jezioro, które majaczyło niebieskością pomiędzy konarami wysokich topoli. I nagle zadzwonił dzwonek, brutalnie niszcząc jej spokój. Z klas lekcyjnych wylegała rzeka uczniów – głośnych, wymachujących rękami. Matka odruchowo zasłoniła uszy. Chciała stamtąd uciekać, gdy nagle z tej rzeki wyłoniła się postać Teresy. Dziewczynka zabrała matkę, czując, że taki rwetes nie dla niej. Zeszły lewą stroną na zewnątrz; tam zawsze było mniej tłumnie. Teresa dostała od matki jakąś karteczkę. Do czegoś tam była potrzebna…

W pokoju panowały ciemności, więc nie dawało się dojrzeć takich niuansów jak rozchylone powieki, ale Teresa zaciskała je mocno, aż zaczęły pod nimi tańczyć mroczki, zupełnie jak małe robaczki oglądane kiedyś pod mikroskopem. A potem drzwi się zamykały, podłoga skrzypiała nieznacznie i dochodziły ją już tylko pojedyncze szumy i przytłumione niebieskie światło telewizora. Jeszcze jakiś czas nasłuchiwała, a potem świat odpływał. Teresa zasypiała.

Co tydzień jeździł tam, do niej. Ponad czterysta pięćdziesiąt kilometrów.

– Dasz sobie radę? – pytał, stając w drzwiach z niewielką walizką. Kiwała potakująco głową. Jak miała nie dać rady? Kto jak kto, ale ona ze wszystkim sobie radziła. Już taka była.

Nie proponował, by jechała z nim. Była mu za to wdzięczna. Milczenie, jakie zapadło między nimi, było dobre. Żadne nie siliło się na słowa, które zapewne i tak nie umiałyby niczego wyjaśnić.

To wtedy powzięła decyzję, że pójdzie do ogólniaka w Gorzowie albo i dalej. Dalej od domu. Od niej! Da sobie radę! Jak zawsze.

***

Pawła poznała w drugiej klasie. Chodził do b, jak ona w „jedynce". Zresztą nic dziwnego, że właśnie w b, bo to była jedyna klasa koedukacyjna. W a i w c były same dziewczęta, a w pozostałych chłopcy. Teresę i tak to niewiele interesowało. Nie chciała ani nie miała czasu na głupoty. Musiała się uczyć, bo tylko nauka zapewniała jej studia. Z daleka od domu. I stypendium. Nie zamierzała swoich o cokolwiek prosić. Mogła po prostu pójść z domu, pewnie. Ale Teresa, nauczona odpowiedzialności, nie podejmowała spontanicznych działań. Żadnej brawury.

Wokół świat się zmieniał. Dziewczyny nosiły dżinsy z Peweksu, słuchało się Quinnów. W trzeciej klasie liceum co poniektóre malowały już rzęsy i cieniowały powieki wszelkimi odcieniami kriss. W starym domu towarowym przy katedrze można było wystać klasyczny płaszcz, tylko trzeba było mieć pieniądze. Niektóre miały. Teresa nie potrzebowała niczego.

– A ty, dziecko, nie potrzebujesz nowej spódnicy albo sweterka? Wszystko, co masz, jakieś takie powyrastane? – pytała matka z troską.

Wyglądała jak kiedyś. Tylko nieruchome oczy budziły podejrzenia. Zdradzały jej obojętność. Cokolwiek powiedziałaby Teresa, przyjęłaby Anna Wojdat. Bo Anna wróciła ze szpitala niby taka sama, a jednak odmieniona. Patrzyła na świat z innej perspektywy, jak przez okno, z którego widać wydarzenia, co nie oznacza, że należy brać w nich udział. Można je obserwować, nie podejmując żadnych działań. Więc tak właśnie żyła.

Teresie nie chciało się odpowiadać, więc tylko kiwała głową.

– Nic a nic?!

Może nawet matka kupiłaby sama, ale „teraz młodzież to taka wymagająca, że człowiek nie wie, jak jej dogodzić".

Teresa nie lubiła przyjeżdżać do domu, ale musiała, bo co któraś sobota w internacie na Woskowej była wyjazdowa. Przymusowo! Przypochlebiała się kierowniczce, która zawsze kogoś zostawiała na dyżurce, ale była na to za młoda. Po lekcjach wystawała pod dachami stanowisk dworca autobusowego z nadzieją, że kierowca jej nie zabierze. Ale zabierał. Wystarczyło, że tylko się napatoczyła. Miała w sobie coś takiego, że gdziekolwiek się pojawiała, dostrzegali ją wszyscy.

– Ej! Ty! W bordowym płaszczu! Masz bilet? Chodź!

Więc szła, zdziwiona. Kierowca zaś mrugał porozumiewawczo, sprawdzał bilet i lekko popychał ją do środka.

Teresa przez całą drogę aż się wzdrygała przed spotkaniem. Bo matka nie pamiętała niczego. Ona jednak wciąż rozmasowywała skórę, która w miejscu tamtych zadrapań ciągle była ciemniejsza.

– Mam wszystko – mówiła Teresa.

Nie chciała od matki niczego. Tamten krzyk. Tamto rozczarowanie. Odraza, jaką zobaczyła w jej oczach. Pod powiekami nie przestawał czaić się tamten obraz. Nie potrafiła się go pozbyć. Przysłonił przeszłość, a właściwie zniszczył ją całkowicie. Jakby życie zaczęło się tamtego dnia. Pod szpitalem. Teresa nie pamiętała drogi powrotnej. W ogóle niewiele w niej pozostało z tamtego dnia. Obserwowana z samochodu matka. Jak szła, trzymana przez ojca. Chyba już nic nie mówiła. Spuszczona głowa, która wreszcie znikła na końcu korytarza z drzew, za drzwiami szpitala. Teresa modliła się, by matka nie zawróciła. Nie chciała jej widzieć, choć oczami wodziła po okratowanych oknach, gdzieś w duszy czekając, aż tamta się pojawi i krzyknie:

– Ale cię nabrałam!

Głupia była. Anna nigdy nie zrobiłaby czegoś podobnie absurdalnego. Szkoda słów.

W drodze powrotnej milczeli. Raz ojciec wziął oddech, odchrząknął, ale powiedział tylko:

– Nie udało mi się…

Może czekał, aż zapyta, ale nie zapytała. Nie oczekiwała wyjaśnień. Nie wtedy. Wbita w fotel na przednim siedzeniu, liczyła przydrożne słupki. W miastach gdzieś ginęły, ale zaraz za nimi odliczała dalej. Jak przy liczeniu baranów – kiedyś, z mamą – zasnęła, zatrzymując w pamięci czterysta pięćdziesiątego.

Nie mogła się doczekać poniedziałków. Paweł mieszkał w Gorzowie, więc czekał na nią każdego niedzielnego popołudnia. A czasem rano, skoro świt, wychodził z domu na Dąbrowskiego, aby zdążyć, zanim pierwszy autobus z Barlinka zajedzie na dworzec.

Potem szli, trzymając się za ręce. Bulwarem. Teraz się tak szumnie nazywa, bo kiedyś była to po prostu mało uczęszczana uliczka, która nie miała absolutnie nic wspólnego z romantycznymi promenadami, po których chodzili filmowi zakochani, co chwila przystając i podziwiając wschody lub zachody słońca. Oni chodzili tędy, bo tu niemal niemożliwe było spotkanie jakiegoś profesora z liceum. Teren był szary i brudny. Na końcu ulicy straszył wielki budynek, w którym mieścił się zapewne jakiś urząd, ale mało uczęszczany, bo ta część miasta zdawała się opustoszała. Nisze pod wiaduktem, po którym przejeżdżały pociągi, były brudne i obskurne. Widać mało kto ze służb tu zaglądał, bo pod ścianami poznaczonymi moczem rosły stosy rozbitych butelek po tanich winach. Z przepełnionych kubłów na śmieci ciągnął się nieprzyjemny zapach. Ale już dalej od dworca było nawet przyjemnie, kiedy otwierała się przestrzeń z widokiem na wodę i przeciwległe nabrzeże, na którym przesiadywali wędkarze, a za nimi zaraz rozpościerał się widok na stary spichlerz. A jeszcze wielki napis ZREMB. Niekiedy przystawali z Pawłem na moście, zawieszeni na balustradzie, spoglądając w dół, jakby coś się działo, choć tam tylko ciemna toń Warty...

Teresa pozwoliła się prowadzić, trzymana za rękę, która potniała co chwila, więc zabierała ją i wycierała o bordowy płaszcz. Paweł mało pytał. Czasem potrafili przespacerować całe kilometry bez słowa. Było im najzwyczajniej dobrze.

Na ostatnim roku studiów postanowili się pobrać. Teresa już wiedziała, że rodzice Pawła mają pieniądze. Stać ich było na wszystko. Ale uparła się, że żadnego wesela nie będzie. Tylko obiad, za który sami zapłacą. Pracowała już wtedy w dużej firmie, która nieźle jej płaciła, a Paweł radził sobie jeszcze lepiej. Nie naciskał. Znał ją.

Któregoś razu zabrała go do Barlinka. Zaraz przed ślubem. Zrobiła to dla ojca. Sama myśl o tym, jak bardzo on się martwi, bolała ją tak, że nieraz nie mogła zaczerpnąć oddechu. Tyle że nie potrafiła już z ojcem rozmawiać. Z nim też. Jakby wszystkie słowa zatrzymały się gdzieś wewnątrz niej i tkwiły, wypychając ją niczym szmacianą lalkę, zasznurowane ciasno nieprzepuszczającym ściegiem. Bała się, że kiedyś pęknie, rozsypie się na cząstki, z których już nikt ani nic nie będzie w stanie na nowo stworzyć całości. Czasem odzywała się w niej tęsknota za zapachem ojca, jego szorstką brodą, którą kiedyś pocierała delikatną dłonią. Marzyła, by zapaść się w jego ramiona. Zaraz jednak wracała rzeczywistość. A ta nie dawała się oszukać. Dźgała faktami.

***

Tamtego dnia zapukała do domu.

Miała w torebce klucze. Wciąż dyndały na śmiesznej owieczce, którą kiedyś matka przywiozła z gór. Nie zamierzała ich wyciągać. Mogły nie pasować, mogli wymienić zamek. Różnie. Zapukała.

Wewnątrz coś zaszurało. Rozpoznawała to szuranie bezbłędnie, podobnie jak stukot na schodach klatki schodowej. Odróżniała je wśród wielu innych odgłosów. Okienko judasza zrobiło się czarne, potem jeszcze nerwowe przesuwanie zamka i oto stanęli na wprost siebie. Ojciec w progu, ze zsuniętymi nisko okularami. Nie widziała go przedtem w okularach. Postarzał się. Przerzedzone włosy, zakola sięgające niemal do połowy czaszki. Jakby mniejszy. Przygarbiony.

– To jest Paweł... – zaczęła Teresa od drzwi i w tej sekundzie pomyślała, że wcale nie muszą tam wchodzić, że załatwią to tu i teraz i jeszcze zdążą na autobus do Choszczna, gdzie zaczekają na pociąg. Mogli posiedzieć na dworcu. Mało to razy siadywali w małej poczekalni na Wieprzycach, grzejąc ręce o piec kaflowy? Nawet pani z okienka ich poznawała, choć z początku to ganiała, że hej!

Matka odsunęła się, ciągnąc za sobą skrzydło drzwi.

– Wejdźcie! – Twarz kamienna, niewyrażająca kompletnie zdziwienia.

Jakby na nich czekała.

– Ja... My... My tylko... Bo... – Teresie nagle zaczęło brakować słów. Żałowała, że dała się Pawłowi namówić. Wiedziała, że tak będzie. Co on sobie wyobrażał!? Że ona, jak gdyby nigdy nic, powie: „Mamusiu, tatusiu! Wychodzę za mąż!". Jak ma to powiedzieć tej kobiecie, która wtedy, w tamtym samochodzie wpuściła w nią jad nienawiści, który wciąż w niej tkwi? Nie chce! Nie chce do niej mówić! Nie chce jej znać! Nie można wszystkiego tłumaczyć chorobą! Jej matka, jej świat. „Ależ ma pani piękną córeczkę!". „Pani córka świetnie sobie radzi w przedszkolu". „Pani Tereska to bardzo grzeczna i sumienna uczennica". Pani córka to, pani córka śmo. Pani córka...

Teresa poczuła lekkie pchnięcie. Paweł był tuż za nią. Ojciec wyciągnął ręce z kieszeni, uniósł nieznacznie, ale zatrzymał się w pół ruchu. Oboje czuli, że żadne z nich się nie ośmieli, że nie padną sobie w objęcia jak kiedyś, dawno temu. Bardzo dawno. Ojciec to rozprostowywał palce, to je zaciskał, jakby go mrowiły. Często tak miał, że drętwiały. Lekarz mówił, że od ciśnienia.

Teresa zsunęła buty i ustawiła je równo pod lustrem. Podświadomie rozejrzała się za kapciami. Anna pochwyciła to spojrzenie, bo zaraz schyliła się i wyciągnęła je z szafki. Nowiutkie. Teresa nigdy takich nie miała. Najlepiej czuła się w męskich filcowych klapkach i długo toczyła o nie boje, bo mama uważała, „że małe dziewczynki nie mogą nosić takich siermiężnych łapciuchów, tylko piękne paputki". Toporne kapcie godziły w jej poczucie estetyki. W końcu zgodziła się, kiedy ojciec przyrzekł, że zawsze będą mieli z Teresą takie same. W czerwoną kratę.

Te tutaj były jak damskie pantofelki, z dużym, miękkim pomponem pośrodku. Na niewielkim obcasie. Teresa wsunęła stopy. Sztywny przód ugniatał palec.

– A gdzie są…

– Wyrzuciłam, bo były sfatygowane – przerwała matka, doskonale wiedząc, jak brzmi pytanie.

Pokój lśnił czystością. Oto perfekcja Anny. Nie było w nim nic zbędnego. Wszystko na swoim miejscu. Teresa znała taki świat. I nic jej nie dziwiło. Sama też była taka. Walczyła z tym, ale przegrywała.

Paweł wszedł do pokoju, ścisnąwszy po męsku dłoń ojca. Lekko nią potrząsnął. Panowie wymienili nazwiska. Matka zniknęła w kuchni, natomiast ojciec zaproponował miejsce przy stole. Spodziewał się poważnej rozmowy, choć wcześniej nie wskazywały na nią żadne przesłanki. Miał intuicję. Doskonałą. Może dlatego wciąż sobie wyrzucał, że wtedy nie wyczuł, pozwolił potoczyć się wypadkom.

Teresa zawahała się, poszła jednak do swojego pokoju, lecz zaraz stamtąd wyszła. Bez niczego. Wyglądało, jakby pragnęła tylko zerknąć lub jakby poszła tam, ale nagle zapomniała po co. Z przedpokoju widziała plecy ojca. Rzeczywiście, skurczył się w sobie. Niegdyś szerokie łopatki wystawały za oparcie, teraz niemal w całości pozostawały schowane. A przecież minął znowu nie jakiś straszny czas. Zaledwie... No tak! Prawie dziesięć lat. Jednak.

Nic nie powiedzieli. Nie oponowali. Mieli świadomość, że nie są w stanie niczego zmienić. Teresa nie chciała jeść. Zaproponowała wprawdzie Pawłowi, by coś przekąsił, ale najlepiej niech się wstrzyma, bo nie zdążą na pociąg.

Na parterze oddychała z trudem. Łzy, cisnące się wielkim strumieniem, rozmywały obraz.

– Dzień dobry, Teresko! – usłyszała za sobą głos Baniewskiej.

Odpowiedziała zdawkowo, nie odwracając głowy, dodając jeszcze na wylocie, że autobus do Choszczna im ucieknie.

***

Zaraz po ceremonii wracali do domu. Anna mięła w dłoni kopertę.

– Nie potrzebujemy pieniędzy – powiedziała Teresa.

– To nie pieniądze. Weź, proszę. Wiem, że czasu nie cofnę... – Matka wyciągała rękę.

Koperta była pognieciona. Widać długo przewracana w palcach.

Córcia!

Nie wiem wprawdzie, czy mam prawo tak do Ciebie mówić... Czy Ty dajesz mi to prawo? Niemniej jednak dla mnie zawsze będziesz Dzieckiem. Moim Dzieckiem. Trudno mówić. Myślałam, że pisanie przyjdzie mi łatwiej (podarłam już stos kartek).

Córcia! Dziecko jest cudem niepojętym. A ja chciałam mieć dziecko. Od zawsze. Nigdy nie czekałam, aż się dorobimy, aż nacieszymy się sobą. Czasem wydaje mi się, że bardziej chciałam dziecka niż męża, ale tylko czasem. Bo, mimo tylu lat, od zawsze kocham ojca. Chciałam mieć dziecko dla siebie, dla niego, choć żadne nie chciało się urodzić. Żadniuteńkie, choć tyle ich było... A potem narodziłaś *się nam Ty. Byłaś mała jak kruszynka. Można Cię było utrzymać na jednej ręce. Baliśmy się, że nam Cię odbiorą, choć mieliśmy wszelkie prawa. Nocami nie spałam, przyglądając się Tobie, cała struchlała. Miałaś pomarszczoną skórę, zwłaszcza na czółku. Zupełnie jakbyś się czymś zamartwiała. Palcem delikatnie rozcierałam te bruzdy, by przegonić troski... Nie chciałam sobie nawet wyobrażać, co by było, jakby mi Ciebie zabrakło.*

Nam. (...) A potem dowiedzieliśmy się, że ona – Twoja Matka – umarła. Była chora. Wiedziała, że umrze. Boże! I Ty – Córciu! Jak ja się cieszyłam! Byłaś moja. Na zawsze! Do niej – Twojej Matki – jeździliśmy co roku na cmentarz. Niedaleko. Tu zaraz, do Choszczna. Jeździłaś z nami. Nigdy nie zapytałaś, kto to, ale ja wiedziałam, że muszę Ci powiedzieć. I chciałam. Zanim ktoś to zrobi. Zanim... sama to zrobię. Tak jak zrobiłam (...).

Siedzieli przy sobie. Powietrze drgało. Z zewnątrz dobiegały pojedyncze dźwięki. Aż dziw. Bo i lato, i sobota. A mieszkali w spokojnej dzielnicy. Oboje lubili ciszę.

Paweł podał jej lampkę z winem. Korzenno-ziołowy smak wyrysował grymas na twarzy Teresy. Przytrzymała lampkę przy ustach, czubkiem języka oblizując jej krawędź. Nie lubiła win, ale to Paweł kupił w Peweksie, specjalnie na ten wieczór.

(...) Kocham cię! Zawsze tak było! Jesteś już kobietą. Zobaczysz sama, że nadejdzie czas, kiedy będziesz chciała dać swojemu mężczyźnie dziecko – cząstkę jego i siebie. Bo to naturalne. I nie wierz nikomu, że to nie ma znaczenia. Że dziecko to dziecko. Że nie ta matka co urodzi, ale ta, która wychowa. Że ojciec to tylko jeden z miliona plemników. To wszystko prawda. Na litość Boga! Dla dziecka to nie ma znaczenia! Ale dla kobiety? Córka! Człowiek nie umie u siebie zaakceptować defektu. (...) Jestem brutalna. Ale walczyłam. Ty byłaś absolutnie poza tą walką! Cudem moim byłaś. Jesteś.

Dla Ciebie też chciałam... Nie dane mi było. Straciłam w s z y s t k i e m o j e dzieci! (...) Kiedy wróciłam ze szpitala, ojciec mi powiedział. Nie wierzyłam! Okładałam go pięściami, by zaprzeczył, a potem... Potem to już tylko czuliśmy się winni i samotni. Poczucie straty jest tak destrukcyjne, że już chyba nie ma ani mnie, ani jego. A życia nie można powtórzyć...

Kieliszek wypadł Teresie z ręki. Chłodny płyn ściekał po gołych udach. Wstała i wytarła wino tym, co jej wpadło w ręce. Paweł podniósł szkło, przygarnął ją do siebie. Czuł spływające łzy. Płakała bezgłośnie.

– Muszę wyjść na powietrze – szepnęła. – Sama. Zaraz wrócę. Proszę, nie proś, by iść ze mną. Zaraz wrócę – powtórzyła, jakby chciała go przekonać, że wie, co mówi.

Ulica była pusta. Pachniało maciejką, którą ktoś wysiał w skrzynkach na balkonie. Nieliczne lampy rzucały niemrawe światło, ale było dość jasno. Rozgwieżdżone niebo, pozapalane w oknach światła. Teresa potrzebowała łez, lecz poza tymi w domu żadna nie popłynęła. Przystanęła przy budce telefonicznej, zobaczyła w szybie odbicie własnej sylwetki. Zielona suknia, zapinana od góry do dołu na małe białe guziczki. Kto by pomyślał, że oto stoi tu panna młoda?

– Mamo!

Nie czekała na jej głos.

– Mamo, wrócę! Kocham cię! Kocham was!

Oparła się o ścianę. Słuchawka dyndała, obijając się o szybę. Słychać było sygnał. Przeciągły i ostry.

Zaskrzypiały drzwi, niewielkie pomieszczenie wypełnił odór przetrawionego alkoholu. Mężczyzna w porządnym garniturze, ze starannie zawiązanym krawatem, wetknął głowę do środka i wymamrotał niewyraźnie:

– Czy cccoś się pppani stało? W czymś pppomóc? Może zadzwonić pppo kkkaretttkę?

Wyciągnął rękę po zwieszoną słuchawkę. Teresa odwiesiła ją, pociągnęła za ciężkie drzwi, odsunęła mężczyznę i wyszła, kręcąc głową i coś mamrocząc pod nosem. Intruz pokiwał głową, jakby chciał powiedzieć, że niczego nie rozumie, ale zatoczył się tylko, poprawił marynarkę i odszedł w przeciwnym kierunku.

Leżała wtulona w ramiona męża. Paweł spał spokojnie po spełnionym akcie. Teresa myślała. Leżała z rękami podłożonymi pod głowę. Nie chciała zamykać oczu, bojąc się, że uśnie, zanim wszystko jej się poskłada. Cienie tańczyły po suficie, snopy świateł ulicznych lamp i przejeżdżających z rzadka samochodów tworzyły przeróżne kształty. Było cicho, choć nie była to cisza absolutna. Noc dźwięczała skrzypieniem łóżek za ścianą, bulgotem wody w rurach, stęknięciami i jękami.

Teresa składała poszczególne elementy, wodząc zmęczonymi palcami w powietrzu, pisząc na suficie nietrwałe notatki. Wszystko układało się w logiczną, przejrzystą całość, niczym wieloelementowe puzzle. Zrozumiała, że matka nie miała pojęcia, dlaczego zmieniły się ich relacje. Dlaczego w domu zapadło ciężkie milczenie. Dlaczego słowa utykały w gardle i uwierały jak ość. Przeżywała to ciężko…

Niczego nie pamiętała. To ojciec, niedługo po powrocie, z płaczem wykrzyczał żonie wszystko – przebieg tamtego dnia, tę szaloną rozmowę przed szpitalem. Mówił o ranie na ręce i o niechęci. Anna milczała. Wszystko było jak koszmar, który powraca w snach. Taki, którego nie można opisać, nie da się stworzyć z niego historii, ale zawsze rano pamięta się, że był straszny. Ale wówczas to nie był sen. Anna stała naprzeciwko męża, który nie przestawał mówić. A potem uruchomiła ręce, nieporadnie usiłujące zrobić mu krzywdę, wyrzucane bezładnie. Zakryła oczy. Łza nie wypłynęła. Suche oczy. Utkwione gdzieś. Potrzebowała tabletki. Jak gdyby nigdy nic przeszła do kuchni. Zabulgotała woda w rurach. Wystarczyła chwila, by pastylka zaczęła działać. Ale Anna wiedziała, że to nie jest antidotum na życie. Na stratę. Tak. Bo straciła córkę. Znała Teresę. Mogła się tego spodziewać. Że któregoś razu znajdzie się – jak to się mówi – ktoś życzliwy i w dobrej wierze powie dziecku prawdę. Ludzie są, jacy są. Mogła się spodziewać, a jakże! Ale po obcych. Nie po swoich.

***

Konrad był maleńki. Lekarz odbierający poród zapewnił jednak, że zanim się obejrzą, wyrośnie z niego chłop na schwał. Anna stała przy łóżeczku.

– Cała Tereska, nieprawdaż? – powiedział Stefan. Na jego twarzy malowało się zmieszanie, wzruszenie i zachwyt. Był dumny z żony. Tylko on domyślał się, jak ogromną walkę ze sobą stoczyła, by wyciągnąć ręce po zawiniątko i powiedzieć:

– Podajcie mi mojego wnuka!

– Dobrze, że Paweł namówił mnie na ten dom. Blisko wszędzie. Będę podrzucać ci małego, bo czuję, że sama nie dam rady – zażartowała Teresa.

***

Urzędniczka w banku poprosiła Sabinę, by ta się nie irytowała i usiadła, sama zaś wzięła się do skrupulatnego sprawdzania w komputerze wszelkich, jak to nazwała, zdarzeń, od czasu do czasu wypytując o różne zobowiązania. Kiedy, ile, terminy spłat. Sabina była pewna, że cała wielka sala operacyjna, do której jak na złość wciąż schodzili się nowi interesanci, patrzy na nią i myśli sobie: „Tak! Tak to jest, kiedy człowiekowi zachciewa się Bóg wie czego. Potrzeba domku i salonu, i kominka, i całej aranżacji ogrodowej, jakby nie można było samemu posprawdzać, poczytać. Ale skąd! I kolejny fachowiec, kolejny!". Niekiedy Sabina przepraszała, wchodząc do własnego domu, gdzie grupa nieznanych jej ludzi między sobą rozstrzygała, co gdzie ma być. A Karol zbierał od wszystkich faktury i grupował je w skoroszytach. Karol uwielbiał wszystko układać, oznaczać, opisywać, przyklejać etykietki, a potem układać na półce i pod groźbą kary śmierci nie pozwalał się nikomu zbliżać. I nagle w tym uporządkowanym świecie coś nawaliło! Przegapił bank! Oczywiście! Kiedy Sabina podała mu awizo, machnął ręką, uznając je za rzecz w żaden sposób niedotyczącą jego osoby, choć jak byk stało na pocztowym świstku: „Karol Karpiewicz". Woził się z tym kilka dni z rzędu, aż listonosz pozostawił kolejne i nawet wykrzykniki jakieś porobił. Karolowi potrzeba było dwóch dni, by zajechać na pocztę i je odebrać. Lecz, oczywiście, nie byłby sobą, gdyby ledwie po wyjściu z budynku poczty nie zadzwonił do Sabiny z krzykiem:

– Sabina! Prosiłem, żeby wszystkie przesyłki oddawać od razu! A ty zawsze podziejesz gdzieś...

– Co? Nie wiem, o czym mówisz.

– Jak zwykle! Wszystko na mojej głowie! Zrozum! Ja nie mogę o wszystkim myśleć, tyle razy...

– Karol! Przestań pieprzyć! Nie mam pojęcia, o czym mowa!

– O, widzisz! Ty nie masz pojęcia, a ja już wszystkiego sam nie ogarniam!

– Czego ty nie ogarniasz? – Sabina była coraz bardziej wściekła. Kolejny raz wysłuchiwała pretensji o coś, co dla niej nie istniało.

Przez dwa dni spał w salonie. Ostentacyjnie zabrał z sypialni poduszkę. Miała dość tych pokazów.

Dom miał ich uszczęśliwić, a tymczasem robiło się coraz gorzej...

***

– Tak... – zaczęła urzędniczka, przybliżając twarz do ekranu monitora, jakby upewniała się przed ostatecznym wydaniem wyroku. – Rzeczywiście. Tu opłaciliście państwo. Widocznie koleżanka nie wklepała... Znaczy nie zrobiła enter, kiedy operacja została zakończona. Niemniej...

Sabina niczego nie rozumiała, ale chyba chodziło o to, że nie mają żadnych zaległości i wobec powyższego egzekucję anulowano. Uf! Chociaż tyle dobrego.

Zdawało jej się, że cały zgromadzony w banku tłum odetchnął z ulgą, choć tak naprawdę ludzie lubią być świadkami wszelkich niemiłych rozstrzygnięć. Bo to pozwala im myśleć, że inni mają gorzej, budować się na cudzej krzywdzie i wracać do domów jako mniej zgorzkniali.

Nie słuchała tych wszystkich przeprosin i zapewnień, że taka rzecz już nigdy się nie powtórzy. Chciała jak najszybciej stąd iść. Miała dość. Najchętniej napiłaby się kawy. Czuła pulsowanie w skroniach. Pewnie znowu ciśnienie. Ostatnimi czasy skacze coraz częściej. Może to rzeczywiście menopauza? Cóż, nic nie trwa wiecznie. Trzeba zapisać się do lekarza. Przypomniała sobie ostatnią wizytę u niego, kiedy delikatnie sugerował, że można by się pokusić o zbadanie poziomu hormonów. Oburzyła się wtedy.

– Pan wybaczy – rzekła nieco obrażonym tonem. – Znam swój organizm i zapewniam, że na razie...

– Oczywiście! – Lekarz się wycofał. Jakby od niechcenia rzucił jednak, przybierając żartobliwy ton: – Ale proszę pamiętać, że kiedy rodzina powie, żeby pani coś ze sobą zrobiła, bo ciężko z panią żyć... To będzie znaczyć, że to już.

– Na szczęście jeszcze się nie skarżą – powiedziała Sabina, wciągając rajstopy. Stała bosymi stopami na posadzce. Nie lubiła obcych podłóg. Zwłaszcza gdy miała gołe stopy.

Jeszcze tego samego wieczoru błaha uwaga Karola o rzuconej przypadkiem ścierce tak ją wytrąciła z równowagi, że najpierw urządziła mężowi karczemną awanturę, a potem pół nocy przepłakała. Było grubo po północy, kiedy on wszedł do łóżka. Sabina nie spała. Bolała ją głowa, rzucała się z boku na bok. Czekała na przeprosiny lub choćby na jakieś przytulenie czy inny odruch, który złagodziłby uczucie przykrości, które rozrastało się w niej, dołączając do spraw pozornie dawno zapomnianych. Karol ułożył się na wznak. Nieruchomo. Odkaszlnął. Ona czekała.

– Musisz coś ze sobą zrobić – usłyszała nagle. – Coraz trudniej nam żyć...

Nie mogła uwierzyć. Właśnie teraz? Była wściekła zarówno na męża, jak i na lekarza, obwiniając za wszystko tego ostatniego.

Następnego dnia kupiła jakieś tabletki na menopauzę. Suplement diety.

***

Telefon znów wariował w torebce. Zawziął się, czy co? Była pewna, że to Karol, ale nie miała ochoty z nim rozmawiać. Stała na schodach przed bankiem, z uczuciem ulgi. Pewnie na jakiś czas będą mieli spokój. Czuła zmęczenie. Potrzebowała spokoju i stabilizacji. Nie tak wyobrażała sobie swoje życie. Sądziła, że po latach walki, tej ludzkiej przypadłości na początku małżeństwa, owa stabilizacja nastąpi. Ustalona pozycja, ustalony status społeczny, harmonia i cudowne starzenie się we dwoje... Ciepłe kapcie, skarpety, bez seksualnych aluzji. Wszystko to, co stanowi o absolutnej pewności faktu, że trafiło się na właściwą osobę.

Na wprost miała rondo. Patrzyła na ruch uliczny. Samochody, jeden za drugim, okrążały porośniętą płożącymi się jałowcami wyspę. Niektóre skręcały tu na parking, inne jechały dalej. Tylko co któreś auto z rzędu skręcało w następną ulicę, prowadzącą do szpitala. Bo tam tylko szpital. Przypomniała jej się wizyta w tym miejscu. Dawno temu, kiedy Karol zasłabł. W sumie nic mu nie było, ale strachu jej napędził co niemiara. Zaraz po przeprowadzce do nowego domu. Sabina klęła na ten dom, obwiniając go za wszystko. I pewnie to był główny powód. Wtedy zrodził się w niej strach. Przed przyszłością.

Pogoda się wyklarowała. Przestało siąpić, chociaż schody jeszcze błyszczały i odbijało się w nich pojaśniałe niebo. Jak w lustrze. Sabina trzymała się mokrej poręczy, strącając z niej krople deszczu. Chłód przeszył dłoń. Schody były śliskie, a w położone na środku kawałki wykładziny wbijały się obcasy. Stawiała kroki ostrożnie, uważając, by nie zgubić buta albo się nie przewrócić.

– Sabina! – Głos Teresy dogonił ją przy samochodzie.

Torebka zadrżała. Sabina wyciągnęła aparat. Ze złością przycisnęła zieloną słuchawkę.

– Karol! Wszystko jest okej, ale nie mogę teraz z tobą rozmawiać!

– Co to znaczy? A nie mówiłem…

– Zaraz będę w domu!

Wrzuciła telefon do torby.

– Sabina!

Teresa już stała przy niej.

– Strasznie mi przykro z powodu twojej mamy. Nie widziałyśmy się…

– Przestań. To już prawie rok.

– Strasznie szybko ten czas leci.

Sabina milczała. Bo co miała powiedzieć? Czas faktycznie leciał szybko. Teresa jej uświadomiła, że rzeczywiście już tyle minęło. Do roku brakuje niespełna dwóch miesięcy…

– Sorry, że tak teraz… Może to trochę nie wypada? Ale ponoć chcesz sprzedać Kozią?

Spojrzenie Sabiny nie należało do tych dobrych. Wydawało się, że Teresa ucieknie wzrokiem.

– Tak, nie... Nie do końca – plątała się Sabina, nie wiedząc, co chce powiedzieć. Nagle wyprostowała się i dodała krótko: – Chciałam. Jeszcze niedawno. Całkiem niedawno. Ale... Już nie.

Nabrała powietrza i spojrzała Teresie prosto w oczy, jakby nie chciała przeoczyć niczego. Żadnej reakcji. Jakby chciała się przekonać, jakie wrażenie zrobią słowa, które zamierzała wypowiedzieć i w które zamierzała uwierzyć. Chciała je usłyszeć.

– Ja tam się wprowadzam.

Konsternacja trwała bardzo krótko. Teresa umiała się znaleźć. Na moment spuściła wzrok, ale zaraz podniosła oczy.

– Ty? – zapytała, chcąc dobrze zrozumieć. Ale nie było w tym pytaniu wielkiego zdumienia, raczej chęć upewnienia się, że usłyszała to, co usłyszała.

– Tak. Rozwodzę się z Karolem – powiedziała Sabina szybko, wsłuchując się jednocześnie w swoje słowa, jakby sprawdzając ich brzmienie. – Cóż, bywa. – Wzruszyła ramionami i dokończyła: – W poniedziałek przewożę rzeczy.

Nie miała pojęcia, skąd ta pewność, ale wiedziała, że tak się właśnie stanie.

Torebka wciąż wibrowała, wydając charakterystyczne poszumy. Teresa popatrzyła w jej kierunku. Sabina przytrzymała torebkę i machnęła ręką, jakby chciała powiedzieć: „To nic. To kolejny nieznaczący telefon". Uśmiechnęła się krzywo.

– Wpadnij do mnie, jak już będę mieszkać. A wiesz, że Celka jest w ciąży?

Barlinek, 1.01.2012

Spis treści